相思王妃

淡樱◎著

Xiangsi Wangfei

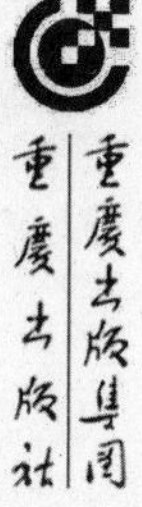

图书在版编目(CIP)数据

相思王妃／淡樱著. 一重庆：重庆出版社，2009.3
(凤鸣九霄. 第2辑)
ISBN 978-7-229-00386-9

Ⅰ.相… Ⅱ.淡… Ⅲ.长篇小说一中国一当代 Ⅳ.I247.5

中国版本图书馆CIP数据核字（2008）第210880号

~“凤鸣九霄”第2辑~
相思王妃
XIANGSI WANGFEI
淡　樱　著

出 版 人：罗小卫
丛书策划：李　子
责任编辑：李　子
责任校对：李小君
装帧设计：第七印象

重庆出版集团
重 庆 出 版 社 **出版**

重庆长江二路205号　邮政编码：400016　http://www.cqph.com
重庆升光电力印务有限公司印刷
重庆出版集团图书发行有限公司发行
E-MAIL:fxchu@cqph.com　电话：023-68809452
全国新华书店经销

开本：720 mm×1 000 mm　1/16　印张：17.5　字数：279千
2009年3月第1版　2009年3月第1版第1次印刷
ISBN 978-7-229-00386-9
定价：25.00元

如有印装质量问题，请向本集团图书发行有限公司调换：023-68706683

她的想法。

许久，凤雪抬头，眼眸如小河般清澈见底，她看向众人，轻启朱唇："一、二、三、四、五、六、七、八、九、十。"

众人一头雾水，不明所以。

司徒行云眼底浮起赞赏之意，而那位翩翩男子的唇瓣抿出了一个笑容，那个笑容就像等待了已久的猎物终于掉入自己的陷阱一样。

底下一片哄闹。

"什么意思？"

"怎么都是些数字呢？"

"王妃可否解释一下？"

"……"

凤雪点头，全场静了下来。

"'下'字'卜落'是一；'人在何方'问'苍天'是二；'王孙''一直去了'是三；'罢'字'言'难留是四；'吾'字'失口'是五；'交'字'有上无下'是六；'皂白'不用'分'即是七；'分'字不用刀是八；'仇'字没有了'人'旁是九；'千'字'一撇消'是十。"凤雪娓娓道来。

众人恍然大悟。

"第一才女，王妃当之无愧。"

"王爷好福气呀！"

"王妃冰雪聪明，才华横溢，凤溪之福呀！"

……

而此时那位拥有浅褐色眸子的男子早已不知去向，就像大家也不知他怎样来，何时来一样。

凤雪低垂着眼帘，淡然地坐在司徒行云身旁。

而眼帘下，是波涛汹涌。

第四章·再次交锋

夜凉如水，偶尔空中袭来一阵凉风，吹走了白日里的热气，也赶去了王府白日里的热闹。

雪楼。

“公……公主，这么晚了你还要去哪里？”刚踏进雪楼，青衣就看见公主褪下华服，换上朴素的杏黄曳地长裙。

“外面。”对着铜镜，凤雪拿下头上笨重的钗子，拆掉复杂的发髻。瞬间，一头如瀑布般的长发倾泻而下。

“啊？”青衣着急得脸上开始出热汗。一想起王爷的眼神，她就害怕。万一王爷发现公主不见了，那……“公主，现在王爷回来了，如果被王爷发现公主不见了，那……那该怎么办？”

熟练地用一根木簪绾起头发，凤雪着装完毕。转头，轻轻地拍了拍青衣的肩，道：“放心，今天的宾客送的美人可多着呢！现在司徒行云肯定烦恼着该去宠幸哪个美人，他绝对不会进雪楼的。”

“可……可是……”不怕一万，只怕万一。她今天注意到了王爷的眼神跟以前看公主的眼神开始有所不同了。

以前王爷看公主的眼神是厌恶的，而现在已经少了些许厌恶，多了几分赞赏和一丝她也看不懂的眼神。

“青衣，你公主说的话有哪次是错的？”

“没有。”公主冰雪聪明，每次的话都精准无比。

“那就是了。”凤雪迈起脚步走出雪楼，突然她转头对青衣说道，“青衣放心，这次我会比较早回来。”顿了顿，“嗯……鸡鸣前一定回来。”

话音刚落，凤雪轻轻一踮脚，随风消失。

追到门外的青衣，看着消失了的公主，苦着张脸。

“公主……鸡鸣前……也叫早……”

卿云，何许人也？

卿云，乃是凤溪才女，才华虽不及凤雪公主，但是在民间声望却与凤雪公主不相上下。

声望？声望何来？

一提及卿云，稚龄幼童会说：“卿云姑娘写的东西好有趣哦……”

一提及卿云，闺中少女会说：“卿云姑娘写的故事好感人……”

一提及卿云，青年草莽会说：“卿云姑娘写的诗词可真是妙……”

一提及卿云，白发老人会说：“卿云姑娘的书总会令人回想起当年的沧海桑田……”

一提及卿云，达官贵人会说：“卿云姑娘的书可真是道理重重……”

一提及卿云，江湖才俊会说：“卿云姑娘所编的武功秘籍可真是奥妙……”

当一个人受到不同阶层的人的赞赏时，声望就自然而然提升上来了。

卿云，生性淡薄。世人仅知卿云是姑娘，仅知卿云住在卿云阁，仅知卿云跟离歌神医之间的关系非比寻常……

而且世人仅知卿云阁位于幻山最高处，居高临下地俯视着凤溪都城。但是无人敢进幻山，去一睹卿云姑娘之芳容。

幻山之幻并非俗人可以领略，进幻山者，九死一生。

月光静静地绽放着它柔和的光芒，笼罩着大地，为大地披上一层银纱，温柔而唯美。

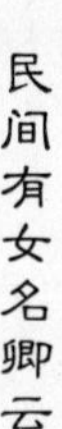

街道上，静静的，只是偶尔会有打更人走过。

这是一个宁静的夜。

倏地，一道杏黄色身影在街道上掠过，宛若月影。

月光下，那道杏黄色身影掠过城门，直奔那座缥缈而不真实的幻山。

幻山最高处。

一座阁楼高高立起。

楼中散发出柔和的光芒。

“离歌，你给我出来！”

身穿杏黄色纹纱绣裙的女人取下脸上的易容，站在阁楼外对屋内的人大吼，眸子里燃起了熊熊的火焰。

慢吞吞的，慢吞吞的，阁楼里的一扇窗子慢条斯理地被打开。

一道修长的身影倚着窗，侧着头，一缕缕青丝顺着白皙的脸垂了下来。浅褐色的眸子望着阁楼外的素装打扮的女子：“女人，今天可真早呀！比我想象中早多了。”

收回目光，漫不经心地说了句：“咦？女人，怎么不进来？”

“离歌，你以为我卿云的脑子里装的是草吗？”瞄了一眼卿云阁的大门，“你觉得上次我被信淹没的情景还会再发生吗？”

离歌讪讪地笑了下。“我承认上次是我不对，我不应该忘了告诉你屋内装满了信，但是——”离歌正色道：“我离歌答应你的事情就绝对会做到。”

卿云想起了他在绝尘谷上说的话——

“唉！女人，你真的吃定我了。”

再看看他认真的表情，卿云才道：“好，这件事不跟你算，我们来算另一件事。”卿云使用轻功从打开的窗子跳了进去。

月光如水。

卿云站在离歌面前，距离近得可以让他感受到她温热的气息。

华服的凤雪有种尊贵的美。

素衣的卿云有种惊天动地的美。

“离歌，今天你的易容被我看出来了。”她吐气如兰。

“知道。”他微笑。

“离歌你的浅褐色眼眸很好认……声音也没变……我一听就听出来了……”卿云侧过头，埋在离歌肩上。

“呵，我是故意的。”

“就算你不故意我也认得出……”声音低低的，“离歌身上有梨花的味道……”

“呵……”

今夜山霭迷离、月华如水，霜色般的清辉下，卿云阁静得只有离歌和卿云的呼吸声。

许久，卿云低低的一问才打破了这寂静。

“为什么？”卿云抬头，脚向后退了一步，定定地凝视着他。

唇瓣微勾，离歌笑意连连：“女人，当然是为了你着想啊！你想想，你再不写，你的拥护者都会暴动了。到时候，你什么声望都没有了。”

卿云不语，眸子盯着他，神色难测。

“而且我也想看看接下去的故事情节的发展，女人，你真会吊人胃口。”

“为什么？”卿云看着他，眼神认真。

离歌凝视着她认真的双眸，敛起了笑意，声音依然是轻轻的：“卿云，我不希望你过得痛苦。”

卿云冷笑道：“你以为宴会上的那点才情可以让眼光挑剔的平延王喜欢上我吗？”

离歌微怔。

“卿云，一旦你与司徒行云分开，凤溪皇朝会变得岌岌可危。”

卿云微怔。

“那天在外面的人是你，离歌。”卿云用力地盯着他，仿佛要把他看穿似的，“你听到了我和青衣说的话。”

“是。”离歌坦诚地看着她，“一旦，你被司徒行云休弃，凤溪兵权就几乎都集中在司徒行云手中。到时候……”

“天下分裂，战乱频繁，生灵涂炭，民不聊生，凤溪繁荣景象不复存在。”卿云闭上双眼，声音如铅般沉重。

“卿云……”看到这样的卿云，离歌心中微微刺痛。

“而我是制约这场变乱的关键……”卿云睁开双眼，“离歌是神医，医者父母心，自然不希望繁荣的凤溪会有这样的一场变乱。离歌放心，我自有分寸，我是凤

溪的凤雪公主。”

卿云唇角微勾，那样的笑容让人心痛。

刺痛加深，离歌轻轻拥住她。

卿云推开他，嘴角弯起一个灿烂的笑容：“离歌，别把气氛弄得这么伤感！不然等下我写个悲剧出来，我的拥护者会泪淹卿云阁。到时候，我就唯你是问！”

“去写吧！不要写太晚。”

接着又咕哝了一句：“如果不是你，我也不用那么快开始写……唉……漫长的夜晚呀……”

离歌微笑。

这……才是真正的卿云。

月华依然凉如水，月光依然冷如霜，卿云阁的灯光也依然亮如昔……

天将近变白，公鸡也清了清嗓子，似乎正准备打鸣。

一个疲惫的杏黄色身影跳到了雪楼门外。

哈——哈——哈——

凤雪连打了几个哈欠，无力地推开了雪楼的大门。

吱呀一声，门轻轻地被推开。

伴随而来的是一个低沉而醇厚却听不出是喜是怒的声音——

“公主，散完步回来了？”

天微白，带着习习凉风。

雪楼依然是一片的黑暗，黑暗中随着那低沉的话语流动着一股低气压，仿佛大海中即将来临的暴风雨。

凤雪的长发轻轻飘舞。

微怔了下，她走进雪楼，点亮了一盏灯。柔和的灯光立即照亮了雪楼，增添了一种柔和的氛围。

凤雪唇角勾起一个淡淡的笑容，眼睛盯着柔和的灯光。

“王爷，可真好兴致，竟破天荒地踏入凤雪的雪楼。啧，洞房花烛夜那天王爷好像也没来过呢！”

司徒行云坐在紫檀木椅上，眸子里一片深邃，神色难测。

在听到凤雪的话时，他挑眉：“如此说来，公主在怪本王冷落了你？”

目录

第二卷　命落离宫结良缘　/181

了。不愧为武林尊主君无痕的徒弟，一样的猖狂。

司徒行云放声大笑，脸上并无不悦："纵然本王有百位娇妾，然而王妃仅凤雪一人。"

"哼！"无司冷笑，"这不过是王爷找寻的借口罢了。"

听到如此大胆放肆的语气，众人倒抽了一口气，面面相觑，不知该如何是好。

而此时司徒行云的眼底似乎也浮起了一层淡淡的愠怒。

凤雪端起酒杯起身，向无司微微敬意，道："凤雪在此谢过尊主。感谢尊主一番好意以及赏脸赴宴。"

无司一饮而尽，抱拳道："公主的话，无司必定带到。"话音刚落，无司立即快速地消失了。

司徒行云眼底的愠怒似乌云群聚，仿佛一不小心就会电闪雷鸣。

凤雪坐下，柔荑轻轻地搭在司徒行云的手上，语气轻柔："王爷，离宫之人从出生起就被灌输了一生只得一人的观念，所以无司的语气是情有可原的。况且君无痕派人赴宴，也是看重王爷的。"

冰凉的柔荑，轻柔的语气，宛若阳光般地赶走了司徒行云眼底的乌云。他用力地凝视着凤雪的双眸，仿佛要看透她似的，眸子变得一片深邃。许久，他才笑道："王妃所言甚是。"

"王爷得如此娇妻，夫复何求？"

……

宴会再次恢复到原来的气氛。气氛融洽，仿佛刚刚什么事情都没有发生。

在欣赏了一段歌舞后，一人赞赏道："刚刚那位舞娘纤腰宛若杨柳，歌喉宛若黄莺，美貌才情皆具。若是在外面，肯定又不知是个怎样的民间女子了。"

另一人摇头："此言差矣，若论美貌，谁能及得上醉花楼里的双蝶姑娘？若论才情，谁能及得上卿云姑娘？"

"双蝶姑娘的美貌以及卿云姑娘的才华，凤雪也略有所闻。"凤雪眉一挑，看向司徒行云，"这次的宴会应该也有邀请卿云姑娘吧！"

司徒行云点头。

"卿云姑娘从未露过面呢！"

"要邀请她恐怕很难……"

"说起从未露面，离歌公子也是呢！"

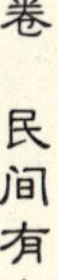

就在众人都在议论纷纷，发表自己的感叹时，人群中发出了一个清冽的声音："卿云姑娘在近日写下一首词，并扬言如没有人能猜得出词中藏了什么，她就不再写下去。凤雪公主才华横溢，是凤溪的第一才女，不知公主能否解出卿云姑娘词中的意思，好让我们一饱眼福？"

凤雪微怔。这个声音……

挑眉，映入眼帘的是一个俊秀的翩翩公子，浅褐色的眸子笑意盈盈，带着些许狡黠的光芒。

面纱内，凤雪微微咬唇。

面纱外，凤雪一脸淡定。

这时，在场的人也纷纷起哄。

"王妃才华横溢，必定不下于卿云姑娘。"

"王妃是凤溪的第一才女，一定可以解出这首词的意思……"

"咳咳。"司徒行云微咳几声后，大厅顿时静了下来。看着身旁的凤雪淡定的眼神，心底竟突然浮起一个念头：他……想看她狼狈的模样。

"王妃，盛情难却。何况王妃第一才女之名也并非浪得虚名。"

司徒行云挑眉，喝下一口茶。

浅褐色的眸子在人群中特别显眼，凤雪抬起眼帘，犀利的眼神直直射向那男子。

只见那男子微微一笑，浅褐色的眸子坦然地接受凤雪犀利的视线。

"不知公主意下如何？"

"好。"

下人机灵地呈上文房四宝。

下楼来，金钱卜落，问苍天，人在何方？恨王孙，一直去了。詈冤家，言去难留。悔当初，吾错失口。有上交，无下交，皂白何须分，分开不用刀。从今莫把仇人靠，千里相思一撇消。

浅褐色的眸子轻轻地向凤雪一眨，便执起笔在纸上把词给写了出来。

凤雪垂下眼帘，微微沉思，眼底波涛涌起，泛起复杂的光芒。

司徒行云静静地凝视着她，细长的眼睫毛遮住了她的双眼，让他看不出此时

楔子

凤溪皇朝三年干旱，滴雨未下，民不聊生。

凤溪 202 年 1 月，天降石碑，碑文：浔相思，琉璃珠，福天下。百姓大喜，纷纷寻"相思"。

同月，天飘五彩祥云，公主哇哇坠地，手戴七彩琉璃，天降大雨，白雪纷飞。皇上大喜，赐名"凤雪"。

凤溪 217 年，及笄大典，公主遇刺，面容全毁。

凤溪 219 年，司徒行云平定边境，凯旋而归，皇上封其"平延王"。

凤溪 220 年，皇上赐婚，凤雪公主下嫁于平延王。

“不，凤雪只是为王爷会踏进雪楼而感到惊讶而已，绝无王爷口中的意思。”凤雪的双眸映出一簇簇柔和的烛光。

盯着她的坚挺的背部，司徒行云发现她穿得异常单薄。

“如果本王不踏进雪楼，又如何知道公主喜欢半夜在外散步的习惯？”司徒行云的眼里有着淡淡的嘲讽。

散步？！凤雪怔了怔，随即反应过来是青衣为她而编的谎。

此时，一阵低低的啜泣声传到凤雪耳中。

她一惊，转头发现青衣跪在司徒行云的旁边，满脸泪痕，额头一片红肿，不难猜出是磕头造成的。身子微微发抖，双眸泪眼汪汪地看着她，似乎碍于身旁的司徒行云，嘴巴张了张却没出声。

司徒行云第一次看见没戴面纱的凤雪，尽管见过世上各色事物，但却从未见过如此伤痕交错的脸，他顿时怔住了。

凤雪的眼光微微放柔，安慰了下青衣后，她转头，望向司徒行云，眸中柔光消散，淡然而生疏。

见到他怔住的表情，凤雪的眸光有一丝嘲讽。

“王爷览尽人间美色，遍折四季娇花。定未见过如此凋零的花吧。请王爷稍等片刻，让凤雪梳妆梳妆。”不等他开口，凤雪马上说道：“青衣，为本宫梳妆。”

“是，公主。”青衣连忙起身，踉跄地走到凤雪身旁。

凤雪微微屈膝：“请王爷稍等片刻。”

片刻后，凤雪已换上桃红金绣云霞凤尾湘裙，发髻也梳成了妇人妆，由于时间的紧迫，髻上仅插了一支梅花簪，脸上也戴上了深色的面纱。

经过片刻的梳妆，天空已经泛白了，镀上一层淡淡的微光，雪楼里的灯光也被风吹熄了，凤雪的情绪也及时作好了调整。

凤雪眸子澄净，淡淡的眼神，看不出有任何的表情。

司徒行云眸中深邃，但似乎还有着刚刚的狼狈。

她看着他。

他看着她。

两人都不开口，空气里弥漫着一股沉闷的气氛。

许久，司徒行云才开口道：“身为凤溪的公主，平延王府的王妃，公主半夜在外面逗留，不怕有损公主形象，有损皇家的威严吗？”

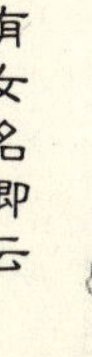

他的眼睛眯了起来。

呵，终于进入正题了。

她轻轻地眨了眨双眼，道："自小凤雪就有个习惯，喜爱在外散步，在外逗留。如果不是在及笄大典上遇到了……"凤雪的眼神微黯，微低着头，眼帘半垂，模样让人怜惜，"凤雪也不需到了半夜才去外面散步。"

司徒行云眼睛微微眯起。

"不知公主爱在哪里逗留？等哪天本王有空，让本王陪公主一起散步，也不失为凤溪的佳话。皇上定会高兴。"

凤雪咬唇。真是不容易上当呀！她还是看低了他。

这时，青衣递上洛花茶："公主，茶。"

凤雪接过洛花茶，微微掀起面纱，小饮了一口。

冰凉透底，让人精神奕奕，写了一晚书的疲劳仿佛也随着茶入心底而渐渐逝去。

凤雪的眼睛闪着逼人的光芒，仿佛刚刚那个有着黯淡的眼神的凤雪只是一个假象。

"王爷，我们来做一个交易吧！"

司徒行云微怔，看着她闪亮的双眸，他竟然觉得她有一股摄人心魂的魅力。

"……哦？！交易？"司徒行云的眉挑得高高的，似乎有些惊讶。

凤雪坐了下来，青衣立即接过剩下半杯的洛花茶。

清了清嗓子，凤雪道："王爷，成婚以来，我们都一直没有好好谈谈关于我们的问题。凤雪认为，与其如此含含糊糊地过下去，不如开门见山地谈谈。这样对我，对你，都有好处。"

司徒行云不语，只是若有所思地看着她。

凤雪继续道："凤雪下嫁于王爷，对于王爷来讲，必定是件不甘不愿的事情。况且凤雪未嫁于王爷之前，就已听闻王爷是极爱美之人。但是碍于圣命难违，碍于父皇对我的宠爱，碍于我是凤溪唯一的公主，王爷还是逼不得已娶了凤雪……"

青衣再次递过洛花茶，凤雪润了润嗓子，道："凤雪有自知之明，知道王爷对凤雪的感觉绝对是……嗯……就像……"一根手指指向逗留在桌上的苍蝇，"那只苍蝇一样……"

司徒行云挑眉，张了张嘴，似乎想说些什么。

“请王爷放心，凤雪这番话绝对不是欲擒故纵。况且凤雪自小长在皇宫，虽未曾见过形形色色的男子，但是凤雪也不可能爱上一个在大婚之夜就抛下新娘而且就只见过一两面的男子。凤雪对王爷的感觉就如王爷对凤雪的感觉。所以，请王爷放心。”

司徒行云唇角微勾，显然是兴趣被勾了出来。

“公主，你想与本王交易什么？”

面纱下的凤雪，弯着嘴角。

眨了眨眼睛，凤雪轻声道：“在众人面前，凤雪会配合王爷当一个贤妻良母，就如昨天的宴会一样；而且不管王爷想纳妾或是想在花楼里待多久，凤雪绝不会过问，并会把平延王府打理得井井有条，绝不丢平延王府的面子……”看向司徒行云，他的眉宇间是淡淡的神情，仿佛对于这些条件不感兴趣，“况且，如王爷哪天想休妻，凤雪定全力配合，王爷手中的兵权也会安然无恙。”

司徒行云猛地一颤，倏地站了起来。

“呵呵……”一阵轻笑，“王爷，何必吃惊呢！你我都知道这场大婚不过是互相牵制的筹码罢了。父皇再疼凤雪，也会以国家安危为重。何况，这种情况从古至今都是如此。”

凤雪眼中有着淡淡的嘲讽。

司徒行云突然笑了起来：“真不愧为凤溪的才女公主，头脑果然够清醒！”他正色道，“那公主想和本王交易的条件是什么？”

“自由。”凤雪一字一句道，“凤雪只需王爷不干涉凤雪所作的事情，不过问凤雪的去处。当然，凤雪所作的一切绝对不会有损王爷的利益。”

盯着她，司徒行云的眼里闪着复杂的光芒，许久，他的唇角勾起一个笑容：“好，我答应。”

凤雪垂下眼帘，遮住眼底的一片欣喜。这下做事就方便多了。

突然，想起了什么，凤雪抬起眼帘，道：“王爷，青衣是我的人。”

“知道。”

“那就好。”面纱下，凤雪抿出一个司徒行云看不到的笑容，但在司徒行云看来，她的双眼却第一次沁满笑容，“希望我们合作愉快。”

似乎感染了她的笑容，司徒行云也微笑着。

公主的眼睛有感染人的魔力。看着王爷和公主的笑容，一旁的青衣在心里暗

暗想道。

看着她沁满笑容的双眸，司徒行云突然感到一阵恍惚，似乎想起了什么，心里微微刺痛。

摇了摇头，甩去那心里的刺痛，他向凤雪点头道："本王就不打扰公主休息了。"

凤雪也轻点头。

第五章·半夜出行

当凤雪睁开双眼时，太阳已经升得老高了。灿烂的阳光洒进雪楼里，凤雪仿佛被包围在阳光中。

她弯着唇角。

她最喜爱在阳光中醒来。

那样，她会觉得她是被阳光呼唤而醒的。她认为这是一种美妙绝伦的享受。

转头，看见青衣一脸笑意盈盈地看着她。

"公主，青衣为您梳妆。"

"不了。"凤雪摇头，"青衣，我不是说过我睡着的时候不需要人侍候吗？"

"可是青衣想看着公主睡觉。"青衣依然笑意盈盈。

凤雪的嘴角抽搐了一下。"你真的没救了。"抚上自己的脸，"你觉得这样的脸有何好看？青衣不怕吗？”

“不，公主。从小侍候公主到现在，看得多了，也就惯了。青衣甚至觉得公主的脸比起王爷府中的美人还好看多了！”

“就会贫嘴！”凤雪走到梳妆台前，坐了下来，看着铜镜中倒映出来的青衣，她问道，“青衣现在不怕司徒行云了？如果被司徒行云听到的话，青衣很可能要受罚呢！”

“不怕！青衣有公主当靠山！”青衣胸有成竹地说。

凤雪无奈地看着她，摆了摆手，说道：“算了，青衣，你去休息吧！昨晚你一定受惊了，司徒行云有罚你吗？”

青衣连忙摇头：“没有呢！昨晚王爷一踏进雪楼，就只问了句，公主到哪里去了？青衣就回答公主去散步了。接着王爷似乎有所怀疑地看了青衣一眼，青衣一害怕就连忙磕头，然后就一直跪在那里不敢说话了。”

拿起梳子，凤雪有一下没一下地梳着头发。

“司徒行云是什么时候来的？”

想了下，青衣答道：“在公主走了之后，不久就来了。”

凤雪突然怔了一下。他不是应该在陪他的美人才对吗？

瞬间过后，凤雪抿了抿唇，熟练地梳了一个简单的发髻。他的事情与她不相干。

“公主，王爷答应了你的交易，那么公主现在自由多了。今天晚上公主还要出去吗？”

“不——”凤雪微微眯了眯双眼，“司徒行云今晚绝对会有所行动。但是——”声调降低，一丝微光一闪而逝，“今晚我跟他奉陪到底。”

忽地，外面传来一阵极其微弱的拍翅膀声。

“青衣，下去吧！今晚不需侍候我了。”凤雪吩咐道。

“是，公主。”

青衣退了下去后，凤雪闭上双眼凝神聚听，确定周围没有人后，她拾起刚刚从窗子飘到梳妆台上的一片叶子，轻轻地吹奏起一首轻柔的曲子，一首轻柔到足以让冰雪融化的曲子。

这时，一只纯白色的鸟扑扑地飞了进来，停落在凤雪面前，一双黑溜溜的眼睛直盯着凤雪。

凤雪微笑着，继续吹着那首轻柔的曲子。

而那只纯白的鸟依然用它黑溜溜的双眼盯着她，仿佛在检验什么似的。

凤雪继续微笑，将曲子在一片小小的绿叶上吹得淋漓尽致。

曲终，纯白色的鸟才满意地不再盯着她。接着它仿佛用尽全身的力气深吸了一口空气，借助着一股力将身体内的一个圆圆的用蜡制成的小球吐了出来。

凤雪立即接住小球。

她轻轻地抚摸了一下它的头，把手心里的叶子伸到它面前。它马上用嘴吞下了那片叶子，黑溜溜的双眼瞬间变得精神万分。

撕开小球外层的蜡，里面是一团纸。

在桌上铺平揉成一团的纸后，凤雪细细地看了起来。

“有事，回谷。”

凤雪的眼角染上了一层欣喜，似乎逃脱了一个大灾难似的。

这时，“咚”的一声，白鸟又吐出一个蜡制的小球。

凤雪眉轻蹙，取出小纸。

“女人，不准偷懒。我回来后，你必须得把续集写完！”

眉梢上的欣喜顿然全无。

白鸟似乎也感应到了她的情绪，低低地叫了一声。黑溜溜的双眼眨了眨，里面却尽是笑意。

恶狠狠地瞪了它一眼，凤雪嘀咕了一句：“物似主人形。”

白鸟仿佛听明白了她的意思，又低低地叫了一声，才满意地拍翅而去。

看着空中渐渐消逝的白鸟，凤雪撇了撇嘴。

当初明明是她和离歌一起在大蛇口中救下它的，而现在它倒成了离歌监督她写文的一个好工具。早知如此，当初就不救这只所谓千年难得一只的灵鸟了！

换上一条翡翠撒花洋绉裙，别上一支精致的青色细簪，簪上垂下一个银色的铃铛，凤雪满意地看着铜镜中的简单朴素的装饰，戴上面纱，光明正大地大步走出了平延王府。

夜色朦胧，似乎有一层薄薄的雾纱笼罩着夜空。大街上，大多数店铺也早已打烊，都紧闭着大门，只剩下少许卖夜宵的街边小摊。

大街是一片的宁静，只是偶尔会有一些街边小摊的火炉里发出的嗞嗞声。

丁零——丁零——丁零——

宁静的大街上，清脆的铃铛声不停地响起，引来卖夜宵的频频注目。

倏地，她感觉到了身后的不远处有一道微弱的呼吸。凤雪垂下眼帘继续向前走着，面纱下有一抹奇异的笑容。

离歌的武功是绝尘谷的先辈所传，这世上能比得上他的恐怕只有当今武林尊主君无痕和凤溪边境的仙老人了。但是如果只论轻功，即使那君无痕也未必比得上。而她的武功是离歌所教的，虽然武功略输他一筹，但轻功却更青出于蓝。

至于司徒行云，他打仗了得，武功就未必能比得上她。况且他还不知道她会武功，从刚刚她听到呼吸的频率看来，这人除了司徒行云还能有谁？

微微一笑，凤雪加快了脚步，发簪上的铃铛摇得更加清脆。

司徒行云皱着眉，眸子盯着前面的凤雪，脚步也加快了。看着她走出王府中，明明答应过不干涉她的自由，可是心里却有股力量推动着他跟着她出去。他承认，他的确对她昨晚所谓散步的解释有所怀疑。或许，她夜间出去，是为了……

男人就是如此，明明对方是自己讨厌的名义上的妻子，但是却不能容忍对方有红杏出墙的嫌疑。

况且他——司徒行云，生性多疑。

凤雪的眼里闪过一抹暗讽。

她加快了脚步走到了城门前，高举着一块令牌。

而守城门的侍卫见到平延王的令牌，也不敢多说什么，马上打开了城门。

夜晚的郊外别有一番风味。

银色的月光透过叶子的缝隙洒在地上，斑斑驳驳的，透出一股宁和的美。月华笼罩大地，为大地罩上了一层银纱。

凤雪盯着地面的银纱，竟倏地出神了，甚至有那么一刹那忘记了司徒行云的存在。

银色，柔和的颜色，夜晚大地的银色面纱。

抬头，凝视着天上的银色月亮，她心中仿佛有一处地方被这柔和的月华照得柔软了起来，嘴角竟情不自禁浮起了一抹柔柔的笑容。

一股莫名的思念如泉水一般涌了上来，心也莫名地刺痛起来，泪顺着银色的月华滑落，染湿了脸上的面纱。

当司徒行云赶到时，他屏住了呼吸。

一片银色的光芒中，她抬起头，仰望着银色月亮，泪水滑落衣衫，在织出的花

瓣上悄然洇开。乌黑长发无风自舞，宛若踩着七彩祥云下凡的天仙。而她的眼神却是如此的柔和，柔和到……他的心底。

待凤雪的心完全恢复平静时，银色的月华依然亮如昔。

她的眼神里的柔和也不复存在，恢复平静，宛若宁静的夜色，脸上的泪也被风吹干了，仿佛刚刚的泪水只是梦境。

乘着月光，她走进树林。

司徒行云微怔了下，也随即跟上。

那是一条清澈的小河，在树林间弯弯地蔓延。

她随便找了块大石头坐下，凝视着清澈的河水、月之倒影和河面上那一层薄薄的月华，轻轻地抚摸着手腕上的琉璃珠手链。

手上的琉璃珠手链自她出生以来就开始戴在她的手腕上，父皇和母后说，这是她一出生就戴着的，来历无人知道。但是却与那年的碑文——“得相思，琉璃珠，福天下”刚好符合。

或许，这串琉璃珠有一个名字叫“相思”。

相思……相思……也许这串琉璃珠有一个感天动地的爱情故事吧！

司徒行云倚着一棵树，借着月光，他看清楚了此时凤雪的表情。她的眸子里是一片浅浅的忧伤。

是……什么令她如此的忧伤？

仔细凝听，她听到了司徒行云的呼吸，抿了抿唇，她站了起来，再次深深地看了一眼银色的月光后，她低低地呢喃一句：“散完步，是时候回去了。”声音虽低，却恰好能让司徒行云听到。

司徒行云一跃，跳到了树上。

凤雪垂下眼帘，走出了树林。

等凤雪走出树林后，司徒行云跳到河水边，低头凝视着清澈的河水。河水依然是一片清澈，依然是沁着一层淡淡的银色。

看起来依然是如此的柔和。

凤雪呀凤雪，你到底为何忧伤？

月光照在司徒行云的脸上，他的脸呈现出一片银色，就连那墨玉般的眸子仿佛也染成了银眸。当他触及到河中自己被月光镀上银色的眸子时，他的心柔软了起来。眼角有一层淡淡的笑意和从未在人前表现过的温柔。

凤雪进了城。

在回府的路上，卖夜宵的人依然在忙碌。正巧此时凤雪的肚子咕噜咕噜地叫起来，她选了间较近的小铺坐了下来，叫了一碗面。

夜色依旧，铺主看不清凤雪的面容，只看到她戴着面纱，从她的衣着看来，猜测她是大富人家的千金。仿佛第一次遇到贵客般的，铺主热情地招待起她来。

其实她会坐下来吃夜宵除了肚子问题外，还有个原因就是——司徒行云。等了许久，放慢了脚步，依然没有感觉他在身后。

“客官小姐，你的面。”铺主特意加了许多料，“呃……客官小姐，你需要把面纱摘下来吗？”

凤雪摇头，一手低低地掀起面纱，一手用筷子将面条送入口中，熟练得仿佛像是正常人在吃面。

“不……打扰你了，客官小姐。”似乎感到了凤雪身上的沉默，铺主讪讪地退了回去。

蓦地，凤雪的眼里闪过一丝锐利。

他……来了。

放下筷子，凤雪轻声道：“公子，走了那么久，想必很累了。何不坐下来吃碗面休息一下呢？吃惯了山珍海味，偶尔尝一下粗茶淡饭，也是种享受。”

从树林里走出来后，司徒行云以为凤雪早已回府，却没想到她会在一家面铺里，并开口跟他说话。

转头，一双晶亮的眸子盯着不远处的司徒行云。

一丝狼狈一闪而逝，但瞬间司徒行云又恢复了淡定。他的唇角勾起一抹笑容，走到凤雪身旁坐了下来。

“公主可真有兴致，半夜在外吃面。”

“这是凤雪的习惯，况且今日早晨也对王爷说过，凤雪喜爱半夜散步。”眨了眨眼睛，话锋一转，“相信王爷也了解吧！”

“什么时候发现的？”眼神不变，司徒行云淡淡问道。他现在想知道的答案就只有这个问题。

“呵呵……”凤雪一阵轻笑，头上的铃铛又清脆地响了起来，引来铺主的注目。

看到如此俊美贵气的男子出现在自己的铺子，铺主顿时傻了眼，愣在那里，惊讶得说不出话来。

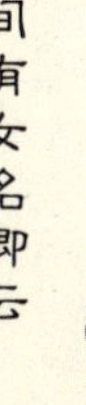

司徒行云有一刹那间觉得她头上铃铛的声音很刺耳。

“一开始，”止住笑声，凤雪正色道了，“凤雪就深知王爷不相信凤雪所说的话，而且依王爷的性格必定会跟随凤雪去散步。”

“哦？公主对本王很了解？”挑眉。

“三成。”凤雪伸出三个手指，“其实会知道王爷今晚的举动，大多数靠的是王爷那天的眼神。眼睛是可以看透尘世间的任何秘密和想法。”

眸子看着司徒行云：“现在王爷总该相信凤雪的确是去散步了吧。”

“本王可认为公主今晚的举措是专做给本王看的。”双指轻叩着桌面，木桌发出沉闷的声响。

“王爷在树林里看到了什么？”突然，凤雪说了一句风马牛不相及的话。

司徒行云怔了下，她被七彩的柔光包围的情景再次浮现了出来，地面上的泪花让他再次愣住了。

她为什么要流泪？

似乎预料到了他的发怔，凤雪看了看周围，压低声音说道：“王爷，自古以来，皇家的秘密除了皇家人知道外，还有另一种人可以知道。”

司徒行云的双眼眯了起来。

一阵风吹过，空气似乎变得阴冷起来。轻轻地眨了眨双眼，凤雪的声音变得低低的。

“那就是死人。”

蓦地，司徒行云笑了起来。

“公主言之有理。”

“凤雪喜欢散完步后，然后到郊外的小河旁歇息，想一些闺中姑娘所想的事情，接着……”

“公主说眼睛可以看穿一切，那……”司徒行云抬眸，定定地看着她。

凤雪的双眸澄净得宛若刚刚那条清澈的小河，晶亮得宛若天上的星星，纯净得宛若是新生的婴儿。

她的眼睛仿佛在明明确确地告诉着他——她是去散步，他必须相信她。

“相信，本王相信。”司徒行云撇开眼，留下一锭银子，起身向王府走去。他堂堂平延王竟然害怕起她那双仿佛可以看穿尘世间一切事物的眸子。

凤雪微笑，走在司徒行云身后。

一路上，他们没有人说话，也没有人提及在树林里发生的事情。

第六章 · 双蝶姑娘

自那晚以后，司徒行云果真如凤雪所料，晚上再也没有跟踪她，而且对她的事情也毫不过问，对那天的事情也没有提及，日子倒也过得平静。

白日里，凤雪和司徒行云相敬如宾。夜晚，司徒行云虽从未到雪楼里留宿，但在哪个妾侍那里过夜却有派人向凤雪通报。这些举动虽怪，但从另一方面来讲却是实实在在对作为平延王妃的凤雪的尊重。

而在民间里，关于平延王和平延王妃的故事版本传得火火热热的，甚至有好事者把各种版本收集起来编成书，竟然一跃成为凤溪当月评书榜第二。

当然，第一自然是万众期待已久的卿云姑娘所写的故事续集。

花河岸边，杨柳依依，曼妙腰肢随着风舞动着迷人的舞姿。阳光照在花河面上，闪着波光粼粼的金光，一片金光中，几条大小不一的船舫在花河上飘荡着。

每个月的评书榜出来时，花河上都举行一次庆书会，邀请一些写书的人。

一条豪华而阔大的船舫在花河的中央驶着，金光下，显得格外显眼。

“恭喜！恭喜！恭喜你的书一举成名，荣获评书榜第二。”

“过奖！”一男子微微点头，“全靠王爷和王妃的功劳。”

“不过，第一的还是卿云姑娘。”

“对呀，卿云姑娘的名字在榜首一直都没下来过。”

……

船舫里是一片祝贺声以及沸沸扬扬的讨论声。

一个不显眼的角落里坐着一个女子。

她身着草绿色绫棉裙，发髻上仅有一支草色簪子，耳垂上吊着两颗小巧的绿珠。

她静静地凝听，唇角微勾。

“姑娘，我可以跟你搭桌吗？”倏地，一双纤纤玉手伸来，在她眼前晃了晃。

卿云回过神来，抬眸，见到来人后，不由得一怔。

浑身雅艳，遍体娇香，两弯眉画远山青，一双眼明若秋水，脸如莲萼，唇似樱桃。一身浅绿薄裙，宛若杨柳依依。

卿云轻轻一笑，道：“从没见过如此美的姑娘，一时看傻了。”

“呵呵……”掩嘴一笑，吐气如兰，“谢谢姑娘赞赏。”

她坐了下来，正对着阳光，阳光下她的眸子闪着银色的光芒。

卿云怔了怔。她的眸子是银色的。

“姑娘……姑娘……”她的双手在卿云眼前晃了晃，见她回过神来，她笑道，“姑娘肯定觉得我的银色眸子很奇怪吧！很多人第一次看到都会像姑娘一样发怔呢！”

“银色的眸子在凤溪的确罕见。凤溪人的眸子大多数是黑色或是褐色。”看着银色的眸子，她想起了那天夜晚在脑海里出现的银眸。但是她却可以很肯定地分清这两双银色的眸子是不一样的。她脑海中的银眸有一股不属于人的气质，这是眼前的银眸所没有的。

瞅了她一眼，卿云的脑里竟然闪过一个可笑的问题：这么美的姑娘，不知司徒行云发现后，会是怎样的表情？

问题刚闪过，卿云微微咬唇。怎么突然会想到他？

“不知姑娘你的芳名是？”定了定神，决定不再去想这个话题。卿云微微一笑，对她身旁的姑娘问道。

就在她准备回答时，一只粗大的手倏地抚上她的双臂，接着又缓缓地往上移。她的身子一颤，一声尖叫从她口中发出。

"啊！登徒子！"

刚刚还说得沸沸扬扬的声音也随着她的一声尖叫停止，所有的目光都聚集在角落里的两抹绿色上。

"登徒子？！"那只粗大的手的主人不屑地冷哼一声，"一个妓女也有资格说本大爷是登徒子？哼！"

"妓女？！"众人一怔，定睛一看，看到那双水灵灵的银眸时，有人叫道："是双蝶姑娘！"

众人倒抽一口气，呼吸一滞。

醉花楼里的头牌——双蝶姑娘。

名叫双蝶的女子听到那个男子不屑的话时，眼神一黯，竟说不出任何的话来反驳。而那个男子见她如此，手更是放肆了起来，在她的臀上狠狠地捏了一把，口中更道："醉花楼里的双蝶姑娘也不过如此，一点朱唇万人尝，今天本大爷倒也要试试凤溪第一名妓的味道。"

说罢，那张血盆大口就要压上那张小巧的红唇。

而在场的人却无一帮忙，仿佛这些事情都是司空见惯的，看了那个男子一眼后，沸沸扬扬的声音再次响起。

倏地，卿云一把拉过双蝶，躲过那张血盆大口。一个旋转，与他拉开了距离。她看了看那个色迷迷的男子，眉微蹙："这是庆书会，请勿打扰大家的兴致。"

见到手的肥猪肉飞走了，还被一个女子羞辱，男子恼羞成怒，恶言道："跟妓女在一起的必定是物以类聚，想必也是醉花楼里的哪个青楼女子。"

不理会他的恶言，卿云淡淡道："青楼女子也是人。"

"哼！这是我这辈子听到最好笑的话了。青楼女子是人？哈哈！青楼女子不过是一个让男人泄欲的工具，称不上人。"眼里满是鄙视的眼神。

而卿云身后的双蝶听得脸色一阵青一阵红的，头垂得低低的。

卿云大笑："你禽兽不如！没有资格谈论这个问题。"

"你！"男子握拳，愤愤道，"你这个婆娘竟敢说我禽兽不如！你……"一个拳头猛地冲向卿云。

卿云拉着双蝶一闪，拳头落空，狠狠地落在木板上，拳头顿时变得通红。

就在拳头再次出击时，卿云搂住双蝶，轻轻一跃，跳到舫里的最高处高声道："在场的各位竟无人帮忙，难道凤溪的侠士没有路见不平，拔刀相助的精神风貌

吗？难道就任由这个登徒子糟蹋如此美貌的姑娘？难道因为她是青楼女子就活该被糟蹋吗！”卿云声调越来越高，纵然貌不惊人，但那双熠熠生辉的眸子却叫人不敢逼视。

卿云居高临下地俯视众人，一股浑然天成的贵气油然生成。

双蝶怔怔地看着她身旁的姑娘。

从第一眼看到她时，她就觉得这个姑娘与众不同，非同一般。所以她才会撇下婢女和嬷嬷派给她的侍卫，从她的小船舫里偷偷地跑进这个船舫来见识这个姑娘。对于这个姑娘，她有说不出的情感，既有羡慕又有一股莫名的恨意。

而卿云会挺身而出除了看不过去之外，还有一股对她莫名的内疚情感。这么美的人，被糟蹋了就真的可惜了。

处于低处的那个男子突然出声道：“给本大爷报上名来！你这个婆娘可知本大爷是谁？本大爷可是当今李尚书之子，要怎样的女人就有怎样的女人！”

众人噤声。

就是因为这点他们才不敢插手。李尚书可是当今皇帝跟前的红人，听说前阵子还立了个大功呢！而且李尚书是出了名的宠溺儿子的。如此一来，即使有怨言，谁敢得罪？

见到在场的人都不敢出声，他得意地看着卿云和双蝶。

“哈！哈哈哈！”卿云大笑，“不过是尚书之子，就敢如此放肆！那你又可知平延王上个月都待在哪里？”

不明白她为什么会突然扯上平延王，但他依然一脸盛气凌人。

“醉……醉花楼。”人群中，有人答道。

“醉花楼哪里？”卿云定睛一看，望向刚刚答话之人。

“双……双蝶姑娘处。”被她一望，答话的人有点结巴。

突然，卿云眼神转柔，看向双蝶：“双蝶，王爷是否在你那里待了一个月？”

双蝶脸色微红，轻轻地点了一下头，声音如若蚊叮般：“上个月，王爷的确在双蝶处。”

“王爷是否有给你承诺？”卿云柔声问。

双蝶脸更红，她答道：“王爷曾经对双蝶说过，不会让人欺负双蝶。”

声音虽小，但在场的每个人却听得一清二楚。

那个盛气凌人的男子脸色微白。

卿云转头，眼神锐利，像一面澄澈的镜子照射着每一个人的心灵深处。

“可都听到了？平延王从未对一个女子有过如此待遇，既然平延王已经做出承诺，相信不久凤溪第一名妓将会是平延王府的人。”锐利的眼神射向李尚书之子，“难道平延王的女人你也敢抢？或许，你认为当今皇帝最宠爱的公主的驸马平延王比不上一个当前红人李尚书？”

男子的脸像调色盘一样不断变幻成五颜六色，最终他的脸如纸般苍白。

“臭婆娘，你给我等着！”

他狠狠地抛下一句话，落荒而逃。

第七章·倾慕之人

看着他落荒而逃的背影，卿云的唇角浮起一个嘲讽的笑容。胆小自私懦弱风流的男人！

比起他，司徒行云好多了！

意识到自己在想些什么后，卿云的呼吸一窒。第二次，这是她今天第二次想起司徒行云这个人了。

她微微咬唇。猜想道：肯定是这阵子被离歌催文催到神经错乱了！

甩去脑中的想法，眸子扫视全场，触到一处幽深的目光时，她微怔。定睛一

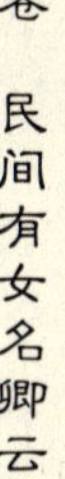

看，人影却已消失了。

好快的轻功。

“在场的各位人士，请原谅小女子今天打扰了各位的兴致。小女子在此郑重地向在场的人道歉。请继续庆书会，小女子先行一步。”卿云抿了抿唇，大声道。

语毕，没有理会在场人士说了什么，搂住双蝶的腰，飞了出去。

把双蝶送到她所说的船舫后，卿云对她点了点头，道：“以后出门，记得带几个会武的人。”瞅了瞅她的细致的脸，“最好也把面纱带上。”

“嗯。谢谢姑娘救命之恩。”双蝶微微屈膝，盈盈一拜，宛若河边的杨柳，孱弱得让人怜惜。

或许司徒行云就是喜欢这样的女子吧！

卿云眉蹙了起来，再次屏去脑里一闪而过的名字，连忙扶起双蝶：“不用行那么大的礼了。大家同样身为女子，救你是理所当然也是应该的。”

“姑娘，你不会看不起双蝶吗？”她问得有点拘束，头低低的，脸也红红的。

“看不起？！”卿云微笑，“为什么看不起？”问得理所当然。

双蝶怔了征。

那天在蝶轩里，她扭扭捏捏地问司徒王爷这个问题时，司徒王爷也是理所当然地问了一句：“为什么看不起？”

很相似呢！

双蝶盈盈一笑，浸在夕阳的光辉中，竟让人觉得风情万种。

“姑娘，你的名字是……”犹豫了下，双蝶问道。

“名字不过是代号而已，何须记挂？双蝶姑娘，告辞了。”对她抱抱拳，卿云一跃，点着水面，潇洒地离开了花河。

双蝶看着那潇洒的草绿色背影如箭般地离去，久久都不能回过神来。

如果她也可以这么潇洒，这么有勇气，这么大胆，那……该多好……

叹了口气，她转身回舱。

黄昏的夕阳把街面照得金黄金黄的，宛若铺了金色的轻纱，很柔和很柔和，让人看到就连心也是一样的柔和。

即使是接近天黑了，路上依然是熙熙攘攘的，车水马龙，热闹的氛围与白天相比，一点也不减。

街上，卿云慢悠悠地走着。

司徒行云今天被父皇叫进皇宫里，依父皇的性子必定会将他留到深夜，才会放他回来。不然她也不会在大白天就出来晃悠。

倏地，一道刺眼的金光在她的眼前一闪。

不远处的首饰摊铺上，一对水晶制作而成的梨花耳饰在夕阳下闪着金光。

卿云走上前去。

刚要伸出手拿起那对耳饰时，一道淡然却隐隐蕴涵着霸气的声音在她的耳边响起：

“这对耳饰，我要了。”

卿云的手顿了顿后，没有理会耳边的声音，拿起了那对水晶梨花耳饰，抿起一个笑容：“老板，这对耳饰我要了。”

摊铺的老板看着眼前的两位顾主，不知卖给谁好。

“不用找了。”放下一锭银子，一只手以卿云也没想到的速度从她的掌心夺走了梨花耳饰。

“好好好。”老板喜笑颜开。这锭银子顶得上他一天所赚的了。

卿云转头，澄净的眸子看向来人。

乌黑的长发以白玉冠束之，黑衫飘飘，玉树临风，卓绝出众，举手投足间，尽是浑然天成的霸气。一双蓝色的眼眸深邃幽深，宛若蓝色的宝石。

幽深的目光让她想起了刚刚在船舱上的那一闪而逝的目光。

一袭素色的黑衣，衣襟的不显眼处有一片花瓣。花瓣鲜红如血，宛若一团烈焰，猖狂之至。

他……是离宫之人。

而他是君无痕！是她卿云所倾慕之人！

微风轻拂，卿云与君无痕的发丝随风起舞，发尾相互交缠。夕阳的光辉把他们的发丝染成金黄，微微发亮。

这是卿云第一次见到君无痕……

这是卿云第一次在外人前露出激动的神色……

这是卿云第一次感到心可以如此快地跳动……

一袭黑衣的君无痕看着一袭绿裙的卿云，蓝色的眸子微微闪过一丝惊讶。

这是君无痕第一次见到易了容的卿云……

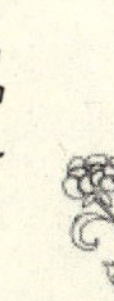

这是君无痕第一次看到如此澄澈的双眼……

这是君无痕第一次在外人前收敛他的霸气……

所有所有的第一次，都在夕阳下的四眼相望发丝交缠的这一刻定型！

这是他们的第一次相见，但他们却不知道此刻的相遇决定了他们未来纠缠的命运。

“久仰尊主大名！”卿云抱拳，双眸中神色平静，收回了第一眼的激动。

君无痕握紧手中的梨花耳饰，微微点头，道：“姑娘好眼力。”

注意到他的手，卿云微笑：“不知尊主可否与小女子商谈一下关于梨花耳饰的归处？”纤纤细指指向近处的云楼客栈。

盯着她微勾的唇角和笑意盈盈的双眸，君无痕点头。

移步到云楼客栈后，卿云和君无痕在一个靠窗的位置坐了下来。小二见客官坐了下来，连忙为他们倒茶，卿云摆了摆手，小二也退了下去。

待君无痕喝了一口茶后，卿云开口道：“君公子，那对梨花耳饰可否让给我？”

君无痕皱眉，不语。

看了看那杯淡黄色的茶，卿云继续道：“如果小女子可以让君公子舒展眉头的话，那君公子可否把梨花耳饰让给我？”

君无痕挑眉，蓝色的眸子微微闪着星光。

卿云微笑，招来小二：“小二，把你家老板叫来。”

小二见到卿云带着笑意的双眸，点了点头。

片刻后，小二把老板带到了卿云的桌前。

卿云先是抱了抱拳，然后对老板道：“小女子对云楼有个建议。”

“哦？姑娘，且说来听听。”

“现在正时夏季，不知老板有没有想过把云楼里招待客人的热茶换成一杯冰凉的花茶？”

老板的眼睛亮了起来。

“老板，这个建议如何？”

“姑娘好见地！”老板对卿云微微点头，“为了表达对姑娘的感谢，姑娘这次在云楼里所用的……”

“老板……”卿云打住了老板的话，“小女子有个不情之请。小女子想借云楼的厨房一用。”

老板犹豫着："这……"

"只是泡一杯茶，小女子别无他意。"

"好吧。"

卿云起身，对君无痕轻轻点头："还请君公子稍候片刻。"

君无痕看着她，双眸依然笑意盈盈，好似有一股莫名的吸引力，让他不能拒绝："好。"

老板和小二也连忙离开。

他们害怕这位客人，一身的黑衣以及浑然天成的霸气，他就像一团黑色的火焰，让人不能靠近。

片刻后，卿云端着一杯茶放到君无痕面前。

她盯着他蓝色的双眸："请君公子品尝。"

仰头，茶杯微斜，一点一滴的冰凉侵入心底，口中萦绕着一股淡淡的梨花香。君无痕眉头舒展，蓝色的眸子如海洋般湛蓝。

"君公子，以此梨换彼梨，如何？"卿云的唇角微勾，染着如梨花般绚烂的笑容。

思量许久，君无痕似乎面有为难。

"君公子……"卿云犹豫了下，问道，"这对梨花耳饰，你……是否要送给心上人？"卿云的声音说到最后竟然如蚊子叮人般细小，而两腮上有两片淡淡的潮红。

"吾妻。"

卿云脸上的潮红迅退，看上去似乎有些苍白。

见到她的脸又红又白，君无痕似乎意识到自己刚刚所说的话有点不妥，解释道："将来的妻子。"

听到他的话，卿云的脸色逐渐恢复红润，挤出一个笑容："将来？君公子之意，是……"

"无痕之妻，梨花之髓，双十年华，如若未现，香消玉殒。"君无痕幽幽地说，蓝色的眸子染上了一层悲切。

"她……还没有出现？"

君无痕点头。

倏地，卿云想起了离宫有个传说：离宫有一块梨镜，在新一代武林尊主即位的那天时，梨镜内会对尊主之妻有所提示，一旦那女子在二十岁前成为不了尊主之妻，她将会从此消失在这个世上。

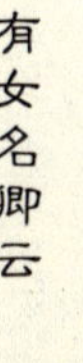

卿云抿紧双唇，许久，她才震撼地从紧咬的牙中蹦出两个字：“梨镜？！”

蓝色的眸子霎时变得深邃，君无痕倏地站了起来，周围弥漫着一股危险的杀气。知道梨镜存在的人，只有两种人，一是离宫之人，二是皇族之人。

在凤溪未建立以前，“梨镜”不叫“梨镜”，而叫“合镜”。合镜在月圆之夜所形成，集天下日月精华所在，可以知生死，测未来。而在凤溪建立后，合镜竟然一分为二，一块成为皇宫的镇国之宝，可以保佑苍生，称为“离镜”，则另一块，则坐落于离宫，可知尊主之妻，称为“梨镜”。这是凤雪在懂事那年，父皇告诉她的。

“我不像皇宫之人吗？”仿佛没有感受到那逼人的杀气，卿云微笑，澄澈的眸子无邪地看着他。

杀气微微减弱，蓝眸依然锐利：“如何证明？”

“离镜与梨镜为合镜。”压低声调，用只有君无痕才听得到的声音说道。

杀气消散。君无痕坐了回去，执起茶杯，喝了一口梨花茶，声音低沉：“皇族之人，轻功极佳。皇宫里的人……”仔细看了一眼卿云，“不可能是凤雪公主……多多郡主虽然是皇族之人，但早已嫁到塞外，是不可能出现的……凤溪的皇族女子并不多，剩下唯一可能的就只有宁香郡主了……而宁香郡主却不会轻功……你到底是谁？”

“呵呵……”笑声如银铃，“这就只有靠君公子自己猜了。”眨了眨眼，卿云回到正题，“如此说来，这对梨花耳饰可是君公子为未来夫人准备的。君公子对未来夫人真是一往情深呀！”语气里有着卿云从未想过的酸味。

听出了语气里的味道，君无痕苦笑一声：“离宫之人，只娶一妻，并对妻子永远忠诚。”

仿佛被拆穿了什么似的，卿云微微咬唇，脸上有一层被人识破的淡淡的红晕：“我知道。”

卿云撇过头，看向窗外，不想让自己的感情外露，心里缓缓流过一阵微微酸涩的潮流。突然，一辆华丽的马车缓缓地从云楼前驶过。

卿云一惊。

那是平延王府的马车。

抬头看了看天，夕阳早已落下，天空微暗，星星点点也若隐若现。

转回头，卿云向君无痕道：“既然君公子是要送给夫人的，那么小女子也不敢夺人所爱。这对梨花耳饰归君公子所有。现在天色已晚，小女子告退，后会有期。”

卿云向君无痕抱拳。

“等等，”君无痕唤道，接着他从他身上取下一块黑玉，一面刻着一片火红的花瓣，另一面刻着“无痕”二字，“这是离宫信物，如若以后姑娘有困难之处，只要现出此玉，各大帮派定会鼎力相助。”

卿云接过黑玉，唇角微微扬起：“看来，君公子对从未谋面的夫人用情至深呀……”突然意识到自己语中的酸意，卿云一惊，连忙吐了吐舌头，眼里笑意盈盈，声音轻扬，“就此谢过君公子了。”

再次抱拳，卿云一跃，从窗子飞快离去。

盯着她离去的背影许久，君无痕细细地品尝着剩下的梨花茶。突然，他感觉到冰凉的梨花茶似乎带着酸涩的味道，看着茶中的倒影，他似乎看见了一双笑意盈盈的眸子。

双十年华，如若不现，香消玉殒……

那对笑意盈盈的眸子骤然消失，而温热的手中的梨花耳饰却如梨花茶般冰冷，宛若寒冰刺骨。

“师父，事情已办妥。”在君无痕放下手中的茶杯时，他身边出现了一个一袭素衣的男子，他的衣襟上同样有一片火红的花瓣，他正是当天在王府宴会上出现的尊主之徒无司。

君无痕点头，并无多加赞赏。

突然，君无痕出声道：“无司，那天王府宴会上，可见到了凤雪公主？”

无司微怔，但随即答道：“有。凤雪公主面容被毁，但是……”一双澄净的眸子倏地浮现在他的脑海中，“凤雪公主有一双很美的双眼，跟小河一样清澈，像镜子一样明亮，看了她的双眼后仿佛所有的秘密都再也藏不住。”

君无痕挑眉，挥了挥手，无司立即无声无息地退下。

“呵……是易容吗？”

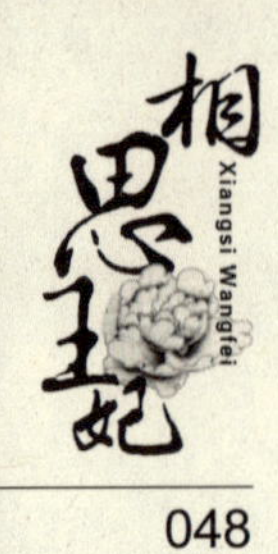

第八章·戏子如云

赶在司徒行云的前面，凤雪跃入雪楼，连忙取下发髻上的草色簪子以及耳垂上的那对小巧的绿珠，褪去身上的草绿色绫棉裙后，随手取了一件白色银边的绸裙，立即换上。

双眸在触及绿裙上的黑玉时，一股酸涩从心底油然而生。

双手颤抖地抚上温暖的黑玉，心却是一片的冰凉，宛若腊月中的深寒。

他……竟然以如此重要的信物换取那对未来夫人的梨花耳饰……一股从未有过的情绪在她的眸子里肆意地流露……

司徒行云妻妾如云，她不在乎；

司徒行云讨厌她，她不在意；

司徒行云对他的妻妾用情，她不嫉妒；

但是——

君无痕对他未来夫人的用情、用心、在意，却让她的心里感到酸酸的，甚至是有点在乎，仿佛自己东西被人抢了过去一样。

突然，凤雪感觉到脸上的冰凉，整个人顿时清醒了不少。

微暗的灯光下，琉璃珠手链绽放着晶莹的光芒。

心一颤，她马上清醒过来，连忙用手背抹干了眼角边的湿处。

她是凤雪，她是司徒行云的妻子，她是平延王府的王妃，她是凤溪唯一的公主。

无论她的感情趋向如何，她也无能为力。

天意吧……

倏地，外面传来青衣的声音：“青衣见过王爷。”

凤雪一惊，连忙从地上起身，在双眼看到铜镜中的人时，她的心中再次一惊。

铜镜里。

她的面容平凡，整张脸毫无伤痕，依然戴着今天易容的面皮。

“王爷，青衣这就进去通报。”

“本王见公主不需通报……”

听到外面的声响，凤雪暗暗叫糟。

来不及了……

咬咬唇，凤雪的眉头紧皱着。

只有这样了……

“王爷，可是公主吩咐过……”

“放肆！”

砰的一声，门被推开。

而此时凤雪坐在床上，披散着的长发直直垂下，铺满了她的周围，像一朵盛开的黑花，闪着微亮的光泽。巨大的花瓣下安稳地躺着一块晶莹的黑玉。额上被乌黑的发丝遮住，脸上戴着黑色的面纱，而面纱下却不是伤痕交错被毁了容的脸。

见司徒行云走进，凤雪微微靠着床壁，轻轻地揉了揉双眼，睡意惺忪地瞧着司徒行云：“王爷从宫中回来了？”

第一次见她睡意浓浓的样子，司徒行云的眸子里闪着笑意，没有回答她的问题，反而反问道：“怎么公主今晚不出去散步？”

“王爷从宫中回来了？”没有得到答案，凤雪固执地继续问道。

“是，本王刚从宫中回来。”司徒行云此时竟然觉得凤雪固执得可爱，“本王回答了公主的问题，那现在应该轮到公主回答本王的问题了。”

“不想出去。王爷承诺过凤雪不干涉凤雪的自由吧！”转了转眼珠子，凤雪的眼眸逐渐明亮，睡意也消失了，“所以，王爷也不需过问。”

司徒行云微微皱眉。接着，他似乎想起了什么，眉头舒展了开来：“公主对书

法可有研究？”

见他突然转变，凤雪有些不习惯，不知道他的葫芦里到底在卖些什么。她微微点头：“略有研究。”

“今天在宫中皇上对本王说，公主在8岁时曾经说过，一个人的书法可以看出一个人的性格……”司徒行云唇角微勾，“恰好今天有官员送了几幅字画，本王倒是想看看公主如何看出一个人的性格。”

“王爷，今天凤雪身体有些不适……”说罢，作势地轻揉着太阳穴。

司徒行云迈起步子走到凤雪床旁，看了看她，突然对外唤道：“青衣，速请大夫。”接着又对凤雪道，“公主金枝玉叶，是凤溪唯一的公主，可不能有意外发生。”

青衣急忙跑入：“公……公主……”

司徒行云脸色一沉，声音带着些薄怒：“本王不是让你叫大夫吗？”

“奴……奴婢……”她只是担心公主才会跑进来。

凤雪声音突然变得很轻：“王爷，不用了。让凤雪休息一下即可。”看向青衣着急的脸色，她的眸光微柔：“青衣，下去吧。”

“是。”屈膝，青衣退了下去。

“公主，真的无大碍？”司徒行云靠近，灼热的气息微微逼近凤雪。

有点不习惯司徒行云的靠近，凤雪微微挪移了下身体，抿了抿唇，才道：“嗯。谢过王爷关心。”

雪楼里灯光微暗，凤雪的长发宛若黑色的绸缎与黑夜融为一体。刚刚的轻挪身体带着发丝飘动，一角绿色微微露出。万黑丛中一点绿，在黑色的夜中，格外的显眼。

司徒行云眸光一闪，黑色的眸子可以滴出墨来。

注意到了司徒行云眼神细微的变化，凤雪垂下眼帘，瞥见那一抹绿色时，不由得一颤。

那抹绿色正是她今天所穿的草绿色绫棉裙。

凤雪抬眸，突然轻轻地笑道：“王爷不是承诺过凤雪不干涉我晚上的自由吗？那凤雪现在想休息，而不想看字画。”

司徒行云皱了皱眉。他非常不喜欢她总是搬出那天的承诺。

“这可是王爷亲口答应的，王爷该不会想不守承诺吧？”微微侧头，凤雪不动声色地用长发遮住那抹绿色。

“本王的话一向是一言九鼎。”黑色眼眸倏地绽放出一种俯视天下的光芒，让凤雪不由感到一种危险的气息。

司徒行云他……

察觉到自己的眼神，司徒行云垂下睫毛，遮住了眼里的光芒。再抬起眼睫时，墨色的眸子静如水，仿佛刚刚的都是幻觉。

他微笑：“平延王邀请平延王妃夜赏字画，这算不上是干涉自由。”说罢，黑色的眸子闪着笑意看着凤雪。

在凤雪看来，他的眼里不是笑意而是令她冷到心底的凛冽寒风。

“盛情难却，王爷稍等片刻，凤雪梳妆就来。”

“不必了，现在就去。”司徒行云微眯着双眼，“或许公主想在雪楼里欣赏那几幅字画？”

面纱下的唇角大力地抿着。面纱外，凤雪柳眉弯弯：“就依王爷所言。现在就与王爷一同去书房。”

得到满意的答案，司徒行云转身，走出雪楼。

凤雪拿起发下的黑玉，收进绸裙内，也跟着走出了雪楼。

今晚月色明朗，带着丝丝凉风习习吹来，凤雪一身素色白裙，显得有些单薄，她与司徒行云在走廊上并行。

王府的走廊千转百绕，曲径通幽。

司徒行云的房间和书房在北，而凤雪的雪楼却在南，是整个平延王府中最遥远的距离。当初凤雪嫁入王府前，特地选了僻静的雪楼。如此看来，她现在倒有点自讨苦吃。

走在她身侧的司徒行云仿佛听到了她的想法，出声道：“距离是有点远，公主不是爱散步吗？就当做是与本王一起散步。而且这也是当初公主的选择。”

低沉的嗓音如夜风一般凉飕飕地吹过。

“凤雪喜爱僻静，不喜热闹。”声音淡淡的，抵住了那股凉飕飕的风。

“一个公主只能与热闹搭上边……”声音越发低沉，突然司徒行云的声调转变，变得轻快，“不过，本王那里却也算得上是一处清静之地。”

凤雪一怔，他的话似乎有深意。

“无论清静与否，在凤雪的眼中，这王府除了雪楼之外，都是热闹非凡。”没有理会那层深意，凤雪淡然地说道。

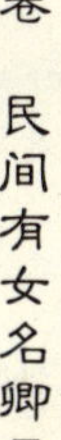

月色下，凤雪一袭素白，宛若缥缈的烟雾，远远不可及，仿佛轻轻地一触动，就会消散。

司徒行云的心竟然莫名地紧了起来，他解下青白色的外衣披在凤雪身上，动作轻柔得令他自己也觉得不可思议。

凤雪一颤，侧头，司徒行云的眼睫轻轻扫过她的眼皮，温热的呼吸迎面扑来。等她反应过来时，身上已经多了一件青白色的外衣，上面还余留着司徒行云的体温。

而她的心也莫名其妙地暖了起来，这股温热似乎在慢慢地洗刷着君无痕留下的酸涩。

她第一次觉得司徒行云也并不是那么令人讨厌。

凤雪撇过头，微微地挪移了下脚步，保持着与司徒行云的距离。

“谢谢王爷。”声音依然淡然，但仔细一听，里面却包含着千万种复杂的情绪……

司徒行云的眸子在黑夜里噙着微微的笑意。

“夜凉，公主下次散步时多穿衣服。”他继续道。

凤雪身体又是微微一颤。

片刻后，她转头，看向司徒行云，眸子闪着点点星光：“凤雪谢过王爷好意，下次凤雪会记住的。”

“走吧。”司徒行云迈起脚步，继续在这千转百绕的走廊里行走。

凤雪也跟了上去，与他并行。

在经过一处院子时，一阵箫音传来，紧接着又是一阵美妙动人的歌声，而院子中央有一个曼妙的红色身影随着箫音翩翩起舞。

只是这箫音、歌声以及那动人的舞姿都隐约带着丝寂寞的韵味。

虽然她很少出雪楼，但只要是明眼人都可以看出院子内的箫音是为谁而吹，里面的歌曲为谁而唱，里面的舞为谁而跳。

凤雪抬眸，眸子里有丝淡淡的嘲讽和淡淡的同情。

“真可怜。”看着那些女子，凤雪想起了宫中的妃子，父皇宠爱的妃子也只有两三名，剩余的几千名女子的寂寞又有谁知？

听到她的话，司徒行云的身子猛地一震。

“你……”刚想说些什么，庭院中的三个女子仿佛心有灵犀般地莲步轻移到司徒行云面前，盈盈一拜，巧笑嫣然，细细的眉叶上尽是欣喜。

“见过王爷。”

她们的眼中此时只有司徒行云，直到凤雪轻轻地咳了一声后，她们才把眼神转移到凤雪身上。

一袭白色银边的丝织长裙，质地极好，看得出是宫中的衣料。乌黑如黑绸缎般的长发随意披下，却一点无损她的贵气。而她身上披的正是王爷的衣服，由此可看出她是受宠的。

可以在夜晚穿得如此随意并和王爷在王府中漫步的女子，会是王爷的新宠吗？

见她们细细打量着她，凤雪也不出声，任她们打量。

“王爷，这位姑娘是……”其中一位女子微咬双唇，犹豫了片刻后，问道。

而司徒行云一声不出，眸子微微闪烁着一丝玩味的光芒，仿佛在看戏似的，仿佛所有的女人在他的眼中都是台上的戏子。

这种人适合当帝王，适合在后宫的众多女人中游走。而她——凤雪绝对不会是任何舞台上的戏子！

“王爷，不是说要欣赏字画吗？”伸出纤纤素手轻轻地将被风吹到额前的发丝挪到后面，宽松的水袖随着手的动作微微下移，露出一条琉璃珠手链。

月光下，熠熠生辉。

三个女子的脸色微白，她们惊慌地下跪，急忙说道：“见过王妃。”

“起来吧，不必多礼。”说罢，她转向司徒行云：“王爷，时候不早了，去书房吧。”

司徒行云眸光闪烁，但仅此一瞬。

他笑道：“好。”

接着他扶起仍然跪在地上的三个女子，低低地柔声说道：“箫音婉转，歌声动人，舞姿优美。等会儿本王再来欣赏一番。”

柔和的声音说得三个女子喜笑颜开。

在走之前，她的眼光一一掠过那三个笑得春风满面的女子。眸光微闪，而司徒行云此时正凝视着她的眸子。

她垂下眼帘，再次抬起时，又是一派的平静。

她与他对视。

许久，司徒行云才声音低沉地道：“公主……”

而此时凤雪却打断了他的话，眼眸不再与他对视："王爷，走吧。"

今夜天空无云，月亮周围的星星都微微闪烁着点点星光，而这些点点星光却是如此的寂寞，没有云朵，它们才得以绽放微弱的光芒，就如平延王府中那些独守空房的女子一样。

第九章 · 书房险遇

过了刚刚的那个庭院后，再多走几个走廊的转弯角，书房也就到了。

司徒行云的书房藏书丰富，墙上挂着几幅前朝的墨画，大紫檀雕螭案上齐齐地摆着文房四宝和几卷画轴，一旁的梨木几上摆着一个小巧的香炉，散发着淡淡的香味。

"公主对本王的书房有何评价？"见她观察了许久都没出声，司徒行云问道。

"雅。"

"雅……吗？"司徒行云仿佛在细细地推敲着这个字，突然他的唇角微勾，"这个字本王喜欢。"

接着他转身走到书案前，双手指了指案上的几卷画轴，示意她打开来看。

凤雪随手拿起放在书案上的一卷画轴，打了开来。

细细地品了一番后，凤雪才道："凤雪认为书必有神、气、骨、肉、血，五者缺一，则不成为书。而这幅字画是用行书所写，还欠火候。书写此字的人，应该是一个经常遗忘事情的人。”

“哦？依公主所见，怎样的行书才能入得公主的眼？”

“凤雪听闻王爷爱好行书和草书，不如王爷来书写一幅？”没有直接回答他的问题，凤雪巧妙地把问题推回到他的身上。

司徒行云挑眉：“公主言下之意是认为本王的字入得公主的眼。”

凤雪淡淡地说：“或许。”

“今天入宫时，皇上对本王说，这世间难有人的字入得了公主的眼。如果本王的字能入凤溪才女公主的眼，那就是本王的荣幸了。”

司徒行云开始研墨，等到墨色均匀后，他坐到书案前的楠木椅上，先是凝神定气，然后信手拈来，在洁白的画卷上洋洋洒洒地写下“逆水行舟”四个大字。

“公主，如何？”司徒行云抬起头，看向对面的凤雪。

凤雪绕过书案，走到他的身旁，微微俯身，垂下头认真地看着。在第一眼看的时候，凤雪心中大骇。

无论是从起笔、运笔、转折或是收笔看来，都可以看出司徒行云是一个善于收敛自己的人。这种人最恐怖，对任何人他都不会显示出自己真正的情绪，别人也永远猜不透他。他永远是站在暗处如看戏一般看着世人的行动。而“逆水行舟”四字，更是体现了他勃勃的野心。

他让她来欣赏字画，到底用意何在？

“公主，如何？”司徒行云紧紧地盯着她的双眸，希望可以观察到一丝一毫的情绪，可是她的眼神依然平淡，完全窥视不到她的心理。

对上他的眼睛，凤雪缓缓地说道：“飘若浮云，字若飞动。好字！”

“公主还没有说出本王的性格。”司徒行云的眼神愈发深邃。

垂下眼眸，再抬起眼眸，凤雪定定地看着他说道：“王爷是平延王，又是将军，性格自然是一个王爷和将军的性格。”

“是吗？公主确定？”黑色的眼眸中闪着复杂的情绪。

“确定，万分确定。凤雪很少会看错人。”坚定不移的声音。

突然，司徒行云大笑起来：“拭目以待。”

听到他的笑声，凤雪的心变得很沉重，她的确很少看错人。但是司徒行云却是一个她看不透的人，像风一样难以捉摸。

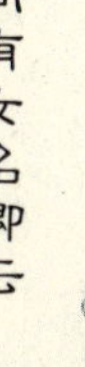

转移了视线，落在桌上的画轴上，她转移话题："王爷，官员的字画呢？"

司徒行云眉微挑，眼里有丝赞赏的目光："书案上的不就是吗？"

"王爷认为下官巴结皇亲国戚会送次品吗？"声音淡淡的，像夏天西湖上平静的湖面。突然湖面起了丝涟漪，凤雪声调微高，似乎有丝玩味，"刚刚的那幅字画是总管的吧！"

王府的出入总管每月都会拿给她过目，而上面的字迹跟刚刚的那幅字画相似。

而司徒行云此时却愣住了，但瞬间就恢复了过来。书案上的几幅字画的确是他叫总管拿来的，但是他却没有想到总管会拿自己写的字过来。

这个公主不可小觑呀！

司徒行云微笑："本王只是想考考公主的眼力而已，既然被公主识破了，本王就拿真正的字画出来。"

起身，走到一个檀木柜前，抽出一格，拿出了一幅字画。在他推回去的时候，凤雪所站的位置恰好看到格子里还有一个内格，而且还是锁着的。

在司徒行云转过身来时，凤雪立即收回了目光，转移到了他手中的画轴上。

"看王爷如此宝贵它，看来这次是真的了。"

司徒行云把手中的画卷递给了凤雪："这次的字不知公主能否猜得出出自何人之手？"

凤雪缓缓在书案上慢慢铺开。

洁白的纸上用草书龙飞凤舞地写着八个字——我行我素，唯我独尊。

凤雪心一颤，胸前的黑玉似乎感应到了她的情绪，也微微地发热，紧紧地贴着她的胸口。

司徒行云的唇角有个笑容，一个怪异的笑容。

"公主，这草书如何？"

凤雪垂下眼眸，低低地道："狂放不羁，伏如虎卧，起如龙腾，顿如山峙，控如泉流，书法笔势飞动，意绪狂放，有如'惊蛇走虺，骤雨狂风'。就如……"他本人一样。

"就如什么？"

凤雪在面纱下抿了抿唇，稳定好自己的情绪后，她抬眸，眸中澄澈，看不出有任何的波动："想必写这字的人也如字一般的猖狂不羁吧！"

"公主可猜得出出自何人之笔？"

“凤雪愚钝。”

“哦？真的不知？”眼神烁烁。

“凤雪见识浅薄，参透不出，还望王爷指教。”说话得体，眼神平静，姿态优雅。

司徒行云眸光一闪，随即笑道：“放眼天下，除了当今武林尊主君无痕之外还有谁能写出这样猖狂至极的字？”

“或许吧。”听到“君无痕”三个字时，心竟然莫名地痛了下，胸口前的黑玉也是温热的。

淡然的话语中，里面的痛，里面的酸，里面的情又有谁知？

不想继续在君无痕这个话题上继续下去，凤雪抬起眼眸，正想扯开话题时，却恰好看到有一柜子的书，而那些书却是如此的熟悉。

“王爷对卿云姑娘的书也有兴趣吗？”

“只要是写得好的本王就自然喜欢，无论是谁写的。”见她的目光落在后面书架里的书上，司徒行云抽出了一本，“就拿这本《警世》来说，里面的措辞和道理，都难以想象卿云姑娘是个女子。如果可以，本王倒是很想与这样的女子会一会。只可惜卿云姑娘整个人扑朔迷离，无人曾见。”

“无人曾见？这倒不一定。相传离歌神医时常陪在卿云姑娘左右。”

“相传罢了，只有眼睛见到的才是真实的。”司徒行云把书放了回去。

“有时候眼睛见到的也不一定是真实的。”蓦地，凤雪幽幽地说了一句。

司徒行云一怔，看着她，默默地不语。

书房顿时静了下来，香炉静静地立在梨木几上，整间书房弥漫着淡淡的檀木香，空气似乎有些浑浊。

倏地，一阵异样的感觉从凤雪的身体中缓缓地上升，凤雪的眼神一沉，连忙闭气，暗暗施展内功将那阵异样的感觉逼了下去。

“王爷，时候不早了。凤雪想休息了。”

“不急，还早着呢。公主对于书法的确研究深入，但是本王却从未见公主书写过一幅字画，择日不如撞日，不如公主就现在来写一下吧。”司徒行云的话像是请求，但更像命令。

凤雪咬咬唇。倏地她整个人松了下来：“既然王爷想看，那凤雪就献丑了。”

说罢，凤雪坐在楠木椅上，刚拿起毛笔，准备要写时，突然，她握住毛笔的手一松，毛笔哐当一声掉在地板上，而凤雪整个人倒在了司徒行云的怀里。

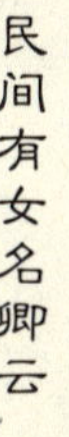

“暗魅，这是什么香？”司徒行云感觉到怀中的人身体有些冰冷，皱了皱眉，问道。

“回王爷，这是天山上的夜莲香，闻久了就会出现如王妃般晕倒的症状，第二天就会安然无恙醒过来，完全不记得发生过什么事情。但是一旦用内功去抵制这种香味，后果不堪设想。”

司徒行云的眉头松了开来，而暗魅也无声地退下。

司徒行云的房间与书房是通连的，只要打开中间那一扇门，就到达他的房间。

他抱着凤雪，放到了床上。

低着头，凝视着床上的凤雪。司徒行云竟然觉得心变得很柔很柔，像羽毛般柔软。

手情不自禁地抚上她乌黑的秀发，倏地想起了今晚的目的，司徒行云倏地住手。盯着那黑色的面纱，司徒行云的眉皱了皱。

如果她不是公主，那……该多好。

手触到面纱的一角，准备掀开……

就在这个时候，外面传来一阵窸窣的声响，司徒行云的瞳孔一紧，跃了出去。

草丛中，一只猫“喵”了声，悠闲地走过。

司徒行云松了松，关紧门，再次回到凤雪身边，继续刚刚的动作。

当黑色的面纱完全被掀开时，一张伤痕交错的脸出现在司徒行云的眼前。他的心微微一松，却又紧了起来。

双手颤抖地抚上凤雪伤痕交错的脸，轻轻地抚摸着，好像是世上最珍贵的宝物似的，带着无限的怜惜。

当初对她的讨厌在不知不觉演变成对她的怜惜。

突然，凤雪腕上的琉璃珠手链映入了他的眼底，他的手一颤，蓦地收了回来。帮她戴好面纱，盖好被子，司徒行云面无表情地走出了房间，来到书房。

“暗魅，查得如何了？”

“雪楼里的草绿色绫棉裙与今日救了双蝶姑娘的女子所穿的是一模一样。”

“她的脸的确是被毁容了，而且也不是易容。”

“暗魅认为今日的那个女子不可能是王妃，今日的那个女子武功上乘，但是却没有王妃的气质。”

沉思了下，司徒行云对他摆摆手，道：“退下吧！”

“王爷，需要暗魅去调查王妃晚上做了什么吗？”

“不用了，本王答应过她的。”

犹豫了下，暗魅上前道：“王爷，一切应以大局为重。”

“本王自有分寸。退下吧。”

“……是，王爷。”

第十章·化险为夷

第二天早晨，为司徒行云漱洗的婢女红棉进到房间时，发现王爷身旁躺着个女子时，大大地吃了一惊。

从来没有女子在王爷的床上躺过呢！到底那个女子是何方神圣？一定是倾国倾城之貌吧！

红棉走近了点，突然发现王爷身旁的女子的脸上戴着黑色面纱。

红棉的双眼倏地睁大，在王府中戴面纱的女子就只有一个——凤雪公主！

红棉颤抖地跑了出去，以前所未有的速度传遍了整个王府。一传十，十传百，不仅王府、民间甚至武林和皇宫都得到一个消息——

平延王和平延王妃圆房了！

王府里的妾侍泪眼汪汪，民间开始津津乐道，皇宫里的人甚是欣慰，武林也同

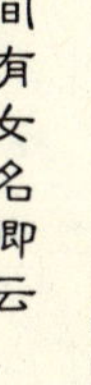

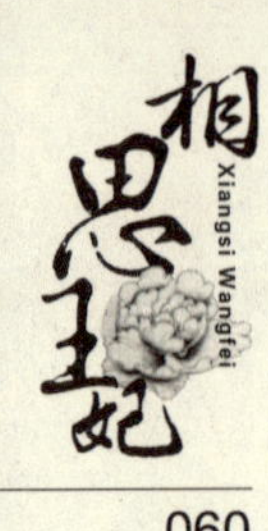

样是传得风风火火的。甚至有人开始编写起《王爷与王妃的圆房传说》《终得正果》《王府里的美妾何去何从》等等的书。

离宫。

“无痕表哥，今天我在外面听到一个很令人津津乐道的消息呢！”一个宛若精雕细琢的白玉般的姑娘蹦蹦跳跳地到君无痕身边。

依然是一袭的黑衣，君无痕看着表妹蹦跳过来，扶住她，低斥道：“无瑕，说过多少次了。不要蹦蹦跳跳。”

“怕什么，有无痕表哥在。无瑕知道无痕表哥一定会扶起我来的。”名叫无瑕的姑娘摇着君无痕的双手，撒娇道。

“拿你没辄。”蓝色的眸子里是无奈的笑意。

“对了，无痕表哥。我还没告诉你我今天听到的消息呢！”

“哦？说来听听。”

“今天去到街市，人们都在说着平延王和凤雪公主在昨晚终于圆房了呢！”一双天真无邪的双眼亮晶晶地看着君无痕。

君无痕的身体突然一僵，蓝色的眸子如海洋般深邃。

昨晚圆房……昨天下午……难道……

平延王府。

在凤雪起来时，司徒行云早已起身，看着周围的陌生的环境，凤雪揉揉太阳穴，问道：“这里……写字……怎么……”问话断断续续的，一副没睡醒的样子。

司徒行云看着她迷迷糊糊的样子，心情大好，微笑着说：“你是想问这里是哪里？你明明在写字为什么会突然到了这里？怎么本王也会在这里？对吧！”

凤雪点头。

司徒行云觉得她的样子煞是可爱，他唇角的笑容愈发灿烂：“昨晚你太累了，写着写着就晕倒了，所以本王就把你抱到本王的床上。至于本王为什么会在这里，当然是因为公主晕倒了，本王怎么可以不亲自照顾？”

停顿了下，司徒行云继续说：“等会儿，大夫会去雪楼为你把脉，喝了药就会好了。不要担心。”

凤雪轻声道：“谢谢王爷。”突然她看了看周围，发现她竟然躺在司徒行云身旁，“这……”

“别担心。本王什么都没有做。”司徒行云笑着道，“不过，凤溪里的人都以为我们圆房了。”

“清者自清。”凤雪脸上似乎有些不正常的红晕，但被面纱所遮，看不出来，“凤雪先回雪楼了。”说罢，下床穿鞋。

“青衣，扶公主回去。”

在外面等待已久的青衣连忙跑进来，扶着凤雪走回雪楼。

在走出司徒行云房间之前，凤雪突然停了下来，转过身对司徒行云说道：“王爷，别忘了，昨晚你答应过那三个女子的事情。”

司徒行云的脸一下沉了下来，语气阴沉：“知道。”

“那就好。青衣，回雪楼。”

司徒行云看着凤雪离去的背影，表情微微放松。

她还可以想到这些，证明她没有什么事了。看来她并不会武功。那……到底救了双蝶的那个女子是谁？

突然想起凤雪刚刚的话，他的脸又绷了起来。

她就这么急着把他推向其他女人吗？

雪楼。

“青衣，守住雪楼的门。任何人也不准进。如果拦不住了，就尽量拖延时间。”一进雪楼，凤雪的身体就开始摇摇欲坠，扯开面纱，苍白得惊人，而两腮上却有着两片不同寻常的红晕。

“是，公主。”不多说什么，虽然她很担心公主，但是这种时候只能少说话，多做事了。这是她们主仆二人多年来的默契。

凤雪踉跄地走到床边，凝神闭气，想把毒气逼出来，可是逼到心房处时，突然一股前所未有的剧痛在她的脑子里爆开。

“扑！”一口鲜血倏地吐出，在地上绽开一朵艳丽的血花。

凤雪深吸一口气，用尽全身力气从床边拾起一片叶子，断断续续地吹起一首歌来，不久，一只雪白的灵鸟拍翅而进。

蘸着鲜血，她在纸上写出一个鲜红的字“快”。

而灵鸟仿佛也知道凤雪情况危急，连忙吞下纸条拍翅而飞。

看着那灵鸟的背影越来越模糊，凤雪安心地向后倒去……

离歌……等你……

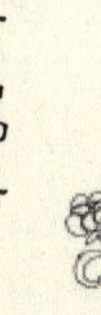

在凤雪失去知觉时，一个白色的影子在雪楼里闪过，宛若一片在空中急驰的梨花。紧接着，一双温暖修长的手及时地接住了凤雪的身子。

梨花香顿时掩盖住了地上腥甜的血味。

一句低喃在雪楼里轻轻地响起——

“唉，女人……”

似有百般的无奈，却又似有着千般的甘愿，更似有着万般的宠溺。

凤雪缓缓地睁开了双眼，第一个映入眼里的竟然是司徒行云。

见到他，她的眉不由得蹙了起来。

没有见到她的蹙眉，司徒行云开口道：“公主已经休息了一天了，现在已经是黄昏了。李大夫也在此等候多时了。”

大夫？！凤雪支撑起身子，看向一边的李大夫。

“草民参见王妃。”

“起身吧。”凤雪揉了揉眉心，想起了今天所发生的事情。暗暗运功，体内的那道毒气竟然不复存在，呼吸也通畅起来了。在她晕倒的期间，究竟发生什么事情了。

“王妃，请伸出左手让草民把脉。”李大夫上前，恭敬地道，花白的胡子一荡一荡的，在黄昏的润色下，闪着金色的光芒，让凤雪的眼睛微微刺痛。

凤雪眯了眯眼，伸出了左手，

片刻后，李大夫捋了捋大白胡子，喜笑颜开地对司徒行云说道：“王妃身子只是略感风寒，并无大碍。只需好好调养，并吃几剂药即可康复。”

司徒行云听后，眉头也轻轻舒展：“总管，带李大夫下去领赏。”

“谢王爷。”

就在李大夫收拾药箱准备跟总管去领赏时，凤雪突然出声：“且慢。”她转向司徒行云，“王爷，凤雪还有事情想问李大夫。”

司徒行云怔了怔后才道：“那就依公主之意。”

凤雪问了许多关于平时养生的问题，而司徒行云站在一旁听得有些不耐烦时，悄悄地走了。

雪楼里渐渐地只剩下凤雪和李大夫两人，而青衣也被凤雪支出去了。

“李大夫，学医多少年了？”

“十余载。”

“那不知李大夫对本宫脸上的伤疤可有治愈之法？”凤雪轻眨着双眼，扯下面纱。

而李大夫却连忙低下头，道：“草民没有把握，但是……”

空气有一瞬间的停止流动。

在空气重新流动时，凤雪止住了李大夫要说的话。

她轻轻地哀叹了一声：“如果连李大夫都没有把握的话，那本宫的脸岂不是一辈子都背负着伤疤？”

“王妃……”李大夫的声音似乎在极力地压抑着什么，“草民有个直接的方法，不知王妃是否愿意一试？”

“愿闻其详。”

“就是……”李大夫轻轻一笑，微微倾前，一把扯下了凤雪易了容的面皮。

凤雪薄怒：“好痛！离歌！”

凤雪不甘示弱，大力地把李大夫的胡子连同面皮一起扯了下来，一张白皙如同白玉的俊脸顿时呈现在凤雪眼前。

只见离歌眉毛皱得像小老头一样似的，跟刚刚李大夫的皱纹大同小异，他苦着张脸，道：“女人，你真的不示弱呀！”

盯着他白皙的脸，凤雪突然倾前狠狠地捏了一下，撇着嘴道：“一张男人的脸生得比女人还要好看，真怀疑你是不是投错胎了。”

“这可是天生的。”离歌瞥了一眼凤雪，“每天山珍海味，绫罗绸缎，这天下的女人就你站得最高，皇后的位置恐怕都没你高。就算以后……”声音忽然压低，“政权更替，你的位置依然是这天下最高的。试问，哪个女人会不羡慕你？”

“有，卿云姑娘必定不会羡慕！”凤雪遥望窗外，似乎在想着些什么似的，“如果可以，我宁愿当一辈子的卿云……”

“终究是梦吧！”离歌也轻声叹息。

雪楼顿时一片谧静，空中飘浮着令人烦忧的空气，让人的心不自觉地揪了起来。

或许是感觉到了这令人窒息的空气，离歌用轻快的声音开口，打破了这氛围：“女人，看你会想这些，也证明你好得差不多了。”

看着他，凤雪突然想起了梦中的梨花香。

“离歌，你什么时候到王府的？”

“昨晚。”

凤雪若有所思，突然她猛地抬头，一副了然的样子：“看来昨晚那只猫是你了，如若没有那只猫，恐怕现在我就被拆穿了。”

“女人，你的书中有句话说得很对。”离歌定定地看着她，“一旦与爱情有了接触的女人，那她就是个笨女人！”

凤雪咬唇，似乎在懊悔。

“女人，你一见到君无痕就什么都忘记了……”离歌摆摆手，“唉！问世间情为何物？聪明和心机并重的凤雪、卿云遇到那痴心的君无痕，也就只是一个笨女人了。”

凤雪瞪了离歌一眼，手情不自禁地抚上胸口，黑玉传来的温暖让她感到安心。

看到她的动作，离歌更是无奈地摇头：“可惜呀！可惜呀！人家武林尊主早已有命定的妻子了。我们尊贵的凤雪公主的一片真心就被糟蹋了。”

“离歌！”

“好好好，我不说了。”突然，离歌一脸的认真，他问道，“女人，你对君无痕的感情真的是喜欢吗？而不是倾慕？”

“喜欢……倾慕……”凤雪喃喃，眼里是一片的迷蒙。在天下人面前，她是尊贵的凤雪公主；在民间里，她是受人追捧的卿云姑娘；尽管她在书中写过许许多多的爱情，但是，在感情面前，她终究是一个懵懵懂懂的小女子呀……

“唉……女人……”离歌坐在凤雪身旁，轻抚着她乌黑的秀发，道，“爱情是很难懂的，你对君无痕的感情最多仅到倾慕和喜欢之间，绝非爱情。爱情是一种令人又甜又苦，又喜又悲的东西，明知道会痛，却依然甘之如饴。”

凤雪抬头，轻声问道：“离歌知道得那么清楚，离歌曾经有过爱情吗？”

秀发上的手停了一下，离歌苦笑道：“在我面前，你真的很清醒。问的问题都是一针见血，直抓要害。”

“离歌有过爱情吗？”

“没有，也不想有。”离歌答道。

凤雪笑道：“神医一旦有了羁绊，恐怕就很难当了。”突然她打趣道，“如果被天下的女子知道离歌神医不想有爱情的话，恐怕会水淹绝尘谷了。”

“咳咳！”离歌正色道，“会说话反击我，看来女人你真的好得差不多了。”

凤雪挑眉：“当然要感谢离歌了，没有你，我也好不了。好在离歌你帮我引开了司徒行云，让我有易容的时间。”顿了顿，凤雪想起了昨晚发生的事情，她问道，“对了，离歌，你是怎样解毒的？夜莲的毒可不好解呀！”

“女人，你也不想想我是谁？天下第一神医，这点小毒难得了我吗？”接着离歌将她的衣袖捋上，为她再次把了把脉，“不过，你还得调理一下，药也煎好了。喝几天就可以了。”

凤雪苦着一张脸：“几……天……”

“知道你怕苦，特地准备了话梅。”舀起一勺，轻轻地吹了吹，像哄小孩一样，“乖，张开嘴巴。”

很不甘愿地张开嘴，喝下那口药。

浓厚的药味迎面扑来，喝下去时，竟然感觉到口中萦绕着一道淡淡的梨花香，凤雪一怔，看向离歌：“为什么药会有梨花香？”

离歌微微垂头，遮住了脸上的那抹淡红，当再次看到那淡色的薄唇后，心里微微燥热。

“煎药时，加了点梨花茶。”

声音平静自然。

待凤雪忍着苦喝完药时，离歌起身，戴上李大夫的面皮，“该走了，不然司徒行云会起疑心的。”

“嗯。”凤雪也戴上了毁容的面皮，并蒙上面纱。

临走时，离歌低低地嘱咐了一句：“司徒行云不简单。”

凤雪点了点头：“我会小心的。”

离歌走后，凤雪拿出胸口前的黑玉。

凝视着手中的黑玉，凤雪眸中的情绪变得很柔很柔，陷入了很久以前的回忆。

在未被毁容前，她曾经随父皇到溪城微服出巡，但是当时年纪小，心性不定，偷偷地离开父皇，自己一人跑到不同的地方玩耍。却不小心闯入了一间说书楼，里面的人都在讲着离宫里的少主君无痕。

“君无痕这样的人，世间难得几个呀！以后必成大器。”

“恰好又是离宫之人，能当君无痕之妻的人肯定是三生有幸了。”

而当时的小凤雪自从那次以后，回到宫中，也是经常听到关于君无痕这个人的消息，或许因为如此，那颗小小的纯净的心，开始关注起这个叫做君无痕的人。

久而久之，也就演变成了倾慕，或许更深一层地说，也叫浅浅的喜欢吧。

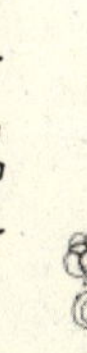

深深地吸了一口气，凤雪走下床，把黑玉藏到一个柜子中，加上了层层的锁。

锁住它吧！无论是倾慕也好，喜欢也好，君无痕从此就埋在心底了。

离歌说得对，她并不爱君无痕。多年的倾慕终于得以终结，这或许就是心会痛的原因吧！

夜幕降临，星星也开始在天空上冒了出来，一闪一闪，就像人在眨眼似的。而在高处看时，感受更为逼真，但是绝尘谷上的离歌却没有心情去欣赏。

离歌双腿交叉地坐在冰床上，脸色苍白，腮上有着跟今早的凤雪一样的红晕。他借助冰床将从凤雪体内转过来的毒逼出去，一股股热气自他的头顶冒出。

半个时辰后，离歌吁了口气，脸色逐渐恢复正常，红晕也消失了。

离歌在体内运功，突然发觉身体比起平常似乎有些怪异。

他连忙从冰床上下来，走到书房里，找出一本铺满灰尘并有些发黄的医书。

几年前，他曾经在里面看过关于误中夜莲之毒的症状以及解法，但是怎么现在……

当他翻到那页写满了关于夜莲的东西时，仔细地看了一遍，当他看到最后一句话时，他的手微颤，连医书从手中掉落了也没有察觉。

月光下，离歌的表情有些空洞，整张脸宛若腊月里的深寒，让人不寒而栗。

书房里的烛火摇曳，微弱的烛火照射在那页写满了关于夜莲的东西上，而那页的最后一行清晰地写着——

运功转毒者和被运功转毒者一旦与人交欢，那人必死无疑。

第十一章·无情之人

自从离歌离开王府后，凤雪就已经有几个月没听到离歌的消息了，除去那次灵鸟来传过一次话。而且灵鸟传来的话也特别奇怪。

“勿与男子交欢。”

当时她收到这话时，第一个反应是——离歌把她凤雪看成什么了？可是仔细想想，离歌说的话必然有他的原因。而离歌之所以会这样说……

凤雪倏地想到了那次体内的夜莲毒。

难道是什么后遗症？

凤雪悠闲地半躺在贵妃椅上，一旁的梨木几上放着一杯洛花茶。执起茶杯，轻抿了一口后，内心的担忧逐渐消除，就像喝进肚子里的洛花茶一样，消失得无影无踪。

有离歌在，她一定不会有事。天塌下来，还有离歌顶着。

或许跟离歌在一起的时间长了，脑子里总会被自己灌输一些类似这样的想法。

唉，她越来越离不开离歌了。

凤雪放下手中的洛花茶，继续半躺在贵妃椅上，左手拿着扇子在轻轻地扇着，

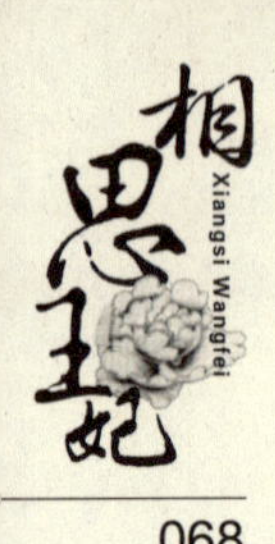

一小阵一小阵的凉风缓缓传来，但是依然消散不了凤雪脸上的汗珠。

如果她现在躺的是绝尘谷里的千年冰床，那该多好呀！

可惜这几个月来，司徒行云除去上朝时间和睡觉时间，其余的时间几乎都是在她的雪楼里度过的，不然她肯定会跑到绝尘谷！好好拷问离歌一番，并睡睡那张冰床。

第一次来的时候，他要下棋。

第二次来的时候，他要听琴。

第三次来的时候，他要吟诗。

……

久而久之，即使不明白他的用意，她也渐渐习惯了。相处久了，她倒也开始觉得其实司徒行云也有好的一面。

如果他们不是夫妻，如果他不是平延王，如果她不是凤溪的公主，那么他们必定会是一对很好很好的知己。

只是……这一切要在如果能实现的前提下……

"公主，在想些什么呢？想得这么入神，连本王来了也不知道。"司徒行云伸出手在凤雪眼前摆了摆，脸上笑意昂然。

"瞎想罢了。"转移视线，凤雪的目光落在窗外的景色上。

雪楼旁有一个荷花池，一到夏天，碧绿的池面上就铺满了盛开的荷花。青翠的荷叶上偶尔还有几只青蛙在呱呱地叫着，好不热闹，呈现出夏季的勃勃生机。

"今年的荷花开得特别美。"莫名地，司徒行云突然冒出一句，紧接着，他又吟了一句，"荷花出淤泥而不染，濯清涟而不妖。"

凤雪微怔，觉得他似乎话中有话。抿了抿唇，她附和道："的确。"

仿佛没有听到凤雪的话，司徒行云凝视着池中的荷花，低喃道："这世间称得上荷花仙子的女子又有多少个呢？"

凤雪的眼里闪过一丝暗讽，她依然没有转过头，双眸也凝视着那一池的荷花，淡淡地道："说不定王爷府中就暗藏着一个荷花仙子。"

"哦？！"司徒行云挑高着浓眉，饶有兴味地说，"公主在暗喻自己是荷花仙子吗？"

凤雪转回头，静静地看着他，反问道："王爷觉得凤雪有可能是吗？"眸中清澈，比起荷花更胜一筹。

“呵呵……”司徒行云微眯双眼，“荷花仙子岂能与公主相比？”

凤雪眨眨眼：“那……王爷觉得凤雪是什么？”

“依本王之见，公主应是……”全身上下地打量完凤雪后，司徒行云想了许久，竟想不出应用什么来形容她：牡丹虽贵气，却有俗之嫌疑；菊虽清雅，却过于淡薄名利。花中四君子，她各占其一，却没有适合她的。而且……

司徒行云有些懊恼。

他看不透她。

第一次见到司徒行云如此懊恼的样子，凤雪忍俊不禁，笑声如银铃般清脆，平日淡然的眼神中竟多了丝丝笑意，眸中熠熠生辉，比外面的阳光还要耀眼。

司徒行云突然间感觉到周围充满了夏日的阳光，那笑声宛若天籁，比起那名曲更是称得上余音绕梁，三日不绝。黑色的眸子有一瞬间的沉迷。

但也仅仅是一瞬，只见司徒行云眯着双眼，周围开始弥漫着危险的气息。

而凤雪也收住了笑声，轻声道：“王爷可想出了凤雪是这世间哪种花？”

“公主金枝玉叶，尊贵无比，就算是集齐了世间所有的奇花，也难以与公主相称。况且将公主与花相比，岂不是有损公主尊贵的身份？”

“王爷也言之有理。”凤雪执起茶杯，掀起面纱，微微仰头，喝了一小口洛花茶后，她的柳眉微蹙，凤雪唤道：“青衣，泡茶。”

“是。”在房外听到凤雪的唤声，青衣连忙推开门，走到梨木几前，端起空的茶杯，垂着头轻轻地走了出去，唯恐打扰了房内的公主和王爷。

“公主对洛花茶可真情有独钟。”

凤雪挑眉：“王爷对荷花不也是情有独钟？”

“哦？！”司徒行云也微微挑眉，“公主此话怎讲？”

“王爷刚刚感叹这世上荷花仙子又有多少，从话中，可见王爷心中已存有一个荷花仙子。王爷并非对荷花情有独钟，而是对心中那个如荷花般的女子情有独钟吧！”

司徒行云的脸上有一丝赞赏的表情。

凤雪转头，凝视着外面的荷花。

说起荷花，她倒想起了一个如荷花般的女子。

而这时，司徒行云缓缓开口：“第一次见她，她笑意盈盈地在荷花池旁起舞，水袖飘舞，暗香盈袖，绝美的舞姿让天地失色，周围的荷花仿佛都只为她盛开。她非

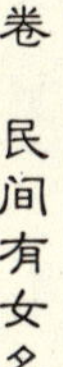

常柔弱，宛若江边的杨柳。而且她有一双……银色的眸子，足以让人怦然心动。”

司徒行云的双眼凝视着荷花，语气说得很轻很轻，仿佛陷入了那美好的回忆中。在说到“银色的眸子”时，墨玉般的眸子泛起柔和的光泽。

会在凤雪面前说这些话，司徒行云是没有预料到。但是看着她，他竟然控制不住自己。会在妻子面前说另外一个女人的好，恐怕他是第一个吧！

但是凤雪也是第一个在听完丈夫对其他女人的迷恋后，依然可以面不改色，眼神依旧淡然平静的妻子。

“王爷口中的荷花仙子指的是醉花楼里的双蝶姑娘吧。”

司徒行云挑眉：“公主对外面的消息似乎非常灵通，或许是府中的下人嘴杂？”

“王爷，除了边区的银蒙特莎族人外，凤溪里拥有银色的眸子的人实属罕见。况且双蝶姑娘艳名满天下，谁人不知？”目光不再落在荷花上，凤雪看着司徒行云。

“的确。”

那王爷理应好好对待她，话刚想出口，凤雪马上止住了。与她无关的事情她不想理。凤雪垂下眼帘，瞥到那空空的梨木几面时，暗想：怎么青衣还没来？

而这时青衣也推门而进，向司徒行云欠了欠身后，才把茶端到梨木几上，微微屈膝，然后道：“公主，茶。”

凤雪从贵妃椅上坐了起来，看了一眼青衣，掀起面纱的一角，轻啜了一口洛花茶后，才缓缓地道：“青衣，怎么这么迟？”

青衣的身子颤了颤，咬着唇看了司徒行云一眼后，垂下了头，默默不语。

凤雪皱了皱眉：“青衣，本宫在问话。”

“青……青衣……”说话吞吞吐吐的，脸色微白。

司徒行云仿佛知晓了什么似的，开口道：“尽管说。”

青衣深吸了一口气，才道：“青……青衣刚刚泡完茶回来时，遇到了红夫人……她……她……”

“打翻了洛花茶？”看到青衣袖子湿了一片，凤雪猜道。

青衣拼命点头：“红夫人还……还说……”

“说什么？”司徒行云沉声问道，听不出他此时是喜还是怒。

“说公主不过是凭着出身高贵而当了王妃，不然以……以公主这样的容貌，青……青楼也不会要。还说王爷天天晚上在她那儿，王妃这个位置迟早有一天都是她的。”

看到一身颤抖的青衣，凤雪的声音柔了起来："青衣，先下去吧。本宫自有分寸。"

待青衣退了下去后，凤雪看向司徒行云，声音有些不满："王爷曾经答应过凤雪，青衣是凤雪的人，可是今天却……"

适当地停了下来，凤雪满意地发现司徒行云的眉皱得越来越紧了，脸色异常的阴沉。

"本王答应过公主的自然不会反悔。"司徒行云吩咐道："来人，把红夫人带来。"

红夫人踏入雪楼时，双眼是满满的嫉妒。

富丽堂皇的楼阁，精致的家具，名贵的摆设，单单那面珠帘就让她垂涎不已。九九八十一颗南海珍珠，连成一面奶白色的珠帘，掀开珠帘时，那清脆的声响更是宛若黄莺出谷。

今日的红夫人特意穿了自己的衣服中最华丽的一套，发上插着金步摇，走起路来，更是金光闪闪的，好不华贵。

在珠帘后，红夫人看到的是一幅这样的景象：

贵妃椅上半躺着一个慵懒的女子，她身着雪青云霞绣花常服，一袭打了百褶的裙摆顺着贵妃椅铺到了地上。裙摆上的数十朵花姹紫嫣红，繁花似锦，走近了仿佛能感觉到芳香扑鼻。乌黑的秀发用一支碧水含珠簪绾住，簪尾垂下碧色的流苏，斜侧插着点翠嵌珊瑚松石葫芦头花。脸上则戴着一条松青色的面纱。看起来有说不出的雍容华贵，端庄稳重。

只见她的头微微侧过一边，双眸凝视着外面的一池荷花，仿佛感觉不到红夫人的到来。

而司徒行云则在离贵妃椅不远处的书桌上铺开了一卷空白的画轴，开始执笔作画。墨色的眸子紧盯着贵妃椅上的凤雪，而眼角则有一股淡淡的笑意，对红夫人的到来也完全不在意。

红夫人微微咬唇，却不敢开口，怕打破了此时的静谧。

在这一刻，红夫人感觉到了那两人之间无声的联系，仿佛有一根肉眼看不见的红绳在牵扯着，而那根红绳是切不断的，除非有一边愿意松手。

半个时辰后，司徒行云终于放下手中的笔，执起画轴的一端细细地看着，想找出不足的地方。而凤雪听到笔搁下来的声音时，轻轻地摇了摇僵硬的头，有些抱

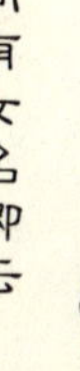

怨地道:“王爷的画画时间实在令人难以恭维。”

语毕,走下贵妃椅,凤雪拖着长长的裙摆走向司徒行云身旁,边走边道:“如有下次,凤雪绝不会再吃这样的苦。”

“公主金枝玉叶,的确不应吃这种苦。下次画时,找个替身吧!”

“哦?!替身?”凤雪挑眉,“王爷这个提议不错。下次找个替身来试试吧!”

司徒行云和凤雪你一句我一句地说了起来,完全把一旁的红夫人当成了摆设。而一旁的红夫人低垂着头,死死地咬着红唇,脸上青一阵、白一阵的,袖中的手紧紧地握拳,眼里尽是不甘。

终于,她上前一步,向司徒行云欠了欠身:“妾身见过王爷。”接着她看了凤雪一眼,很不甘愿地屈了屈膝,声音听起来有点咬牙切齿:“见过王妃。”

而凤雪和司徒行云仿佛没有听到一般似的,继续谈画。

“王爷,依凤雪之见,这里缺少一笔。”凤雪伸出如白玉般的手指指向画中的自己,“王爷画的是侧脸的凤雪,而凤雪的脸部被面纱遮住了,因此眼睛是整幅画必须突出的重点。画龙也要点睛,而且一个人如何,看眼睛就知道了。”

“那依公主之见,这眼睛应当如何画?”司徒行云执起画笔,递给凤雪。

“当局者迷,旁观者清。”凤雪侧头看向画中人,并不接画笔。对于司徒行云所画的自己,她竟然感到陌生。

淡漠无情的侧脸,浑身散发着高贵的气质。

“这世上最清楚自己的人也就只有自己了。又何来‘当局者迷,旁观者清’之说?”司徒行云笑笑,收回画笔,轻轻一转,笔头向下。

而此时凤雪却淡淡地说:“有时候,最清楚自己的却是他人,他人的双眼更是明亮。”语气听起来似乎经历了沧海桑田。

司徒行云一怔,随即耸耸肩,笑道:“或许吧。”

接着他闭上双眼,凝神,倏地睁开双眼,笔马上动了起来,只见那画笔像刷子一样动了两下后,那幅画仿佛注入了新的泉水一样,活了过来。

司徒行云执起画轴的一端,微笑:“公主,如何?”

凤雪也执起画轴的另一端,仔细地看了起来。“王爷画得不错。”只是这幅画让她得知了一些东西。

面纱下,凤雪的唇角勾起了一个舒心的笑容。

司徒行云看不透她,就如她看不透他一般。如此看来,他们现在都差不多,并无明处与暗处之分。

“是……你吗？”蓦地，司徒行云问道。

凤雪一怔，随即眨了眨眼，装作没听出他的意思，用轻快的语气道：“难道画中的人不是凤溪皇朝的凤雪公主？不是平延王的王妃？”

这句话既是说给司徒行云听的，又是说给被晾在一边的红夫人听的。

即使她不受宠，但是她仍然是这个王府的王妃；即使司徒行云厌恶她，但是她仍然是凤溪唯一的公主。她的尊贵地位无人可动摇。

红夫人死死地咬着嘴唇，双肩微微发颤。

司徒行云笑道：“公主真会开玩笑。凤雪公主之名，天下谁人不知？而皇上赐婚，天下皆知公主是平延王明媒正娶的王妃。除了公主，这画中的人还会是谁？”

听到司徒行云的话，红夫人的身体开始摇摇欲坠，直到靠到墙上才站稳了身子。她的脸色如纸般惨白，突然她的脸腮涌上一片醉人的嫣红，水眸死灰复燃般地绽放出明亮的光彩，就像溺水的人抓住最后的希望要拼力一搏而绽放出的光芒。

她莲步轻移到司徒行云身旁，轻轻地扯了一下他的袖子，有些委屈地说道：“王爷，是不是昨晚妾身侍候不周，所以今天王爷就不理妾身了？”说罢，如小鸟依人般地靠在司徒行云的一侧，声音甜甜的，“王爷——”

凤雪的唇角微勾，冷笑着看司徒行云如何处理。

司徒行云眉头皱着，突然他猛地缩回手，冷声道：“来人，传下去，从今天起平延王府再也没有红夫人这个人。”

红夫人眼中的光芒霎时尽退，惨白代替了原来的嫣红：“王……王爷……”为……什么？

可是她却问不出来。因为此时的司徒行云对她来说却是如此的陌生，冰冷的眼神，淡漠的神情，与昨晚那个温情的男子有着天与地的差别。

望了一旁冷眼相看的凤雪，红夫人却突然明白了。

他和她是同样的人呀！

入府时，总管曾经跟她讲过如月和月如的事情，并让她切记不要重蹈覆辙。想不到最终她依然走上了她们的路。

再多的不甘，再多的气恼，此时却化为一个平淡的笑容。

红夫人向司徒行云和凤雪欠了欠身：“很抱歉打扰了王爷和王妃的兴致。”接着她看了珠帘后的奴仆一眼后，平静地说道：“我自己会走。”

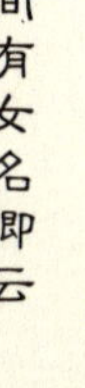

说罢，淡然地离去。

凤雪的眸中闪过一丝罕见的赞赏。这样的女子倒也少见，从她刚刚的表现看来，可以看出她已经看透了。难得难得。

而司徒行云却依旧是一脸的冷漠，仿佛刚刚没有发生任何事情似的。

凤雪垂下眼帘，遮住了眼底的嘲讽。

这男人呀，多情又无情。

轻轻地摇了摇头，凤雪慢慢踱步到贵妃椅上，再次躺了下去，声音带着一丝疲累："王爷，凤雪倦了。"

经过刚刚那场闹剧，司徒行云也没有了画画的兴致，他点了点头："公主休息吧！本王也不打扰了。"

说罢，卷起桌上的画轴，扬袖离开。

第十二章·彻底死心

自从那日红夫人被赶出王府后，民间又自然而然地添了几种新的说法。好事者也纷纷趁着这个热浪，编写起《王爷一怒为红颜》《宠妾一去不复返》《公主终得王爷心》等书，一度掀起热潮，几次荣登当月排行榜前 10 名。

白花花的银子也理所当然地落入编书者的囊中，这也引起一连串的连锁反应，有点笔墨的人也开始执笔写起皇家故事来，虽然里面虚言居多，但仍然吸引了一大批的买书人。

凤溪律法规定：只要不涉及凤溪的安危以及利益，人人都可以通过文字表达的形式写出自己想写的东西。

或许是因为凤溪较为民主的原因，这个国家已经被统治了百年之久。而也因为这条律法，凤溪的书市特别兴旺。

书市里人来人往，车水马龙，一片繁华热闹。

凤雪在里面悠悠地走着，身后跟着青衣和几个武功高强的侍卫。凤雪今日只做了些简单的装扮，一袭淡蓝绸裙，发髻上也只用了一个宝蓝簪子绾住，脸上也戴着条淡蓝色的面纱。

“公……”看到凤雪阻止的眼神，青衣机灵地马上改口，“小姐，你要买书吗？”

“看看再说。”

突然，青衣凑到凤雪身旁嘟囔道：“小姐，那几个侍卫很烦，总是跟着我们。好不容易出来，真扫兴！”

凤雪笑着敲了敲她的头：“青衣，司徒行云是为我们好。万一路上遇到什么，也好有个照应。”

青衣撇了撇嘴：“怕什么，小姐武……”刚想说武功高强，但是猛地想起了那是不能说的秘密后，她改口道：“无人敢夺。”

“有几个侍卫总是好的。”本来这次出来，她是打算只和青衣一人的，但是后来司徒行云却硬是要派几个侍卫跟着出来，还一一吩咐要保护公主安全。

“这阵子老爷对小姐可真是好呢！绫罗绸缎、奇珍异宝、山珍海味天天送。知道小姐喜欢喝洛花茶，特地派人去采洛花，要知道那洛花可不是一般地难采。知道怕热，派出王府高手去龙山之巅凿冰，现在冰窖里都堆满了冰了。”青衣突然压低了声调，“小姐，老爷好像很喜欢你呢！”

“咳咳，青衣不要多嘴。”凤雪瞪了青衣一眼，可是眼角却有着如水般清淡的笑意，而这笑意仿佛会随着日子的增多而缓缓地变浓，“去那边看看。”

说罢，凤雪迈开了步子向那边走去，而青衣和几个侍卫也连忙跟着。

一张红榜高高地挂起。

“小姐，是这个月评书排行榜呢！哇哇！又是卿云姑娘第一呢！”

在红榜旁有一档卖书的，老远就见到这个贵气的夫人。看她周围的侍卫和婢

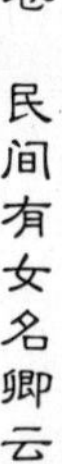

女，这位夫人必定是富贵人家。听到婢女叫小姐时，老板怔了下，明明这位夫人梳的是妇人髻呀！

转眼一想，还是生意要紧。

老板连忙开口："是呢！卿云姑娘的书非常好卖，自从有了卿云姑娘这个人后，她的书一直都是居在榜首呢！夫人要买卿云姑娘的书吗？这里恰好剩下一本《卿云姑娘全集》，半价呢！"

"老板，我要。"凤雪还未开口，青衣就已经抢先一步了。

凤雪蹙眉："青衣，你不是已经全部都买了吗？"

"可是都是一本一本的，没有全部合起来的呀！"

凤雪无奈地说道："青衣，你的月银都花在买书上了。"

"可是青衣真的很喜欢卿云姑娘呀！如果能见上一面，青衣死也甘愿。"挠了挠头，青衣笑嘻嘻地说道。

"夫人，要看看第二名的书吗？这本《当王爷遇上卿云》想象力很充分呢！寂寞时看看能扫去心中的幽寂。"似乎不满于只卖了一本，老板继续热情介绍。

青衣拿起一本，随意翻了页，念道："王爷吻上卿云的嘴角，这时公主大喝道：'你这个卿云妖女，竟敢勾引本宫之夫！来人，将妖女拖下去，重打50大板。再砍掉她的双手，看她如何写书？'……"

青衣放下书本，小心翼翼地看着凤雪："小姐，里面的公主很邪恶呢！"

"不过是书罢了。况且凤溪律法也有规定，这是他们的自由。"凤雪面不改色，俯下身，翻起书档上的书来。

"卿云好久没出书了。"蓦地，凤雪低喃了一句。离歌也很久没有来催她了。

一丝落寞从眼中闪过，如流星坠地般地消失。

"是呢！卿云姑娘好久没出书了。可真让我们这些人望眼欲穿呢！"老板附和道。

凤雪站直了身子，转身，对侍卫问道："老爷什么时候回？"临出门前，司徒行云告诉过她他有要事要办，需要出去一趟。

"回夫人，主子的事情小的不知。"

预料中的回答。凤雪仰起头，看向城外的一座高山。

高山上有一栋阁楼。

不知离歌会不会在卿云阁？

“青衣，我们去其他地方吧！”凤雪把垂在额前的发丝拂到耳后，淡淡地说道，“等今晚再去卿云阁一趟吧！”

书市的另一边是专卖女儿家用品，各种各样的胭脂水粉，大小不一的珠宝发钗，颜色艳丽的绸缎……应有尽有，无所不有。

见她走到了这里，青衣好奇地问道：“小姐，老爷送你的，还有宫……原本家里的首饰绸缎等等的用品，小姐你很多都没用过呢！这种地方会有小姐喜欢的东西吗？”

“青衣，喜欢一件东西是不需要知道它的价值。喜欢就是喜欢了。”

“哦。”青衣似懂非懂地点了点头，直到许多年后，她才真正地明白公主话中的含义，也开始明白了公主为了“喜欢就是喜欢”的义无反顾。

逛了一些时间后，青衣才问道：“小姐，你要找什么？”

“找……”凤雪猛地一愣，她……要找什么？她的脑里竟是一片模糊，一个清晰的答案都没有。而心底深处却仿佛有什么东西要破茧而出。慢慢地，慢慢地，脑里的模糊逐渐退去，直到一对梨花耳饰清晰地浮现在脑海中。

一抹苦笑在她的唇边绽开。

“夫人，要买手链吗？我们这里新到了很多漂亮的手链，有琉璃手链、水晶手链、羽毛手链、珊瑚手链、桃花手链……如果夫人不喜欢，我们这里还有一些珍贵的，如果夫人想看，小的马上拿出来。”见到这个富贵的夫人，一旁的老板笑眯眯地介绍。

莫名地，凤雪竟然停住了脚步，转过身来，轻轻地问了句：“有梨花的吗？”

那个老板明显地一怔，随即笑道：“梨花过洁，易污，姑娘夫人们都很少喜欢梨花的。况且这阵子只要是与梨花有关的，基本都被离宫收购了。听闻君尊主的妻子极喜爱梨花……”

“有没有？”凤雪的声音突然冷了起来，那对澄净的眸子有着说不出的锐利，就连一旁的青衣也被她吓了一跳。

她从来没有见过这样的公主。

“老板，我家小姐问你有没有呢？”知道公主现在不喜欢听到关于君无痕的事情，青衣连忙问道。

“有，的确有一条梨花手链。小的现在就拿出来。”老板赔着笑脸，打开一个小柜子，里面装有几条较为贵重的手链，其中一条就是梨花手链。

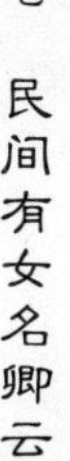

一朵一朵串起来的梨花由水晶制成，在阳光的折射下闪着晶莹剔透的光芒。

凤雪心一动，手情不自禁地伸向那条手链。

“这对梨花耳饰，我要了。”

蓦地，那天的话倏地在脑海中想起，凤雪的手定了下，她苦笑了声后，手继续伸向那条梨花手链。就在快要碰到那条手链时，耳边响起了一个淡漠的声音。

“这条梨花手链，我要了。”

凤雪的身体猛地一颤，万般说不出的愁绪在心中翻滚着，但是却很快地平静了下来。她迅速地用两指拈起梨花手链，两指微微一张，手链马上顺势滑落到手腕处。

她淡淡地道：“青衣，给钱。”

“是，小姐。”青衣掏出一锭银子，放在老板面前。

“这锭银子可以抵一天的收入吧！”

“是的，夫人。”还多出很多呢！老板喜笑颜开的。

“青衣，是时候该回府了。”从头至尾，凤雪一眼都没有看过那个声音淡漠的人，而她的声音却是一如始终的冷淡。

冷淡是她此时最好的面具。

就在她转身离去时，身后传来一个声音：“夫人，请留步。”

凤雪转身，眼睛却是盯着手腕上的梨花手链，她的声音淡漠：“公子，这条梨花手链是我先看到的。”

“在下愿意出多十倍的价钱。”

凤雪抬眸，幽幽地说了句：“有些东西是银子也买不到的。”澄澈的双眸带着丝悲切看着那双冰蓝色的眸子。

君无痕一怔，从看到她的眸子起，他竟然忘记了如何言语，就这样与凤雪对望着。

空气中弥漫着暧昧的气息。

不久后，君无痕收回目光，才道：“夫人怎样才愿意让出梨花手链？”

“一件事情。”

“什么事情？”

凤雪指向花河上的花舫。

“那条花舫是醉花楼的，听闻里面的莲心姑娘非千金不出，只要公子能不花一分银子就能请出那条花舫里的莲心姑娘，那这条梨花手链就是公子你的了。”

“小姐！”青衣惊讶地叫出了声来。这根本是不可能的事情，公主很少刁难别人的。除非……

青衣打量了一下那个公子。

一袭黑衣……听闻武林尊主君无痕的眸子是蓝色的……

“公子，这条手链是我家小姐先看上的。”青衣的语气也变得硬了起来。他伤了公主的心，绝不能放过！

“真的要吗？”君无痕没有理会青衣的话，如海洋般深邃的蓝色眸子定定地看着她，眸中深处仿佛有飞鸟轻轻掠过，荡起一圈圈的涟漪。

凤雪一怔，他的眼中的那一抹蓝色就像一股蓝色的旋涡，而她仿佛在其中旋转。蓦地，她一颤，欣喜自心底涌了出来。

他……认出了她。

“大胆！我家夫人看上的东西你都敢要？”说罢，一个侍卫上前准备拽起他的衣襟。可是还未近他一尺，就被他凌厉的视线所吓退。

剩余的几个侍卫也纷纷准备出手，可是还未上前，就已经被一道掌风所击退，而这看起来连一成功力也没有用上。

侍卫个个大惊失色，他们个个算得上是王府中的高手，而这个男子只用了一道轻轻的掌风就足以将他们震到十尺之外。

他到底是谁？

凤雪垂下眼帘，而眼帘再次抬起时，眼神淡漠，眸子平静无波。

“尊主不会食言吧！”声音淡如水，冷如冰。

尊主？武林尊主君无痕？几个侍卫顿时愣住了。

君无痕眉头微皱。他不喜欢她冰冷的声音和淡漠的神情。

“好。”似乎并不惊讶她认出了他，他平静地答道。

片刻后，凤雪等人和君无痕踏上了花舫。

君无痕的眉头从一踏上花舫开始，就一直都是皱着的。他——十分讨厌那些浓浓的令人作呕的胭脂味。

“尊主，如果你反悔的话可以现在下去。”凤雪眉毛高挑着，“但是梨花手链就别想拿回去。”

“不，只是讨厌那些胭脂味。”君无痕的眉头皱得越来越紧，“比起这个我更喜

欢尸体的腐臭味。”

凤雪的脚步顿了顿，双肩在微微发颤。蓦地，她笑出声来，柳眉弯弯的，一改刚刚的淡漠。

而君无痕的眉头也舒展了许多。

凤雪的笑声清脆，宛若黄莺出谷，纷纷引来舫里的人们的注目，就连嬷嬷也被引了出来。

嬷嬷大步走了过来，细长的眉高高地挑着，一双眼珠骨碌骨碌地上下打转，在细细地打量着凤雪和君无痕：

女的衣着简单，但整个人却隐隐透出一种浑然天成的贵气。身后的侍卫不怒而威。一旁的婢女长得也算标致。而男的一袭黑衣，蓝色的眸子尽是霸气。

嬷嬷暗想道：这两个都不是好惹的主啊！

她连忙笑道：“夫人，公子，不知来我们醉花舫有何贵干？”接着她看向凤雪：“夫人，本舫一向不招待女客，而且……”

“青衣……”凤雪淡淡道。

青衣马上递给了嬷嬷一锭沉甸甸的金子，嬷嬷马上眉开眼笑：“当然，如果夫人要来欣赏歌舞也是可以的。本舫的舞娘可是个个绝色。”管她男女，有钱才是大爷。

“嬷嬷，今日的主角可不是我呢！”凤雪看向君无痕，“是这位公子呢！”

“呵呵，是公子的话，那就更好办了。”嬷嬷笑得更开了，大红的羽扇轻轻地扇着，一股浓厚的胭脂味向君无痕习习扇来：“不知公子想找我们的哪位姑娘？”

他的眉头又开始皱了起来：“莲心姑娘。”

嬷嬷先是脸色一变，然后赔笑道：“很抱歉，今日莲心姑娘有客。还请公子另寻其他姑娘。要不，莲音姑娘怎么样？她可是莲心姑娘的妹妹，长得一样水灵灵的，歌声也是极其动人的，而且……”

“莲心姑娘。”君无痕微眯双眼，迸射出一道慑人的蓝光。顿时，整条花舫弥漫着危险的气息。

就连嬷嬷也不由得咽了口口水，可是一想到莲心姑娘的客人后，嬷嬷又是冷汗尽出，上面的那位也是个不能得罪的主啊！

与其两位都得罪，还不如只得罪一位。

嬷嬷的脸色顿时冷了起来，她轻摇羽扇：“莲心姑娘虽然比不上双蝶姑娘，但是好歹也是我们醉花楼里的名牌姑娘，没有千金又岂能见得到？”

“莲、心、姑、娘。”君无痕一字一顿地道，蓝色的眸子氾着幽幽的冷光，一望宛若掉进了腊月里的冰潭。

嬷嬷倒吸一口气，踉跄地向后退了几步。

“嬷嬷！”一旁的小婢女连忙上前扶住她。

顿时，一片喧嚷。

“怎么这么吵？”倏地，楼上传来一个淡淡却不失威严的声音，楼下马上静了下来。

听到这个声音，凤雪、青衣和几名侍卫皆是一颤。

抬眸望去，一个身着蓝色锦袍的男子从楼上缓缓地走下，身后跟着一个如花美人。而那男子正是司徒行云。

“王……王爷……”嬷嬷吓得脸色苍白，说到后面连话都说不出来了。

而司徒行云没有理会嬷嬷，从见到凤雪的第一眼起，他的眉头就一直皱着，如同君无痕听到司徒行云的名字时，蓝色的眸子划过一缕复杂的光芒。

整条花舫里的空气顿时紧张了起来，这时凤雪一声轻笑，迎了上去，只见她笑意盈盈地走到司徒行云身边，声音轻柔地道：“王爷办完要事了？”眼睛看了看他身后的莲心姑娘。

这时司徒行云的眼里快速地闪过一丝狼狈，他的声音有些紧张，仿佛怕会被身旁的人误会似的，他连忙说道：“只是凑巧碰到熟人而已。”

而花舫里的人都惊奇地看着他们两个，目光都集中到凤雪身上，心里皆有个疑问：这个女子到底是谁？

凤雪但笑不语。

司徒行云微微恼怒，对青衣和几个侍卫怒道：“你们是怎么照顾公主的，竟然让公主来这样的地方？”

司徒行云这一怒，让在场的人都知道那女子正是当今皇上最宠爱的凤雪公主，同时也是平延王的王妃。有些客人开始带着饶有兴味的眼光看着这场戏。

是公主到花舫找王爷还是公主带男人来花舫呢？

啧啧，这下可有好戏看了。

“王爷不要动怒，先让凤雪好好解释。”凤雪声音轻柔，眼波流转了一下，“王爷确定我们要在这样的场合下谈吗？”

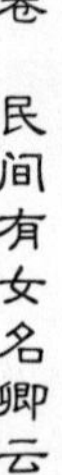

看了看四周，司徒行云对嬷嬷吩咐道："清出一间房来。"

嬷嬷连连点头。

凤雪对君无痕抱了抱拳后，才说道："君公子，有请。"凤雪不想让君无痕在花舫里暴露了身份。

片刻后，嬷嬷马上准备了一间舒适的房间。

从见到凤雪的第一眼起，司徒行云就已经开始注意到了她身旁的黑衣男子。那个男子即使一语不发，也让人难以忽略。他的身上有着一股霸气，浑然天成的霸气！

倏地，看到他蓝色的眸子时，司徒行云一怔，随即马上抱拳道："久仰尊主大名。"

而君无痕却没有多大的反应，只是微微点了下头："王爷。"

凤雪心里暗笑道：果真够猖狂了。

司徒行云依然微笑，脸上并无不悦，他看向凤雪，问道："公主，现在总该可以解释了吧！"

凤雪笑着上前，挽起一点衣袖，一条晶莹剔透的梨花手链露了出来。

她道："这条梨花手链本是凤雪先看上的，但是恰巧的是尊主也看上了这条手链。所以……"凤雪将实情一五一十地向司徒行云道来。

司徒行云听后，竟微微一笑，凑到凤雪耳边，打趣地说了句："公主可真会刁难别人。"

没有想到司徒行云会突然有这样的动作，淡淡的热气在她的耳边萦绕，凤雪有些不自在地撇过了头，可是一想到君无痕还在场时，她又撇了回去，微恼地在司徒行云耳边说道："王爷，注意场合。"

"哦？公主的意思是只要场合适合，就可以了？"眉角高挑。

凤雪抿了抿唇，突然她的眸光一闪，唇角微勾，透过薄薄的面纱，红唇贴在司徒行云的耳垂上，吐气如兰。

"王爷确定要继续下去吗？"

一阵淡淡的清香向司徒行云袭来，耳垂上突如其来的温热，让司徒行云的眼神顿时变得深邃，他的声音微哑："不了。"

凤雪轻笑了一声，才拉开了她与他的距离。

司徒行云和凤雪之间说的话，青衣和侍卫听不到，只因他们说得太小声了。

而他们也只看到王爷和王妃之间的亲密动作，脸上也甚是欣慰。但是以君无痕的功力，自然是不在话下。

他的眸子不停地闪烁着蓝色的幽光。可是一触到凤雪手腕上的梨花手链时，幽光立即消失，眸中平静无波。

他开口："公主曾经答应过我，只要能不用一分银子把莲心姑娘请出来，梨花手链就归我所有，而刚刚我的确是办到了。"

凤雪一喜，双眸都亮起来了。他……叫她公主，而不是王妃。这是否说明……

司徒行云眼神一沉，双眼微眯。他……十分不喜他对她的称呼。注意到凤雪的表情后，司徒行云的脸色更为阴沉。

斜眼看君无痕，就连他也不得不赞同他是一个出色到可以令天地失色的男子。

蓦地，司徒行云敛起了脸上的表情，他微笑："本王府中有一条番国进贡的五色银链，价值连城，珍贵无比。若尊主愿意，本王愿意以五色银链换尊主所看中的梨花手链。"

"天！那条银链可是千年难遇一条！"惊讶过度的青衣不顾场合，当众叫了出来。刚叫出声，她连忙捂住嘴巴，小心翼翼地看向司徒行云。

而司徒行云脸上并无不悦，反而一副深情款款的样子看着凤雪，声音轻柔又带着丝宠溺："难得王妃喜欢。"

凤雪一怔，她注意到了他对她的称呼的改变。她的心微微一颤。这算什么，算承认了她妻子的身份？

"公主应该不会食言吧！"

凤雪咬了咬唇，刚想说些什么，司徒行云突然开口问道："尊主要把手链送给谁？"

君无痕定定地看着凤雪，一字一顿道："吾、妻。"那双蓝色的眸子中坚定的光芒仿佛在告诉她，他永远都只爱他的妻子。

凤雪的身体猛地一颤，双肩开始微微颤抖，引来司徒行云的侧目。

她……早该死心的……

"王妃……"

她……不该犹豫……不该妄想……不该喜欢……

"王妃？"

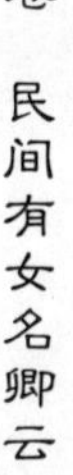

她……也没有资格犹豫……妄想……喜欢……

“王妃……王妃……怎么了？”

凤雪抬眸，竟然望进了一双沁满柔情和担心的眼睛里，此时她觉得他的声音宛若天籁，而他的眼神柔得让她忘记了悲伤，忘记了君无痕，忘记了所有。心一动，她情不自禁地叫道：“行云……”

司徒行云一怔，听到她呼唤他的名字，他竟感到一点一滴的幸福在心底积聚着，嘴角也微微翘起，眼角是止不住的笑意。

“王妃，怎么了？身体不适吗？”声音温柔。

意识到自己刚刚说了什么后，凤雪懊悔地咬了咬双唇，她只好点了点头：“可能是出来太久了，都没有好好休息过。”

看了一眼神色复杂的君无痕后，凤雪神色平静，仿佛看开了一般似的，她微微一笑：“尊主，这条梨花手链就归你所有了。凤雪在此祝福尊主与尊主夫人百年好合。尊主大婚之日，王府必送上大礼一份。”

她傻了第一次，傻了第二次，她不会再无止境地傻下去。

她看开了……

从手腕上滑下手链，向他抛去。

空中滑过一道闪亮的弧线，带着她以前的倾慕和喜欢消失在空中。

君无痕直直地看着她，她的眉眼间有着一种万物归于自然的平静。

他在心中苦笑，他要的不就是这样的效果吗？可是他却感觉到苦涩快要将他的心填满。

接过带有她余温的手链，君无痕揖了揖手，道：“谢过王妃。”

一声“王妃”，从此划开界线。

他是武林尊主，他有命定的妻。

她是凤雪公主，她有赐婚的夫。

……

他和她终究还是陌路人。

第十三章·初次心动

回到王府后，漆黑的夜空上已经布满了繁星，凤雪也早早休息了，经过了这样一天，凤雪已经没有心思和力气去卿云阁找离歌了。

她需要一个静静的晚上来思考她的感情。

经过今天，她对君无痕再也没有抱任何妄想了，对他的心已经死了。以后无论君无痕如何，她也不再关心。从此，便是陌路人。

而司徒行云，她的夫……或许……才是她最终的归处吧！

合上双眼，停止思考，她安然入睡。

第二天中午，皇宫内派出太监宣平延王与平延王妃入宫，说是皇上和皇后想念凤雪公主了。

接到旨意后，青衣连忙为凤雪梳妆、换衣，动作熟练，有条不紊。

凤雪笑了声，道："动作老练。青衣，看来十几年来，你的经验积累得不少呀！"

"谢公主夸奖。"青衣规矩地道。

"青衣也快及笄了，到时候我给你找个好夫郎给嫁了。"

"青衣愿意一辈子侍候公主，终生不嫁。"

凤雪感叹地摇了摇头。她这丫头一旦遇到与皇宫有关的事情就会变得严肃

起来，要是平时，早就红了张脸了。

片刻后，凤雪着装完毕。而此时外面也传来总管的声音："王妃，马车已经准备好了。王爷也等候多时了。"

"青衣，走吧！"凤雪起身，青衣跟在身后，一起踏出了雪楼。

凤雪长发绾起，梳成流云髻，中嵌以一朵海棠珠花，左侧插有七星翡翠玉花簪，右侧斜戴一支珍珠海棠步摇，后髻垂以珍珠流苏。额际坠以一弯玉月。耳挂流苏珠翠耳坠。身着一袭碧色绣蝶宫装，腰束织锦绸细腰带，腰带两侧再垂以细细的碧珠流苏，两臂挽云青欲雨带，带长一丈，与曳地长裙拖于身后，于富贵华丽中多了分飘逸。

面纱遮住了脸上的伤疤，脸戴面纱的凤雪更是有种不食人间烟火的味道。

见多了美人的司徒行云在看到盛装的凤雪时，也不由一怔。

一顾倾人城，再顾倾人国。

这个时候司徒行云的脑里突然想起了这句诗。

"……王妃。"

凤雪一怔，想起了昨日他温柔的神情，她微笑："行云。"

司徒行云牵过她的手，一起上了马车。温暖的大手包住了白皙的小手，一阵温热自手心传出直到心里，凤雪抬眸，眼中带笑。

司徒行云微笑。

这一刻他们的笑容是真诚的。

皇宫。

亭内。

"儿臣参见父皇，母后。"

"儿臣参见皇上，皇后。"

皇帝一身明黄，眉眼中有着说不出的威严，他品了口茶后，才道："平身吧！此乃家常叙旧，不必多礼。"

"是。"

"是。"

"皇儿，过来让朕看看。"皇帝露出慈祥的笑容，轻轻地抚摸着凤雪的头发，眼里是宠溺的眼神，"在外过得惯吗？"

"父皇不必挂心,儿臣一切安好。"凤雪低眉轻声道。

"是吗?"皇帝轻轻地扫了一眼司徒行云,语气里带丝怀疑和试探。

心中微微一惊,凤雪连忙做出一副撒娇的样子:"父皇!雪儿真的过得很好!行云对雪儿很好很好。"

接着她匆匆看了司徒行云一眼,又娇羞地低下头来,女儿娇态显露无遗。

"呵呵……"皇帝大笑,"过得好就行了!父皇也就安心了!朕可只有一个皇儿呀!朕也老了。"

司徒行云眸光微闪:"皇上万寿无疆是凤溪之柱。"

"就是嘛!行云说得对,父皇宝刀未老呢!怎么会老呢?"凤雪撒娇地依偎在皇帝的身边。

"嫁出去的女儿如泼出去的水呀!以前皇儿只会站在朕身边的,现在当了王妃,就站在夫君那边了。"皇帝哀叹。

凤雪撇头,赌气道:"父皇不讲理!"

"好好好!是父皇不好,皇儿别生气了。"此时的皇帝不是皇帝,而是一个宠爱女儿的爹。

凤雪为皇后所出,不仅是凤溪的第一个也是唯一的公主。凤溪皇族所出的孩子一向早夭,曾经有几个妃子生过孩子,但是未满周岁就夭折了。这代皇帝的后代就只有凤雪一个;而且凤雪从小乖巧机灵,聪明伶俐,甚得人心,因此皇帝和皇后特别宠爱。

凤雪这才转过头,柳眉弯弯的。她笑着道:"雪儿哪会气父皇呢?"

"是呀!雪儿都快满十九了,大姑娘一个了,哪还会气皇上呢?"皇后开口,喜笑颜开。

"还有几个月才满十九,时间远着呢!"

"皇儿身为人妻的第一个生辰,可要好好过。"皇帝看着凤雪,一脸的和蔼。

凤雪蹙眉:"父皇,你明知雪儿不爱铺张,不喜热闹。"

这时司徒行云开口道:"皇上,雪儿的生辰让儿臣在王府里办吧!儿臣一定会让雪儿满意,过一个美好的生辰。"

说罢,他温柔地看着凤雪。

凤雪微微一笑,眼里也是温柔。

"父皇,雪儿想在王府里过生辰。"

皇帝摇了摇头，无奈地道："唉！就依照皇儿的意思吧！"眼里宠溺的意味不言而喻。

皇后笑道："皇上，雪儿已经是为人妻了。"她拉住雪儿的手，"雪儿，我们母女已经很久没在一起谈过心了。"

皇帝摆摆手："去吧！"

"臣妾告退。"皇后欠了欠身，拉着凤雪离开了亭子，青衣也紧随身后。

见凤雪离开，司徒行云也准备告退。

而皇帝似乎看出了他的意思，淡淡地开口："行云，陪朕赏赏花吧！都入秋了，我们君臣之间也很久没有这样单独在一起了。"

"是，皇上。"

"行云，皇儿可是朕的心头宝呀！百年后，皇家也就只有她一个人了。可惜皇儿不是男儿身呀！这凤溪的百年基业传到朕手中就结束了，九泉之下，朕必定愧对先皇。"皇帝喝完最后一口茶，身后的太监准备倒新茶时，皇帝摆了摆手，屏退了太监。

此时亭子里就剩下皇帝和司徒行云。

"凤溪日后必有龙子诞生，继承凤溪百年基业。"

"朕老了，有些事情心有余而力不足呀！朕实在是无颜以对先皇。"皇帝微微叹气，接着道，"可惜凤溪几百年来，并未出过女子继承皇位的先例。"

司徒行云眸光一闪，随即明白了皇帝的意思，他笑了笑道："没有先例，皇上也可以自创先例。"

皇帝挑眉："依行云之意？"

"皇上大可立雪儿为帝，儿臣必全力以赴辅佐雪儿成为千古女帝。那么凤溪的百年基业自然不会结束。"司徒行云娓娓道来。

"呵……行云的主意固然好，只是……"皇帝突然敛起笑容，"皇儿没有那个心思，她经历尚浅，心肠太软，实在不适合当一个帝王啊！"

"皇上，性格可以培养。"

"呵，行云，如果你是朕的孩儿，那该多好啊！"皇帝抚着下巴，微笑。眼睛微微地眯了起来。

司徒行云连忙跪下，声音慌乱："皇族血统高贵，又岂是儿臣一介武夫可以染指的？"

皇帝大笑，他扶起司徒行云，声音爽朗："朕不过说如果而已，行云何必惊慌？起来罢了。"

接着他正了正色，道："前阵子高尚书告老还乡了。"

见皇帝突然说起一件毫无相关的事，司徒行云怔了怔，随即小心翼翼道："高尚书回乡颐养天年，以抱孙为乐。"

"是啊——"皇帝感叹道，"朕也想抱孙，可惜皇儿不争气呀！"轻轻地扫视了司徒行云一眼，皇帝摇了摇头。眼神虽淡，但是却蕴涵着一股洞悉一切的犀利。

司徒行云当即明白了，他微笑道："儿臣回去后，定当努力。"

"呵呵……"犀利的眼神消失，皇帝笑呵呵地道，"那就好。"

另一边，皇后寝宫中。

"雪儿，行云对你可好？"

"母后，行云对雪儿很好，真的很好。刚刚在父皇面前不都已经说过了吗？"凤雪微笑着看着皇后。

"雪儿，当真很好？"皇后眸光闪烁。

凤雪轻轻点头。

"雪儿，你父皇虽然老了，但是他的眼睛和心都明亮如镜，想骗过你父皇是件很困难的事情。据密探回报，大婚之夜至今雪儿还未与司徒行云圆房。"皇后一脸严肃，蓦地挽起凤雪的长袖，一副果真如此的样子。

白皙的手臂上方有一个红点，红得惊人，红得魅人。那个红点正是守宫砂！

皇后一怔。这个守宫砂似乎跟以前所见的有所不同……

凤雪撇过头，拉回长袖，低低地道："母后，雪儿只是不习惯那种事情……"

"那种事情？"皇后收回神，叹了一声，语重心长地说道，"雪儿，你现在是凤溪唯一的子嗣。如若再没有子嗣生出，你将会是凤溪女帝，到时候的后宫三千，你……"

皇后还未说完，凤雪马上打断："母后，凤溪绝对不会只剩雪儿一个子嗣的！"就算是，她也不会成为女帝。

皇帝……她绝对不会接这个担子！

"雪儿……这是你的命呀！生在皇家就是这种命呀！"皇后哀叹，怜惜地抚着凤雪的头。

凤雪抬头，澄澈的双眸不带一丝杂质。

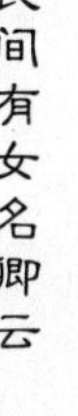

皇后再次摇头："如果没有那次事情的发生，我的雪儿必定是个倾城佳人。天下名医尽访，还是找不到方法医治你脸上的伤疤。可惜呀！"

"母后，雪儿已经看开了。母后也不要感伤了。"

"也对。我们母女说些开心点的事情吧！"

"嗯。"凤雪点头。

……

黄昏将至，而凤雪和皇后也说了一下午。

出了宫后，夜空已是繁星点点了。路上的行人也越来越少了，许多店铺已经打烊了。此时，一辆华丽的马车在街道上缓慢地行驶。

凤雪坐在棉红软榻上，她轻轻地倚在窗旁，闭目养神。蓦地，她感觉到一道灼热的视线紧紧地盯着她，让她感到颇为不自在。一睁开眼，就撞上了司徒行云灼灼的目光。

"雪儿。"低沉浑厚的声音倏地响起，听起来有些魅惑人心。

凤雪一怔："王爷，现在不在宫中。"

司徒行云勾起一个微笑："雪儿昨日可以叫我行云，难道我今日不可以叫王妃雪儿吗？"

"随便。"

"夫妻之间哪有称呼如此生疏，那雪儿以后就叫我行云吧！"

轻轻地一眨眼，凤雪轻声道："看来今日父皇跟行云说了很多话呢！"

听到她叫行云，他勾起一个弧度更大的微笑："彼此彼此，皇后跟雪儿说的话也不少吧！"

淡淡地瞄了他一眼，凤雪道："看来以后我们的戏得做真点了。"

"雪儿觉得我在做戏吗？"司徒行云没由来地有点失望。

"是。"斩钉截铁的不容置疑的语气。

司徒行云苦笑一声。"连我自己都不知道自己是否在做戏……"自嘲的声音让凤雪微微一怔，"连我都分不清是真……还是假……"

凤雪的心猛地一跳。她不得不承认她的心中此时是有些欢喜的。

突然司徒行云挑眉，一改语调："昨日雪儿那声轻柔的唤声，是做戏吗？或许有时候雪儿动了情也不一定。"

"行云这么肯定我会动情？"凤雪的眼里有着淡淡的嘲讽。

司徒行云轻碰了一下自己的双眼，道：“凭我看多了女人的双眼。”

凤雪只是微笑，却不予以答话。

可惜她不是普通的女人！

她承认有一刻她是动情的，但是动情不代表动心。

“拭目以待。”许久，她才轻轻地应了一句。

倏地，“咔嚓”一声，马车的轮子掉了一个，马车开始不平衡起来，向一边倾倒，一时没有准备好的凤雪掉进了司徒行云的怀中。

淡淡的海棠花香顿时萦绕在司徒行云的鼻间，他不由得心神荡漾。待凤雪回过神来后，她推开了司徒行云，淡然地道了句：“谢谢行云。”然后走下了马车，司徒行云无奈地摇了摇头，也跟着下车了。

“怎么一回事？”司徒行云问道。

“回……回王爷，马车突然间掉了个轮子，可能是因为太久没换所以烂掉了。”

凤雪蹙眉，走到不远处看着滚落到地上的车轮。

蓦地，她眸光一闪，车轮的轴上有一条很不明显的被划的痕迹。

是人为的！

这时身边突然涌出一股冷凝的杀气！

凤雪一惊，准备出手，可是一想到司徒行云就在不远处，她连忙敛起气息，快步走向司徒行云。

一道白色的冷光闪过，一把剑倏地从凤雪脸庞擦身而过，面纱顿时掉落。

凤雪心一紧，及笄那年的遇刺情景倏地浮在心头，她的瞳孔倏地放大，弥漫着恐惧的气息。此时一把剑直直地向凤雪逼来，而凤雪却陷入当年遇刺的恐慌中，完全没有察觉到那剑气来袭。

“雪儿！”司徒行云一声大叫，一个跃步，飞身到凤雪身边，一把搂住她，准备飞身离开时，却触到她苍白的脸色，他顿时一惊。心中微微刺痛，而那道白光却趁这一刹那，飞速掠过，鲜血顿时从他手臂涌出。

司徒行云蹙了下眉，立马拔剑保护凤雪。

鲜红的颜色唤醒了凤雪，她逐渐从以前的阴影走出来。而此时周围又涌出了几个黑衣人。

他们皆是一袭黑衣，面蒙黑巾，手持利剑。

“雪儿，不要担心。”司徒行云一面柔声安慰，一面凌厉地看向刺客，与刺客过

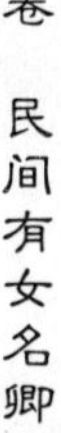

招。小心翼翼地保护着凤雪。

凤雪死死地咬住下唇，眸子中溢满了震撼。

他在舍命护她！

感动、震撼、不敢置信……多种情绪顿时涌上心头。

“王爷……”而此时王府的救兵已经到来，刺客见状，也纷纷逃走。

“行云……”凤雪睁大着双眼，嘴中呢喃着他的名字。

突然间，一股气流从丹田处向上一冲，噬心的痛楚强烈地从心处传来，他忍住那道痛楚，尽量挤出一个笑容，他的脸如纸般苍白：“雪儿……没……没事了……”

看了一眼他的伤口和他苍白的脸色，凤雪眸光一闪。

那剑有毒！

见到他笑容的瞬间，凤雪承认，她感动并……心动了。

第十四章·无名公子

王府。

司徒行云受伤的消息马上传了开来，司徒行云房外顿时挤满了一大堆的妾侍。只奈何侍卫在阻挡着，不然她们早就一窝蜂地拥了进来。

“快放我进去！不然，以王爷宠爱我的程度，等王爷醒了，我就让王爷降你的职！”

“我要进去照顾王爷！”

“我要进！”

“我也要进！”

外面吵成了一片，房内凤雪蹙了蹙眉头。

“总管，很吵。会打扰到大夫医治行云。”

总管马上会意，打开门出去，扫视全场一眼后，道：“王妃有令，王爷静休，不得打扰。违令者，家法侍候。”

“为什么？”妾侍中有人不满地问道。紧接着，又有人插了一句：“凭什么？”

这时一个圆润稳重带着威严的声音响起：“凭本宫是平延王王妃，凭本宫是凤溪的公主。”

众人一怔，看到一个盛装的女子从房里出来，脸上的伤痕让人心惊，那双带有威严的眸子让人心敬。

“王妃。”总管微微垂头，恭敬地叫道。

“怎么？对本宫的话有意见？”凤雪挑眉，冷眼看着那些脸色难看的女子。

“……没有。”想起了如月、月如、红夫人的下场，纵然心有不满，她们还是讪讪地走了。

“王妃，剑虽有毒，但是王爷中毒并不深，只需加以疗养，再休息几日即可康复。”为司徒行云诊断后，大夫思索了下，才对凤雪说道。

“总管，带大夫下去领赏！其他人也下去吧！这里有本宫就够了。”

“是，王妃。”

待所有人都退下后，房里就剩下司徒行云和凤雪二人了。

司徒行云闭着双眼躺在床上，凤雪坐在他身边，神色复杂地看着他。

“行云……为什么？”

看着他苍白的脸色，脑里浮现出在马车里他所说的话——

“连我自己都不知道自己是否在做戏……连我都分不清是真……还是假……”

他的话是否在告诉她，他喜欢她？

蓦地，司徒行云睁开了双眼，他的嘴唇有些苍白，他微笑着：“我理应保护我的王妃。”

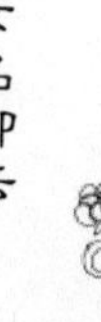

“你……”凤雪怔了下。

“历经沙场多年，什么伤没受过，什么毒没中过，这一点伤算得了什么。”

凤雪看着他，默默不语。现在她的头脑一片混乱。遇到感情上的问题，她的脑子就转不过弯来。

蓦地，双眼触到手臂上包扎好了的伤口，凤雪心中产生了隐隐的内疚。如果她……

“雪儿，不要内疚。”他的嘴唇毫无血色，可是在凤雪眼中，却有着蛊惑人心的味道。

凤雪的身子微微倾前，手情不自禁地想去抚他的双唇，突然她猛地停住了。

司徒行云的眸中清晰地映出一张满脸伤疤的脸。

她一惊，才想起面纱被刺客弄掉了。刚想退回去，司徒行云却猛地握住她的手，紧紧的，仿佛要把她的手嵌入他的骨子里。

微微用力，凤雪被司徒行云扯到了怀中。

他低声道：“雪儿，住在我这里。”

她的心在猛烈地跳动，可是她依然故作冷静地问道：“为什么？”

“你是我的王妃。”

一句话足以将凤雪心中的所有拒绝推倒，他的轻柔话语有着蛊惑人心的力量，她轻声道：“好。”

答应后，她似乎觉得有些不妥，匆匆加了句：“王府里有父皇的人，所以我答应你。”

司徒行云挑眉，语气带着丝怀疑：“真的因为这个原因吗？”

凤雪怕弄伤他，轻轻地挣脱开他的手，离开了他的怀抱。平静了下自己的心跳，她才道：“真的。”

说罢，她静静地看着他，与他的双眸对视。

这时，红棉在外敲了下门：“王妃，药煎好了。”

凤雪这才垂下了眼帘：“进来吧。”

“红棉，把药端到桌上就行了。”凤雪吩咐道，接着她有些不自然地咳了声，“本宫会照顾王爷的。”

红棉看到凤雪的脸时，心中一惊，但是她仍然平静地把药端到了桌上。

“王妃，红棉告退。”

等红棉走了出去后，司徒行云挑眉看着凤雪：“雪儿，我的手现在可是受伤了。你把我的婢女赶了出去，你要我怎样喝药？”

凤雪抿了抿唇：“我喂你喝。”

“能让凤溪的公主喂我喝药，可真是我的荣幸呀！”

凤雪端起药，坐到司徒行云身边，喂药的动作有点笨拙。

可是司徒行云却喝得满脸笑意，就连嘴角也挂着一抹甜蜜的笑容，仿佛他喝的不是苦药而是世上最甜的蜜糖。

他直直地盯着凤雪的脸，眼睛眨也没眨过一下。凤雪也被盯得有些不自然了，她的声音冷了下来：“如果行云看不惯我的脸，我可以马上回雪楼拿面纱。”

司徒行云微微皱眉，他不喜欢她刚刚话里的语气。

“不，我只是第一次看到雪儿的脸上有红晕！要是戴了面纱，我可欣赏不了雪儿脸上难得一见的美景了。”

瞪了司徒行云一眼，凤雪把最后一匙羹的药喂进司徒行云的嘴里后，她才说道：“行云，明日我再开始住在云轩里吧。雪楼那里还有很多的东西。”

“明日再让青衣把东西拿过来，今天雪儿还是在这里就寝吧！”说罢，他拍了拍他身旁的空位。

“雪儿睡前有个习惯，喜欢睡前看书，如果睡前不看书，那么那夜将会是无眠之夜。”

司徒行云怔了怔，说道：“要看书的话，书房就在旁边。雪儿大可以在里面找书，而我的书房里的书绝对不会比雪儿的少。”

“哦？”凤雪挑眉，“行云的书房是商议政事的要地，万一我看到了些不该看的东西，那如何是好？”

司徒行云笑道：“雪儿言重了。夫妻本是一体，要分什么该看和不该看的吗？来吧，雪儿都劳累了一天了，快睡吧！”

凤雪还是迟疑着。

“我绝对不会碰你。”

这时反倒是凤雪笑出声来了：“行云，你想碰也碰不了。刚刚的药里，大夫加了蒙汗药以助体内的毒消散，算起来，蒙汗药也快要发生功效了。”

司徒行云一怔，眼皮已经开始不自觉地下垂，几秒后，司徒行云睡倒在床上。

凤雪笑了笑，替他盖上被子。

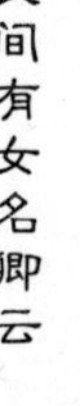

她坐在床边，凝视着他，看到他手臂上的绷带时，她的睫毛轻颤。

是为她而受的伤……

他今天舍命护她……

蓦地，凤雪想起了一个曾经也是舍命护她的男子。

那个时候小凤雪年纪尚小，心性未定，曾经偷偷地跑出皇宫到离都城不远的枫城游玩。

枫城以枫叶著称，每到秋天，枫城就像穿了一身火红的衣裳，惹人喜爱。

那天小凤雪身着一袭简单的绫棉裙，火红如枫，头发披散着，脸上戴着淡红色的透明面纱，只身一人在枫林里乱窜，却不巧遇到几个盗贼……

“大哥，这个小姑娘长得很标致，不如抢回去给少爷当妾侍……”说罢，粗大的双手伸向她的面纱。

小凤雪害怕地看着眼前魁梧的大汉，颤抖地说道：“大胆！我回去后，一定要……父……爹斩你们的头！”

“哈哈！小姑娘，你以为你爹是谁？山高皇帝远，就算你爹是皇帝，也一样救不了你。不如乖乖跟我们回去，包你一辈子荣华富贵。”魔爪继续前伸，此时一个小石头从小凤雪身后丢出，恰恰砸到了那个大汉的眼睛。紧接着，一个小公子跳了出来，张开两臂，将小凤雪护在身后。

很明显，两个孩子和几个大人的力量实在相差悬殊。

很快，小公子就遍体鳞伤，血痕累累，但是被他紧搂在怀里的小凤雪却安然无恙，只是衣裳上沾了点血。

小凤雪看到小公子满身是血时，恐惧、害怕、愤怒……多种情绪从脑里涌出，黑色的眸子倏地被银色充满，绽放着银色的光芒。

几个盗贼一看，皆吓得屁滚尿流的，急忙逃跑。

而此时小公子无力地垂下双手，虚弱地看着小凤雪，道：“不要害怕，你没事了。”看到她银色的眸子时，小公子却突然笑了，“好漂亮的眼睛呢！”

“为什么要救我？”没有理会他的话，凤雪直直地问道。

“我……理应保……护弱小。”

这时，枫林外传来几个家丁的声音：“小公子，你在哪儿啊？小公子……”

“我的下人来找我了，我……我会没事的。”因为失血过多，小公子终于昏倒在血泊中。

自从那日，小凤雪一直对小公子念念不忘，因为他是第一个舍命救她的人。

……

陷入了对往事的回忆中的凤雪眸中有一抹柔意。

垂下头，看了看司徒行云，凤雪眸光微闪。转眼间，眸光消失，凤雪轻轻地摇了摇头，走到了司徒行云的书房。

她屏住呼吸，凝神细听，全神贯注地感受着周围的空气。

她记得上次司徒行云身边有个暗魅的存在，而且他的武功内力最多只差她几分。不过现在他应该不在这附近，否则她必然感觉得出来。

片刻后，她才呼了一口气，开始慢慢地找书。

一一掠过卿云姑娘的书，凤雪轻笑了声。司徒行云似乎特别喜欢卿云，她的书都被摆在最显眼的位置。

眼睛掠过一本本的书，凤雪竟然发现她现在提不起兴趣看书。

蓦地，她想起了上次司徒行云拿字画给她欣赏时打开的檀木柜中有一个暗格，而且是锁着的。

心一动，凤雪走到檀木柜前，抽出一格，里面依然是那几卷画轴，拿出画轴，里面果然有一个暗格。

至于那个锁——

凤雪从髻上拿下一根发簪，簪尾在锁里轻轻一转，"咔嚓"一声，锁头轻易打开。

暗格里有两卷画轴。

凤雪有些失望。但是就连她也不知道她究竟想看到什么。

但是当她随意打开其中一卷时，她的眼睛倏地亮了起来，一丝丝的欣喜宛若点点星光遍布在她的眸中。

画中的人正是她。而这幅画是那天司徒行云在雪楼里帮她画的。

画中的她静如兰，淡若菊，眉眼间流露出一股皇家的高贵气质。华服上的百花宛若绿叶，在静静地衬托着她这朵红花。

凤雪觉得画中的人很陌生。画中的人好像是她又好像不是她。但这就是司徒行云眼中的她。

司徒行云把这幅画珍而重之地藏在暗格里，是否说明了他在珍惜她？

眼角处蔓延着丝丝的甜意，她卷好画轴，打开另一卷画轴。

凤雪先是一怔，紧接着，眸子被惊讶、欢喜、激动等等情绪所覆盖住，红唇的弧

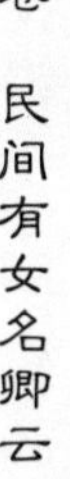

度不断地扩大，她的双肩微微发颤，手颤抖地抚着那幅画。

画中有一个女子，她衣着简单，颜色却火红如枫，脸上戴着淡红色的面纱，一双眼睛清澈见底，宛若银色的透明水晶。

凤雪一旦所有的情绪都涌上脑子里，激动到极点时，她的眸子就会从黑色变为银色。但是她一向神情淡漠，银色的眸子就只出现过两次，一次是遇到小时候的无名公子，还有一次就是遇刺后，第一次醒来看见自己被毁容的脸。

而此时画中的女子正是当年的小凤雪。

“是他……是他……竟是他……”凝视着画，凤雪喃喃。蓦地，当年小公子的轮廓隐隐约约地浮现在她的脑海里，“果然是他……我早该猜到……”

倏地，她感觉到脸有丝丝的疼痛，仿佛伤疤要裂开似的。手轻轻地触了下脸，指心竟然有一抹红色。

凤雪一惊，想起了离歌说的话：“女人，你做的脸皮的确比我好，但是一旦遇到血，哪怕是溅到的血滴，不出两个时辰，就会消失。这世上是没有完美的脸皮的呀！”

难道是剑划过司徒行云的手臂时溅出的血？

凤雪连忙将一切东西归回原位，接着用轻功飞回了雪楼。

铜镜。

凤雪细细地在一张特制的皮上描画着伤痕，半个时辰后，她对着铜镜将面皮贴上白净的脸，紧紧地贴着，然后一下一下地轻按。

睁开眼睛后，又是一张伤痕累累的脸。脸上的伤疤无懈可击。

戴上面纱，凤雪飞回了司徒行云的房间。

她静静地躺在司徒行云身边，凝视着他的轮廓，渐渐地与无名公子吻合，想起他两次舍命相护，她的唇角勾着浅浅的弧度。

闭上双眼，她安然入睡。

第十五章·夫妻同心

司徒行云足足睡了两天，而皇上知道司徒行云受伤后，也恩准让他休息半个月，不需上早朝。其实司徒行云受伤并非特别严重，只是那天晚上的药下的蒙汗药太多了。

而这两天之内，凤雪也将雪楼里的东西搬进云轩里，每晚也自然睡在司徒行云身边，同吃同住，摆明告诉所有人平延王与平延王妃合房了，同时也澄清了之前夫妻不合的谣言，更是降低了皇上对他们之间的猜疑。

一箭三雕。

王府里的美妾眼泪汪汪，但是却敢怒不敢言。民间津津乐道，自然是各种书籍都蜂拥而出。

离宫。

君无痕一袭黑衣，反手而立于高楼之上，仰望苍穹。

蓦地，一个葛布男子如鬼魅般地出现，单膝跪下。

“师父，徒弟办事不力，请师父降罪。”

君无痕依然仰望苍穹，仿佛没听到似的，许久，他才淡淡地道：“无司，你犯了什么错误吗？”

“弟子办事不力。”

“是吗？”垂头，蓝色的眸子望向无司，迸射出令人心寒的冷光。

顿时，风萧萧兮易水寒，天地之间弥漫着一股让人发颤的杀气，周围的空气仿佛惧怕了这股杀气，都停止了流动。

无司一惊，仿佛有一刹那停止了呼吸。

“师父……爱上她了吗？”无司艰难地说出了一句话。

君无痕一怔，杀气立即消失，空气再次流动，刚刚发生的一切宛若梦境。

无司难以置信地看着君无痕。师父为了她竟然出了这一招。如若师父刚刚不是闪了下神，他现在恐怕已尸骨无存了。

“无司，我给你下的指令是什么？”敛起所有的情绪，君无痕淡淡地道。

“确认琉璃珠手链是否在凤雪公主身上。”

“那你做了什么？”

“弟子不该擅改指令，去刺杀凤雪公主。弟子甘愿受罚。”无司抿唇，黯然说道。

君无痕点头：“按照离宫的法规，应当杖击五十。”

“弟子领罪。”突然无司的眼中微微闪烁，“领罪前，弟子希望师父能听弟子一言。”

君无痕颔首。

“师父，请勿忘记先祖的遗训。”

君无痕一颤。

先祖的遗训他一直谨记于心，但是知道她差点遇刺时，心竟然痛得无法思考。

平延王府。

阳光高照，凤雪恬静地睡在床上，细长的睫毛像小扇子一样遮住了双眼。

司徒行云一醒来，转身，看到的便是沐浴在阳光中的凤雪。心神不由一荡，他凑了前去瞧着阳光下的她。明知这是件浪费时间而且是他以前绝不会做的事情，但是他此时竟然觉得心里有满满的幸福。

蓦地，他皱了皱眉。他觉得那条白色的面纱很碍眼。

没有多想，他马上解下面纱，但是动作却轻得惊人。

一张布满伤痕的脸顿时在阳光下暴露了出来，每一条伤疤和每一道伤痕充分地吸收着阳光。

凤雪的左脸有8道伤痕，右脸有13道伤痕，鼻尖处有两道交叉的伤疤。让见者心寒，触目惊心。

司徒行云怔住了。不是因为心寒，也不是因为心惊，而是因为……

他记得上次看时右脸是8道伤痕，左脸才是13道伤痕的。

转眼一想，他笑了笑。

应该是记错了。

而这时凤雪也缓缓地睁开双眼，见到司徒行云醒来了她也不惊讶，仿佛已经计算好了。她微微一笑："行云终于醒来了。"

"终于？"司徒行云脸色有点奇怪，突然他似乎领悟到她话中的意思，"我睡了几天？"

"呵呵……"凤雪只笑不语。

司徒行云皱了皱眉，对外叫道："红棉。"

门马上被打开，红棉看着皱着眉的王爷和笑着的王妃，屈膝道："王爷有何吩咐？"

"本王睡了几天？"

"回王爷，两天。"

司徒行云一怔，突然想起了他睡前凤雪说的话——

他的双眼危险地眯了起来。

"红棉，出去，没本王吩咐谁都不准进来。"

"是，王爷。"

待红棉走后，司徒行云俯下身子，灼热的呼吸喷洒在凤雪的脸上。

凤雪微微不自在。

他的唇角勾起一个完美的弧度："雪儿，你对我真是狠心呀！"

凤雪心中一惊，可是仍然面不改色："行云在梦中梦到了一个狠心的凤雪？"

"呵呵……"灼热的气息离凤雪越来越近，"是呀，这两天我梦到了雪儿放了足以令一只大象睡上十天十夜的蒙汗药到我的药里……"

"那行云梦中的凤雪一定是为了你好。"

司徒行云挑眉："此话何解？"

"行云梦中的凤雪知道如果行云第二天醒来一定会去上早朝而不顾伤口的，所以她才会放多点蒙汗药，好让行云休息。"凤雪眨了眨双眼，"行云，你梦中的凤

雪可是在关心你呢！”

“呵呵，我梦中的凤雪可没现在的雪儿聪明，连蒙汗药的用量都不会用。”

凤雪微笑，“公主哪会知道那么多，行云梦中的凤雪是不知用多少才会把所有的蒙汗药都倒进去呢！”就是知道他抵制毒药能力强，她才会放那么多。

“原来如此。”司徒行云做出一个恍然大悟的样子，“还好我命大。不过——”他又危险地眯起双眼，“雪儿可知我已经两天没上早朝了？”

“行云可是因祸得福，皇上得知行云为雪儿受伤，特地恩准行云半个月不用上早朝。”

“哦？！”司徒行云突然笑了起来，“这么说，我还得好好感谢雪儿喽？”

“嗯。”凤雪大力地点头，却因为与司徒行云距离过近，磕到他的下巴。

肌肤相触，仿佛有一阵电流在他们之间流过，两人皆一怔，酥麻的感觉顿时传遍全身，他们定定地看着对方。

空气变得暧昧起来。

两人的距离不到半尺，司徒行云的呼吸急促了起来。

蓦地，从司徒行云的瞳孔中，凤雪发现此时的她是没有戴面纱的，那一条条如蜈蚣般的瘢痕深深地印在她的脸上。体内的酥麻被惊讶所代替，凤雪冷静地推开了司徒行云，从床上坐起。

“行云，面纱呢？”

“雪儿从今以后不必戴面纱了。这样就好。”有点不满她的推开，司徒行云的眼神幽黑深邃，带着挑逗的意味挑起她的下巴，灼热的呼吸再次喷洒在她的脸上。

凤雪微微蹙眉，撇过头，然后道：“行云今天似乎非常喜欢开玩笑。”

“不是开玩笑。”司徒行云的表情突然严肃起来，幽深的眼神紧紧地锁住她，“难道雪儿想一辈子都戴着面纱？”

凤雪抚上脸上的伤疤，幽幽地道：“天下有哪个女子喜欢用面纱来遮丑？但是如果不戴面纱，行云要我如何忍受天下人的目光？”声调提高，她移开他的手。

“何必忍受？”司徒行云挑眉，身体倾前，双手在她脸上的伤疤上一条一条轻轻地抚着，宛若是世间最珍贵的宝物，“这天下有谁敢嘲笑我的雪儿？”

眉宇间漾着浑然天成的傲然霸气，一双深幽的黑眸光芒四射，那是属于王者的光。即使是凤雪，也要被这层光芒所掩盖。

凤雪一怔。

许久，她才回过神来，道："行云最初不也在嘲笑吗？"

司徒行云的脸上有些狼狈，他正了正色，才说："那是以前，从现在开始我会好好珍惜我的雪儿。"修长而长满茧子的手轻轻地抚摸着她脸上的每一道伤痕。

他的手仿佛带了电般的，在他抚过之处，都有一道酥麻的感觉让凤雪微微颤抖。

"雪儿，我会好好珍惜你。好好珍惜你的每一条伤疤……"

黑影渐渐覆盖了她的脸，凤雪眉毛微颤，刚想拒绝，蓦地小时候的无名公子的轮廓与越来越逼近的司徒行云重合。她闭上了双眼。他的唇缓缓落下，像蝴蝶飞过一般轻的吻带着柔意轻轻地落在她脸上的每一条伤疤上，就如他所言般。

睁开双眼，凤雪落进了一双沁满柔情的眸子，心中仿佛有什么顿时迸裂，一股前所未有的甜蜜从心中涌出，她呢喃："行云……"

"雪儿……"

温柔的低喃，柔情似水的眸子，以往的舍身相护，让凤雪沉迷。无论他的话是真是假，无论他是否真心真意，无论他抱有任何的目的，她不愿去想了。

此刻的她，只想沉沦。

四目相交，两唇渐渐贴近。

"公主……"就在这时候，青衣突然闯了进来，见到这样的情景不由得一个人呆住了。她刚刚是硬推开红棉，才进来的。她担心公主会被……可是，此时看来，她的担心是多余的。

凤雪脸上晕着浅浅的嫣红，司徒行云一脸的不悦，刚要说些什么，被凤雪止住了："青衣，这里不是雪楼。以后要记住了。退下吧。"

"……是。"

"行云，青衣被我宠惯了。不要见怪。"凤雪微笑，从床上走了下来，"行云，戴了面纱就看不见伤疤了……"她看着铜镜中的女子，笑道："戴了面纱，不知情的人也会觉得我是美人一个呢！"

虽然是笑着说的话，但却是如此的凄凉。司徒行云的心微微刺痛。

凤雪转头，幽幽地看着司徒行云："行云，没了面纱，你要我如何在这美人如云的王府生存下去？"

司徒行云心一紧，一个大步到了她的身旁，紧紧地拥住了她，他低低地道："府中的美人，我会想办法的。雪儿不要担心。"

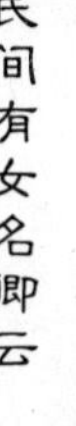

凤雪推开他，扯下面纱，指着脸上的伤疤，直直地看着他，一字一顿地道："行云喜爱美人，这你忍受得了吗？"

司徒行云定定地说："在行云心中，雪儿是美人。"他轻拥住她，柔声道，"雪儿，我会找最好的大夫医治你脸上的伤疤。"

他们静静相拥，阳光暖暖地洒在他们的身上，一切的一切是如此的唯美。历史定格在这个镜头，许多年后，当司徒行云回忆起这个场面时，他的唇角都会不由自主地上扬。

"雪儿，既然皇上放我半个月的假，吃完午饭，我们出去吧！"司徒行云搂着她，"就这样出去，我会让所有人都知道我的雪儿不是见不得人的。"

见他坚持，凤雪只好答应："那……还请行云稍等片刻，我叫青衣进来为我梳妆。"

"不必了。"司徒行云却笑笑，"青衣碍事，让我来为雪儿梳妆。"

凤雪惊讶地挑眉："行云，你会？"

"略通一二。"

凤雪抿唇一笑，"那我就拭目以待。"

铜镜前，凤雪静静地坐着，任由司徒行云摆弄她的头发。透过铜镜，凤雪看到司徒行云拿着檀木梳细细地梳着她的发丝，眼里是专注的眼神。

凤雪心底有着淡淡的幸福。

母后曾经跟她说过："雪儿呀，如果你遇到一个肯为你绾青丝的人，那人必定是值得你依靠的。可惜雪儿生在皇家，不能决定自己的终生。不然以雪儿的美貌及才智，有多少人会为之倾倒呢？"

凤雪的唇角勾勒出一个完美的弧度，带着丝丝的甜意。

片刻后，司徒行云为凤雪绾了一个垂髻，髻上插有一支流水玉簪，髻中插着一朵刚摘下的玉兰，发后坠以单色流苏。耳垂上戴着珠玉璎珞。

看着铜镜中的自己，凤雪扑哧一笑。

"垂髻绾得不错，但是行云对发簪、头花和流苏的搭配并不熟悉，看来行云真的如刚刚所言的那样'略通一二'呢！"看到他的脸色有点不好，凤雪轻声说道，"母后说过女子的一生中如果有一男子能为她绾青丝，无论好看与否，他都是一个值得托付终生的男子。"

司徒行云微笑，附在她耳边说道："下次，我再帮你绾青丝。"

凤雪的脸微红，她站了起来："我去换衣服，行云稍等一会儿。"

"我来挑衣服，雪儿，虽然我对发簪、头花、流苏并不在行，但是衣服就不一定了。"司徒行云离开梳妆台，走到专放衣服的大木柜里，挑了一会儿后，他拿出一件白玉兰散花纱衣、一条散花百褶裙和一根绸细腰带。

凤雪换上后，司徒行云找出一只白玉镯给她戴上。

铜镜中的凤雪端庄稳重又不失女子的妩媚。

司徒行云满意地瞧着凤雪，点了点头，才微笑着说："雪儿，我们出去。"

第十六章·求签奇遇

司徒行云与凤雪吃过午饭后，在王府里众人惊讶的目光中一起坐上了马车，驾出了城外。

马车上，凤雪慵懒地坐在刺蝶软榻上，轻倚在窗边，窗子微开，微风轻拂，撩起了紫红的窗幔，吹得凤雪发上的流苏轻晃，伴随着淡淡的兰花香袭向对面的司徒行云。

他的神情柔和，带着笑意看向凤雪，轻声道："雪儿……"轻声的呼唤带着柔柔的情意。

凤雪的声音同样轻柔："行云想带我去哪里？"

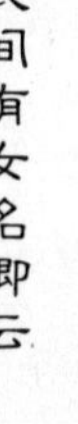

“城外的深山中有座寺庙，听闻那里的求签很灵，今日我们就去试试。”

“呵……”凤雪浅笑，“想不到行云也会信这些，但是听闻那座寺庙的住持不问世事，性格古怪，只肯让他看得过去的人求签。而且也因为这个原因寺庙才会人烟稀少。”她歪头，挑着眉，“不知今日那位住持会不会给我们求签？”

狭长的丹凤眼微眯，他道：“会。我司徒行云要做的事情无人可以阻止。”阳光下，他的眼中折射出刺眼的光泽，让天地万物都变得如此黯淡，如此渺小。

凤雪唇角的浅笑凝住了。她感觉仿佛有一条傲然的龙从他的体中冉冉上升，最后盘旋在他的头上，与他一起迸射出令天地为之黯然的强光。

许久，她才以抿唇轻笑来回应，然后视线落到窗外的景色上，不再与司徒行云相望。垂下眼帘，她的眼里是涌着震撼的波涛。

过了些时间，马车到了寺庙里。

这间深山中的寺庙人烟稀少，几乎没有什么香火。但是简单的建筑、朴素的装饰倒与这深山有几分相似。寺庙外有一个小和尚在打扫着地上的枯叶，神情很专注，并没有注意到有人到来。

直到凤雪和司徒行云走近了，他才转过身，脸上有点惊讶，但是很快就恢复平静。他双手合十，点头道：“两位施主有礼了。请问施主是来上香还是求签？”

司徒行云和凤雪也微微点头，司徒行云道：“两者皆有。”

“师父明日才回，还请两位施主明日再来。”点头，小和尚转身继续扫枯叶。

这时凤雪道：“小和尚，既然如此，那今日我们先上香，明日再来求签。”

小和尚放下手中的扫把，双手合十，道：“两位施主，请。”

上香时，凤雪看到供奉的灵宝天尊时，怔了一下。

凤溪的寺庙里供奉的都是佛教里的佛像，而这所寺庙供奉的却是道教的天尊。在她印象中，供奉道教的就只有银蒙特纱族了。

在一旁的小和尚似乎看出了凤雪的疑问，他开口道：“师父说心中有佛，佛中就有心。而且……”小和尚迟疑了下，“师父认为灵宝天尊长得比较好看。”

果真是怪人。

司徒行云和凤雪在心中同时想到。

在他们上完香，参观了下这座寺庙后，天色已晚；而且深山里的路夜晚难行，加上司徒行云伤口未痊愈，他们当晚在寺庙的禅房里留了下来。

“施主，小僧去准备斋菜，还请两位施主稍等片刻。”小和尚关上禅房的门，稳步离开。

房内剩下的就只有司徒行云和凤雪。凤雪打量着他们住的禅房。虽然简朴，但是倒也清静。

司徒行云坐在床上，说道："王府里下人的房间都比这间禅房好上几倍，雪儿金枝玉叶，身娇肉贵，会不惯吧？"

凤雪走上前，也坐在床上，笑道："这里虽然简陋，比不上王府，但是却有一样王府没有的东西。"

司徒行云挑眉，示意她继续。

"行云，可记得我曾经跟你说过我之所以选择雪楼的原因？"凤雪侧着头，轻轻地眨了眨眼睛。

"清静。"

凤雪点头："我喜爱清静，而这里又是清静之地，我怎么会不惯呢？"

司徒行云的眸子紧紧地看着她，里面神色复杂，许久他轻叹了声："雪儿，你不应生在帝王家。"似有千般的无奈。

凤雪的心一紧，这句话宛若千斤重的石头沉沉地压在了她的心上。

这是他们第一次谈起他们所避讳的话题。

"雪儿，你可知那天进宫时，皇上跟我说了什么？"没有等到她的回答，司徒行云继续说了下去，"皇上有意将皇位传给你……"停顿了下，看了一眼凤雪，见她依然面色平静，他继续道，"开创凤溪女帝的先例。"

凤雪脸色平静，她淡淡地道："从小到大，父皇都不曾逼我做过什么。父皇清楚我不贪恋权位，喜爱清静，交到我手上，就等于毁了凤溪。"

房里的气氛一下子冷了下来。

而这时，外面传来小和尚的声音打破了这僵硬的氛围："两位施主，斋菜已经做好了。"

吃过斋饭后，两人无所事事，也就早早熄灯就寝了。

凤雪侧着身子躺在内侧，她迟迟睡不着。不知是因为床变了的原因还是因为身旁多了个人，而且还是她名义上的夫。

虽然不是和他第一次同床，但是前几次都是在有人昏迷的前提下。

突然，凤雪感觉到有些冷。她开始后悔把外衣和外裙给脱了，现在的她穿得十分单薄，而且禅房里只有一床被子。她想使用内力，但是转眼一想，司徒行云还

在身边，她摩搓了一下双臂。

蓦地，一双手紧紧地搂住了她的腰，她落入一个温暖的怀抱，低沉的嗓音在她的耳畔响起：“深山里的夜晚比较冷。”

暖暖的鼻息萦绕在她的侧脸上，倏地，她感到她的耳垂处传来一阵温热，她的身体僵住了：“行……行云，这里是佛家清静之地。”

“……我知道。”司徒行云的声音有些压抑。

凤雪的身体越来越僵，她想挣脱出这个温暖的怀抱。她的心让他打开了一道小缝，但是不代表她完全接受了他，也不表明她的身子可以接受他。

司徒行云低低地叹了口气，搂住她腰的手松了些：“雪儿，试着慢慢接受我。我不强迫你。”

凤雪的身体这才慢慢地放松下来，身子也没那么冷了。她渐渐地在司徒行云温暖的怀抱中入睡。

夜深，寺庙里一片寂静。在这宁静的环境中，禅房里司徒行云抱着凤雪也安稳地睡着。

倏地，似乎听到了些声音，司徒行云的眼睛睁开了。

他轻轻地伸出搂住凤雪的腰的手，确定她没被吵醒后，司徒行云披了件外衣，走出了禅房。

凉风习习，司徒行云轻跳出了寺庙，走到了一处隐秘的地方。

确定没人跟他出来后，司徒行云轻咳了一声，声音低沉地唤道：“暗魅，发生什么事了？”

“宫中传来消息，董贵妃有喜了。”

司徒行云沉思了片刻后，才道：“不用操之过急，宫中的妃嫔必然会有动作。如若不行……”眼中闪过一抹狠毒，“亲自解决。”

“是，王爷。”

“那日的刺杀你看出了什么？”

“回王爷，那日的刺杀针对的人是王妃，而且可以看出王妃的确不会武功。刺客已经解决，但是幕后人至今尚未查出。”

司徒行云皱了皱眉，吩咐道：“继续查下去，直到水落石出为止。另外，查一下四年前王妃在及笄大典时的遇刺。”

“是。”暗魅迟疑了下，说道，“王爷，自古江山美人不可兼得。请王爷以大局为重。”

司徒行云唇角微勾，声音朗朗：“无论江山美人，鱼与熊掌，本王都要兼得。”

霸气的誓言在深山中回旋，久久都没有消失。

禅房。

凤雪转身，她的双眼是睁开的。她一向浅眠，司徒行云起身的那一刻，她就已经醒了。

在司徒行云出去后不久，凤雪也起身走出了禅房。

外面一片漆黑，偶尔夜风拂过，叶子发出“刷刷”的声音。突然间凤雪感到口渴，想起禅房里的水喝完了。她走向供奉天尊的大堂。她记得大堂里有一壶水。

凤雪摸黑喝到了水，就在准备回去时，她抬头望了灵宝天尊一眼，惊愕地发现它的眼睛闪着银色的光芒，在漆黑中，明亮地闪着。

她感觉到那双眼睛正在目不转睛地看着她。

凤雪打了个冷战，她快步离开。

突然，她撞进一个冰冷的胸膛，抬眸一望，那双黑色的眼眸亮如光，含着担心的眼神看着她。

“行云……”

“雪儿，”司徒行云牵起她的手，感到些许冰凉，他眉头一皱，“怎么手心这么冰凉？”

“可能是出来时没有加衣服，有点受凉。”

拉过她，司徒行云问道：“怎么出来了？”

“醒来时有点渴，就出来找水喝了。行云怎么也出来了？我醒来时，你就不在了。”顺从地依偎在他的怀中，凤雪问道。

“出去找茅厕了。”

那一晚，凤雪隐瞒了她所见的东西，而司徒行云也隐瞒了他出去的原因。但是当时的他们都对对方有所怀疑，只是他们不愿去想罢了。

翌日，寺庙里的住持果真回来了。他身穿一袭破烂的袈裟，左手拿着一壶酒，右手提着一只野鸡，没到寺庙门口就大嚷起来：“小徒弟，你师父打到一只鸡了。”

正在喝白粥的凤雪听到声音时，一下子呛着了。司徒行云连忙拍她的背，她才舒缓了过来。

小和尚向他们微微点头表示歉意：“师父性格有点奇特，请两位施主不要见怪。”

话音刚落，门口就响起了一个不满的声音：“小徒弟，几日不见，竟然就敢说师父坏话了？”

老和尚打了个饱嗝，摸了摸肚皮。见到有外人在场，浓眉皱了皱。

小和尚连忙开口：“师父，两位施主是来求签的。”

老和尚浓眉再次一皱，似乎想拒绝，准备开口时，凤雪起身，盈盈向住持一拜，轻声笑道：“住持，您手上的野鸡可是难打着呢！”

老和尚顿时眉开眼笑地应道：“是哩！这只鸡我可打了几天呢！小姑娘真识货。”

凤雪微笑：“住持过奖了。野鸡在深山中吃才有味道！”

“呵呵，小姑娘，你可真有趣。”老和尚定定地看了凤雪一会儿，突然他的脸色有些奇怪，“我可没看过这么美的姑娘。”

小和尚的脸色有点难看：“两位施主，师父总喜欢胡言乱语。莫要见怪。”

凤雪一怔，心中大骇，这位住持不简单。但她还是微笑着说：“我还是第一次听有人如此夸我。”

司徒行云看着老和尚，眼神变得幽深难测。

“呵呵，小姑娘，我很喜欢你，进来求签吧！”老和尚大喝一口酒，笑嘻嘻地道。

凤雪微微点头：“那我夫君呢？”

老和尚移开目光，转到司徒行云身上，蓦地，他口中的酒喷了出来，全都落在了地上。他赶紧抹了抹嘴，对凤雪说道：“小姑娘你也太没眼光了。这么丑的小子你竟然挑来当夫君？”

第一次被人说长得丑的司徒行云脸色有点难看，凤雪抿嘴轻笑：“住持，可是我喜欢。”

司徒行云的脸色才开始转柔。

老和尚哈哈一笑：“小姑娘，看在你的面子上，你们一起来吧！”说罢，他喝了口酒，又抹了抹嘴，对小和尚说道：“小徒弟，求完签，带他们来我的禅房。”

接着踉踉跄跄地走开。

小和尚双手合十，向他们弯了弯腰：“两位施主，这边请。”

分别求到一支签后，小和尚带他们来到了住持的禅房：“两位施主，师父吩咐一次只能进一个。请女施主先进。”

凤雪对司徒行云点了点头，推开门进去了。

这时小和尚对司徒行云道：“这位施主，请到大堂等候。”

禅房内。

解签时的老和尚一改笑嘻嘻的面色，变得一本正经，看了凤雪的签后，他顿时愣住了。紧接着他闭上了眼睛沉思。禅房里静得仿佛只能听到呼吸声。

凤雪也莫名地紧张了起来。

终于，老和尚睁开了双眼，他摇了摇头，叹道：“命运总是爱捉弄人。”

凤雪听得糊里糊涂的：“住持，什么意思？”

“小姑娘，你一生都是传奇。”老和尚正色道，“在困难时，看看自己的心吧。”

“心？”

“是的。小姑娘。”老和尚盯着她，点了点头。

蓦地，老和尚一把抓住她的手，两指按在她的脉搏上。一探，老和尚惊讶道：“小姑娘，你曾经中过夜莲的毒？”

凤雪一怔，迟疑了下，点了点头。

“命呀！果然是命呀！”老和尚低低地叹了声，“小姑娘你的毒曾经被转移到了第二人身上吧！”

凤雪震惊得张大了双眼。

“果然，不然现在你也不会出现在这里了。”老和尚放开了她的手，摇了摇头。

“住持，什么是夜莲？”凤雪的心突然变得很惊慌。难道离歌这么久没出现就是因为夜莲？

“天山上有一种奇花，在天狗食日最后的一刻，天山的峭壁上会生出一朵全黑的莲花，叫做夜莲。夜莲百年难得一见，制成迷香，如若先前没有吃解药，会武之人用内功去抵制后，不出七日之内，必定七窍流血而亡。如果中毒的人的毒性被转移了，那么这两人一辈子都不可以进行鱼水之欢，否则两人会因毒气攻心而死。但是对没有武功的人，夜莲就产生不了作用。”老和尚一脸的沉重。

蓦地，离歌的话在她的脑中响起：“切莫与男子交欢。”

凤雪身体发颤，她咬紧了双唇。离歌他……

“……住持，可有方法解救？”

老和尚摇了摇头，凤雪的脸色倏地变得苍白，变得绝望。

见到凤雪的脸色，老和尚也于心不忍，他犹豫了下，说道："方法不是没有，世上有种丹药叫露魂丹，它可解百毒。但是世上仅有一颗，而且只可以救一个人。"

凤雪的脸色瞬时变得红润起来，她仿佛没有听到最后一句话似的，她眼中有掩盖不住的欣喜。

君无痕当上武林尊主那一天，各大帮派以及朝廷都有送礼到离宫。而其中正有一个为了保存自己实力的帮派，特地送上世上绝无仅有的露魂丹，当时震惊天下。

为了离歌，那颗露魂丹就算是抢也要抢过来！

"谢谢住持。"凤雪抱拳离去。

司徒行云进入禅房时，见到一本正经的老和尚，微微一惊，但是很快恢复了平静。他把签递给了老和尚。

老和尚看后，大吃了一惊，眼里满是恐惧之色。他定睛一看，竟发现司徒行云身上萦绕着一股逼人的龙气。

他连连摇头，道："奇签呀！奇签呀！你竟然抽到了这支从未被抽过的签。"

司徒行云不解："签文何解？"

"恕老衲不能解，此签老衲解不了。如若解了，必遭天谴。"老和尚摇头，摆手，"请早归吧！"

司徒行云和凤雪出了老和尚的禅房时，脸都是紧绷着的。坐马车回去时，他们两人默默不语，空气变得沉重起来。

寺庙里。

待司徒行云和凤雪离去后，小和尚进了禅房。见师父一脸的沉重，他并无多大的惊讶。他知道师父一旦进了禅房，就会变得一本正经，与平日判若两人。

"师父，为何那两位施主离去时都是一脸沉重？弟子记得他们抽的都是上上签。"

"徒儿，签也会因人而异。"

"那两位施主抽的到底是什么签？"小和尚一脸不解地问道。

老和尚摇了摇头，叹道："有一支的确是上上签，但是她却要经过重重磨难才能修得正果。至于另一支，是你师父也没有能力解的签。"

老和尚叹了口气。

沧桑的双眼看向外面湛蓝的天空。

这天快变了吧！那支帝王签……

第十七章·红豆首饰

那日求签的结果，司徒行云和凤雪仿佛心有灵犀般地都未曾开口告诉过对方，但是他们的关系依然融洽。

回府后没多少天，宫中传来董贵妃有喜的消息，皇上大喜，董家获赏无数，成为当今皇上眼前的红人。就连皇后也要礼让董贵妃三分。

正所谓一人得道，鸡犬升天。

“雪儿，怎么一脸不开心？听到这个消息应当高兴才对，皇上的江山就后继有人了。而雪儿也不用担心要继承皇位。”司徒行云夹了夹菜进凤雪的碗里。

侍候在一旁的下人皆满是欣慰地笑着。

“董贵妃的性子本来就骄横霸道，对后位虎视眈眈，如今她怀有龙胎，恐怕母后就难做人了。”凤雪的眼里尽是担忧。

司徒行云拍了拍她的肩膀，安慰道：“纵然董贵妃生下太子，但是皇后始终是一国之母，又是皇上多年的发妻，董贵妃不会怎么为难皇后的。雪儿就不要操心

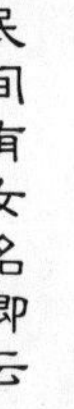

了，吃多点，养得胖胖的，才好为王府诞下麟儿。”

“行云！”凤雪脸微微一红，咬了咬双唇。娇羞的样子让一旁的下人偷偷地笑着。

她垂下眼帘，细吞慢嚼着口中的菜，遮掩住了眼里的复杂情绪。

夜晚，当司徒行云有意碰她时，都被她淡淡拒绝。但是司徒行云却不恼，只是安静地抱着她直到天亮。

她知道他已经开始在暗地里将府中的一些美妾送出，并且几乎没有去花楼了。

可是一想起寺庙里住持所说的话，她就感到不安。

“雪儿……雪儿……”

蓦地，耳边响起了司徒行云的声音，她回过神，抬起眼帘，浅笑道：“行云，不要担心。我现在在慢慢品尝着菜呢！今晚的菜比起以往都要美味许多。”

“总管，今晚的菜是谁做的？”司徒行云问道。

“回王爷，是张厨子做的。”

“难得王妃高兴。总管，下去打赏。”接着，他又夹了些菜放进她的碗里，“雪儿，你身子容易受凉，多吃点肉。”

“嗯。”凤雪应道。

在凤雪和司徒行云吃得七八分饱时，总管上前，恭敬地道：“王爷，上次你向珍品轩订做的首饰已送到。”

司徒行云高兴地挑眉，连连道：“快拿进来。”

不一会儿，两个仆役抬着一个木箱子进来，总管上前打开了箱子。

顿时大厅里一片金光闪闪，箱子里装着许多珠宝首饰，花式多样，样样精致，看得人眼花缭乱。

司徒行云笑道：“雪儿，这些首饰都是在珍品轩订做的。”

凤雪微微眯了眯眼：“行云，该不会都是给我的吧？”

“当然，不然除了给雪儿还会给哪个女人？”司徒行云微微挑眉。

凤雪娇瞪了他一眼。

这时，总管适时地上前，介绍道，“王妃，这些都是王爷亲自画出来后才让珍品轩照着样板做的。”他将箱子里的首饰一个一个地拿起，介绍道：“这是黄金点翠凤步摇……这是金雀珍珠摇……这是银坠金嵌珠宝点翠花坠珠簪……这是羊脂白玉镶星簪……这是七宝赤金盘螭璎珞……这是琉璃翠镯……”

总管一一介绍，只听名字就知这些首饰的珍贵。

凤雪微微蹙眉："行云，太奢华了。"

"我想宠你。雪儿，来看看有没有喜欢的。"拉起她的手，司徒行云走到箱子前，"这个珊瑚手钏怎么样？很配雪儿的肤色。"

凤雪摇摇头。

"这个簪子呢？"

凤雪还是摇摇头。他始终不懂她。

也许看出了她的心思，司徒行云问道："雪儿喜欢怎样的首饰？"

凤雪抿了抿唇，道："王爷听过一首诗吗？红豆生南国，春来发几枝。愿君多采撷，此物最相思。"

"知道。此首诗名为《相思》。"

"红豆代表相思，但是却没有任何一家首饰店里出现由红豆制成的首饰，只因红豆太不起眼了，既不华丽又不雅观。"

"雪儿的想法果然与一般人不同。"司徒行云笑道，他的眸子里微微闪烁，"总管，这些首饰王妃不喜，全都扔出去。"

在场的仆役倒吸了一口气。

"行云，"柔荑轻轻地搭上他的手臂，凤雪轻声道，"虽然我心另有所爱，但是是行云所送的，我哪有不收之理。来人，把这箱首饰抬进去。"

司徒行云的眼神变柔。

这时，门外传来一个仆役的声音："王爷，蓝公公求见。"

"快传。"

"小人见过王爷、王妃。"蓝公公向司徒行云和凤雪欠了欠身。

"公公快起。"

蓝公公凑到司徒行云耳边道："皇上有旨，请王爷今夜进宫。"

在他旁边的凤雪自然听到了，她眸光一闪，眼底下有着浅浅的欣喜。从司徒行云受伤以来，他和她整天都在一起。根本没有分开过，导致她想与离歌联系都做不到。现在只要司徒行云一走，她就有机会了。

"还请公公稍等片刻，本王去换朝服。"

片刻后，司徒行云跟着蓝公公进宫了。而凤雪也唤来几个婢女道："烧水，本宫等会儿要沐浴。"

自从上次在书房里欣赏字画后，她知道了司徒行云有个暗魅的存在，而且武功不低。她猜想像暗魅这样的人王府必然存在不少，王府中有一丝风吹草动，第一个知道的必定是司徒行云。现在还不是让他知道她的秘密的时候。

而沐浴的时候，必定不会有人敢在附近监视。

凤雪屏退了若干婢女后，轻解罗裳，踏入浴桶，开始沐浴。

哗啦啦的水声伴随着凤雪轻轻的哼唱响起，不久后，她听到外面有人离开的脚步声。

唇角扬起一个笑容，她拿起一片准备好的叶子轻轻地吹起《唤雪》。这首曲子是离歌和她所谱，曲子轻柔动听，可以用来召唤灵鸟。

曲毕，空中划过一条白色的弧线，一只雪白的灵鸟拍翅出现，从打开的窗子飞了进来，立在浴桶边上。

凤雪微微一笑，再次吹起《唤雪》。曲终，灵鸟张开了大嘴，凤雪抛进一个准备好了的纸条，然后将手中的叶子递到它的面前。灵鸟马上吃了起来，吃完后，又眼睁睁地看着凤雪，眼里充满着期望。

凤雪轻轻一笑："你这只馋鸟！"接着她指了指不远的桌上的几片叶子，"早就准备好了。吃完后，乖乖地把纸条送到离歌手上。不准贪玩。"

"嗖"的一声，凤雪感觉眼前划过一条笔直的白色线条，一眨眼间，灵鸟已经吃起叶子来了。

凤雪的嘴角有些抽搐，她无奈地道："唉！你好谗！离歌有教你说话吗？"

灵鸟顿了下，点了点头。

"说来听听。"

突然，灵鸟以迅雷不及掩耳之势将桌上的叶子一下吞完，然后飞到窗边，立住。做了个清清嗓子的动作。

凤雪期待地听着，嘴边有着浅浅的笑容。她记得这只灵鸟很有灵性，离歌说假以时日，它必定能成为神鸟。

"女人。"声音、神情都把离歌学得有八成相似。

笑容凝住，凤雪眯着双眼，咬牙切齿地说道："你、再、说、一、遍。"

"女人。"话音刚落，灵鸟马上拍翅飞走，躲过凤雪泼过来的水，速度快得让人惊叹。

看着飞速离去的白色背影，凤雪的嘴角越来越抽搐，但是她的眉眼间却是淡淡的欢喜。

看来离歌现在还是好好的，只要他不与女子交欢，那他就没有多大的危险；况且离歌一向洁身自好，对人虽然彬彬有礼，和蔼可亲，但是她看得出这是一种对人的疏离；再者离歌是神医，他应该懂得分寸。

至于露魂丹，可以从长计议。只要在离歌成亲前拿到就行了。

唇角扬起一抹舒心的笑容。

皇宫。

“儿臣参见皇上。”

“免礼。”一身明黄色龙袍的皇上坐在雕龙镶金椅上，抚着下巴，眉目间的喜气显露无遗，“上次的刺客查出来了没有？”

“回皇上，儿臣已将刺客解决。”

“做得好。自从那次皇儿受刺，皇儿心中就一直有着阴影，好在这次有行云在旁保护。呵呵，朕果然没有看错人呀！”

“皇上，儿臣视雪儿为珍宝，必定不会负她。”司徒行云一脸信誓旦旦。

“好。不愧是朕的好儿臣。哈哈……咳咳……”蓦地，皇上咳嗽了起来，仿佛喘不过气来似的。

一旁的蓝公公连忙拍着皇上的背。

“皇上……”司徒行云一脚上前，接着他对外喊道：“传太……”“医”字还未说完，皇上就已经摆了摆手，示意不需。

不久后，皇上才停止了咳嗽，他叹道：“人老了呀，就会这样。恐怕朕也命不久矣了。这个冬天难过呀！”

一旁的司徒行云说道：“皇上洪福齐天，寿比南山。”而蓝公公也连忙应道：“是呀！是呀！”

“董贵妃怀有龙胎，相信不久之后必定会诞下凤溪的太子。而皇上江山也后继有人了。”司徒行云沉思了片刻，才沉声说道。

而皇上听后，微微苍白的脸色上也多了丝喜气的红润：“如若爱妃不能诞下龙儿，那皇位就只好由皇儿继承了，可惜皇儿却心不在此。这江山的未来一片渺茫呀！”

蓝公公的身体明显一颤，眼里是一片惊慌。但是他很快就收敛好自己的情绪，只是袖子中的手还在微微发抖。

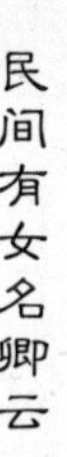

这一切全都落在了司徒行云的眼里。

这时，一个侍卫走了进来："皇上，贵妃娘娘求见。"

"让她进来吧！"

话音一落，一抹杏黄色的身影出现在门口，珠光宝翠一闪，人影就已经飘到了皇上的身边。

而蓝公公也适时地退到一旁。

那抹杏黄色的身影正是董贵妃。

"臣妾见过皇上。"一手端汤，一手艰难地扶着腰，准备欠身。

"爱妃，朕不是说过怀着龙儿期间，一切礼仪都不用遵守了吗？"皇上微微皱眉。

"皇上，礼不可废嘛！"董贵妃娇嗔了一声，又说道，"皇上，最近您连夜批改奏折，都没有好好休息。所以臣妾特地为您炖了一盅汤，可以养神。"娇嫩的手马上舀起一碗递到皇上面前。

"爱妃，怎么还去做这种事？"

"哎呀！皇上，臣妾一片心意嘛！"嘴嘟了起来，整个人依偎在皇上身边撒娇，完全不顾其他人的存在。

"好好好。难得爱妃的心意，朕现在就喝。"

"皇上，让小人试毒。"蓝公公从袖中拿出银针。

"大胆，难道你说本宫会毒害皇上？"董贵妃微微恼怒，扬手就要打向蓝公公。

皇上脸色微沉，司徒行云微微笑道："贵妃娘娘对皇上一片深情，怎么可能会毒害皇上呢？"

"蓝公公退下吧！"皇上大手一挥。蓝公公只好退下。

董贵妃得逞地望了蓝公公一眼，看向皇上时又是柔情万分，风情万种："皇上，趁热喝吧！"

轻轻地瞥了一眼热气腾腾的盅汤，司徒行云的眸光闪了闪，他道："皇上，儿臣答应了雪儿要陪她下棋，儿臣先告退了。"

皇上轻轻地挥了挥手："回去吧！"

马车里。

"暗魅，将董尚书以往的大小贪污以及私吞军粮的证据全部找出来。本王要将董家一网打尽。"

“是，王爷。”迟疑了下，暗魅问道，“董贵妃龙胎还在，现在行动恐怕不是最好的时机。”

“龙胎吗？不出三月，龙胎必没。”司徒行云的声音笃定，“要怪就怪董家起了愚蠢的念头。”

秋风拂起马车的窗幔。

月光下，一双黑色的眸子闪着毒辣的狠光，让人为之一寒。

第十八章 · 公主生辰

凤雪托灵鸟送纸条给离歌，告诉他她已经得知他们两个如今的身体状况，并让他不要为她操心，她会小心行事。离歌不久后也回了纸条，告诉她他现在一切安好。凤雪这才完全放下心来。

而王府这边，司徒行云对凤雪越来越宠爱，王府里的美妾也散得七七八八了。平延王和平延王妃感情浓厚顿时成为凤溪美谈。

对于凤雪来说，这阵子所发生的事情都是好的。但是唯一不足的就是父皇身子越来越差了，最近连早朝都没有上了，她也进宫看过父皇几次，发现父皇已经不复当年英姿了，心中顿时也添了几抹忧愁。

在忧喜参半中，凤雪的生辰到来了。

一大早，府中的所有人都开始忙碌起来，王府张灯结彩，比起司徒行云大婚时有过之而无不及。

司徒行云也早早起身，轻吻了一下凤雪的额头后，他道："雪儿，我出去给你准备一份特别的生辰礼物，晚上回府。"

"嗯，行云，我今晚也要给你一个惊喜。"唇角轻扬，凤雪轻声道。这些日子，司徒行云除了上朝与陪伴她外，就一直寻访名医，希望可以治好她脸上的伤疤。看到他的努力，她心软了。她决定今晚告诉他。

司徒行云出去后，凤雪唤来青衣："青衣，把织云阁的衣服还有王爷上次所订做的首饰都拿过来。"

"是，王妃。"有次她在王爷面前叫王妃公主，王爷脸色立即一沉，并让她以后只准叫王妃。青衣轻轻一笑。这是王爷疼爱公……不，王妃的表现呢！

铜镜前，凤雪盯着镜中的自己许久后，她微微蹙眉，道："这件不适合这个日子，青衣，将那套衣裙拿来。"指了指木柜的最高处。

须臾，青衣拿来衣裙。

待凤雪穿上后，青衣将她的长发绾起，梳成鸾凤凌云髻，再插上一支翡翠玉簪步摇，长长的珠饰颤颤垂下，在鬓间摇曳。接着在斜侧插上一支云凤纹金簪。如意流苏耳坠和粉玉耳坠在小巧的耳垂上比画着，最后戴上精致的如意流苏耳坠，与鬓上的珠饰一起摇曳，好不动人。

"王妃，已经弄妥了。"

凤雪轻轻地扇了扇睫毛，目不转睛地盯着铜镜。

镜中的女子穿着霞彩千色云烟衫，逶迤曳地古纹百花云形千水裙，手挽碧霞罗牡丹薄雾纱，珠饰摇曳，妩媚而不失端庄。

"啧啧，王妃今晚肯定要迷死王爷了。"青衣在一旁赞叹。

"就你会贫嘴。"凤雪娇羞一笑，接着道，"青衣，将总管唤来。我要查看今晚宴请的宾客名单。"

"是。"

青衣离开后，凤雪将易了容的脸皮扯了下来，或许是长久没见阳光的原因，她的脸如纸般白，白得让人惊诧。

她眉蹙了蹙，然后拿起一点胭脂抹在两腮上，顿时脸上多了两抹淡淡的腮红，这才满意地扬起嘴角。最后，她戴起一条深色的面纱遮住了这倾城的容颜。

她今晚要给司徒行云一个惊喜。

所有东西都准备就绪时，外边也恰好传来总管的声音。

凤雪找了张檀椅坐下后，才道："总管，进来吧！"

见到凤雪重新戴上了面纱，总管有些不适应，但是又不敢多问，只好垂头道："王妃，你要的宾客名单。"

大略地看了一眼后，凤雪沉吟了下，说道："总管，本宫记得王府里的每次宴会都有邀请离歌神医、卿云姑娘还有君无痕的，怎么这次没有？"

"回王妃，是小的自作主张，把他们给除掉了。他们三个之中，无论是王府中的哪一次宴会，都未出现过，所以小的认为邀请了也等于是白邀请。"总管答道。

"总管，心意罢了。现在补上吧！"

"是，王妃。"

透过打开的窗子，凤雪看向外面的天空，轻轻地叹了声。离歌是不会来的了，每年一月都是他悬壶济世的日子，现在他恐怕不知在哪里忙了。他从未为任何人改变过，病人就是他的天。

至于君无痕大概也不会来了吧！

夜幕降临，王府里越来越热闹。

大厅里，司徒行云和凤雪并坐在最高位子上，两侧下去摆满了位子，桌上皆是些山珍海味。

应邀的宾客也陆续到来，祝贺声不断，礼物也源源不绝。

见到凤雪重新戴上了面纱，司徒行云略有不满，伸手准备拿下。凤雪轻眨了眨眼，轻声道："行云可记得今日早上我说的惊喜？"

司徒行云停住了手，点了点头："记得。"

"那如果行云拿下了，惊喜就没有了。"凤雪轻轻侧头，髻上的珠饰摇曳，相碰时发出清脆的响声。

司徒行云将她一缕垂到额前的青丝拂到耳后，微笑着说道："好。一切依雪儿所言。"

凤雪浅笑："行云说给我的惊喜礼物呢？"

"今晚给你。"凑到她耳畔边，灼热的呼吸掠过她的耳垂。

她的脸微微一红。

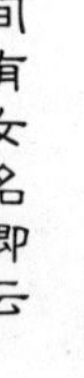

在场的宾客看到他们如此恩爱，也无不赞叹。

蓦地，外面传来一声通报："武林尊主君无痕到！"

这句话就像一颗轰天雷般在大厅里炸开了，所有人都立即顿住了。而凤雪身体一颤，唇抿了起来。司徒行云明显地感受到了身边人的变化，眼神顿时变得幽深。

他笑道："难得尊主到来，来人，快上座。"

众人这才醒了过来，再次恢复了热闹。

凤雪的神情恢复平静，眸光看向来人。

大厅的门口出现了一个黑色的人影，依然是一袭的黑衣，眉眼间依然是那种猖狂霸气，只是蓝色的眸子深邃难测，有了一种她看不懂的眼神。

"无痕代表离宫恭贺王妃生辰，在此送上贺礼一份。"君无痕对凤雪微微抱拳，然后让随从递上一份红色包装的贺礼。

凤雪起身，举起酒杯向君无痕一敬，道："本宫在此谢过尊主。"说罢，掀起面纱一角，仰头饮尽。神情几近淡漠。

而一旁的仆人也上前接下贺礼。

君无痕直直地盯着她的眸子，却再也找不到她以前的神情了。他在心中苦笑。

君无痕抱拳，坐到司徒行云为他准备的座位上。

"雪儿，酒不要多喝，伤身。"见凤雪再次倒了杯酒，司徒行云夺过她的酒杯，一饮而尽，接着凑到她耳边，"我会心疼。"

凤雪微微撇头，可是眉眼间却尽是娇羞。

两人卿卿我我的样子落入君无痕的眼中，他心中微微刺痛。

而司徒行云的眼神有意无意地飘到君无痕的身上，见到他一脸青黑地饮酒，他收回眼神，嘴唇抿出一个得意的笑容。

"雪儿，下面是我为你准备的礼物。"司徒行云拍了两下手，啪啪两声，在场的人顿时静了下来。

而门口涌进了几个衣袂飘飘的男子，当场舞起剑来，刀光剑影中，银色的光泽不停地闪烁，看得人眼花缭乱。

蓦地，司徒行云轻拍了下手掌，银色的剑光竟然出奇地变化起来。

众人定睛一看，银色的光泽在空中闪得越来越快，最后人们清晰地看到空中仿佛飘浮着几个银色的大字——祝王妃福如东海，寿比南山。

大字在空中定格了几秒后，几个男子单膝跪下，齐声道："祝王妃福如东海，寿比南山。”

凤雪怔怔地看着，许久，她才拍掌道：“好！非常好！下去领赏。”

“谢王妃。”

而众人这才回过神来，也纷纷拍掌，接着齐声道：“祝王妃福如东海，寿比南山。”

凤雪轻轻一笑，点头，举起酒杯：“本宫在此以酒谢过各位。”刚要饮下，司徒行云又夺过酒杯：“王妃，酒伤身。”

“王爷可真疼王妃。”此时有人羡慕地说了句。

司徒行云大笑，搂过凤雪，含情脉脉地道：“雪儿可是本王的心头宝呀！”

“行云！”凤雪娇嗔一声，撇过了头。

在场的宾客也不由得笑出声来，场面热闹非凡。

而凤雪却看到君无痕独自一人饮酒，好不寂寞，心中却有一阵异样的感受。她连忙转回头，问道：“行云，还有礼物吗？”

司徒行云点头，又拍了下手掌，精彩的表演再次开始。

王府里里外外都是掌声不断，热闹非凡。

司徒行云准备的表演快要结束时，有一位在场的宾客突然站了起来，向司徒行云和凤雪揖了揖身，道：“王爷，王妃，在下也准备了一场歌舞，以此来祝贺王妃生辰。”

司徒行云挑眉：“哦？！董大人也准备了？”

“是，在下不惜万金所聘请的舞娘，听闻，此舞只应天上有。”

凤雪与司徒行云相视一笑，道：“王爷与本宫万分期待。”

只见他拍了拍手，一个个绿色的曼妙身影，从大门里涌了进来。

水袖飘舞，一个个舞娘弯腰扭臀，身如纤柳，引人遐想。蓦地，众舞娘齐齐挥袖，围成一个绿色的圈子，而中间一个如火般艳红的身影冉冉而起，纤纤玉手在轻轻地舞动，红色的水袖在其周围飘扬，遮掩住了她的样貌。此时周围的绿袖也开始一前一后地舞了起来，就像一朵艳丽的红花在绿叶中含苞欲放，美丽之至。

周围的宾客无不惊叹，吞咽着口水，色迷迷的双眼紧紧地锁住中间的舞娘。

君无痕淡淡地瞄了一眼后，又低头饮酒，仿佛眼前动人的舞姿并不存在。而凤雪和司徒行云也只是噙着浅浅的微笑，并无多大的情绪波动。

这时，一直用水袖遮掩面容的红色舞娘两袖一挥，众人马上睁大了双眼，可是

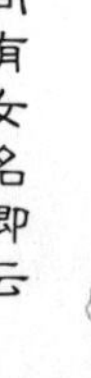

在下一刻却失望了，那舞娘脸上戴着红色的面纱。

舞娘眼睛轻轻地闭着，靠着感觉在圈中舞动。小蛮腰微微扭动，婀娜多姿，宛若江边的杨柳。黑色秀发轻轻飞扬，披散在红色舞裙上，显得妩媚动人而又不失柔弱，让人产生怜惜之情。

突然，众绿色舞娘纷纷退后，红色舞娘舞着上前，身子不停地旋转，就像一团火焰让人窒息。最后她一扬水袖，眼睛睁开，盈盈一笑。

司徒行云猛地一颤，黑色的眸子尽是震惊的神情。

紧接着她向司徒行云和凤雪盈盈一拜，声音宛若黄莺出谷："双蝶在此祝贺王妃与王爷白头偕老。"

抬头，望向震惊的司徒行云，眼中闪着银色的柔光，在红色面纱搭配下，妩媚动人。

司徒行云震惊得久久不能说话。

凤雪紧紧地盯着双蝶的打扮和那双波光粼粼的银眸，心一跳。再用余光瞥了一眼司徒行云的神情，她顿时了然。

面纱下，她扬起一个苦涩的笑容。

在场的宾客眼里都有一丝兴味。王妃生辰之日，王爷看一个青楼女子看出了神，这下可好玩了。

大厅里静得仿佛连呼吸声都听见了。

突然，一个掌声响起。

众人一望，竟是君无痕独自拍掌。紧接着其他人也跟着拍起掌来。

凤雪有些感激地望了君无痕一眼，才平静地说道："非常精彩，感谢董大人。来人，带这些舞娘下去领赏。"

司徒行云仍然久久未回过神来，眸子依然紧紧地盯在那红色人影上。凤雪轻咳了一声，他才回过神来。

司徒行云起身，向在场的宾客敬了一杯酒，朗声道："时候不早了，今日就到此为止吧！"

回到云轩后，他向凤雪柔声道："雪儿也累了，先休息吧！"

凤雪死死地咬住嘴唇，她突然感觉到一身的冰冷，他的瞳孔映出的人不是她，而是刚刚的红色舞娘——双蝶！

"行云，你不休息吗？"敛住自己的情绪，凤雪平静地问道。

司徒行云眼神微微闪烁，最终归于平静，他道："今晚我有事要做。雪儿先行休息吧。"

说罢，转身匆匆离去。

"王妃……"青衣担心地看了看凤雪。

她摇了摇头，揉了揉眉心后，才道："青衣，退下吧！其余也一并退下吧！本宫想静一静。"

待所有人退下后，凤雪漫步到庭院中。

她从来没有想过今日的生辰会以这样的结果收场。尽管司徒行云将府中妻妾遣散，但是她知道他心中还有一个女人的存在，那日在雪楼他就已经坦白了。

她知道双蝶会出现在他们之间，但是却没想到她会以这样的形象出现。红裳，红面纱，银眸……

凤雪抬头仰望星空，长长地叹了声："天意吧……"

蓦地，凤雪神情一凛，警惕地道："谁？"

"是我。"树丛中，缓缓地走出一个黑色的身影。蓝色的眸子在漆黑的夜中格外显眼。

凤雪一怔，震惊地看向来人，许久她才说出了一句："……是你？"

"是我。"君无痕深深地看着她，蓝色的眸子深邃幽深。

在他的凝视下，凤雪感觉到她极力隐藏的忧伤赤裸裸地显现在他的面前，她被困在蓝色的旋涡中，无处可逃。

她垂下眼帘，不去望他的双眼，淡淡地道："尊主怎么有空出现在这里？不怕……"突然，她想起了一件重要的事情，她猛地抬头，望向四周。

知道她在想些什么，君无痕笑道："放心，没有人在附近。"

凤雪这才放下心来，她淡然地说道："尊主这么晚了还留在王府，有事吗？"

君无痕皱了皱眉："我不喜欢你用这种语气跟我说话。"突然，他一把扯下她的面纱，"整天戴着面纱对身体不好。"

月光下，一张白皙无瑕的脸顿时暴露在空气中。

没有任何的惊讶，君无痕含笑说道："跟我想象中一样的美。"

对于君无痕的自然，凤雪也没有多大的惊讶，她夺回他手中的面纱，微微恼怒："你很不礼貌！"

君无痕反倒笑了："我喜欢你这个样子。没有戴上面具的样子。"

凤雪咬唇，瞪了他一眼，有些气结地说道：“君无痕，这算什么？有妇之夫和有夫之妇的幽会？！”

君无痕怔了怔，竟无语了。

见他无语，凤雪更是生气：“你们男人都是一个样！明明有了妻子，还要出来拈花惹草！难道真的是路边的野花特别香？！还是你们男人喜欢一屋子都是花？！”

君无痕无奈地摇了摇头，叹道：“我不是司徒行云。”

“也差不多！”

君无痕无奈地抿出一个笑容，蓝色的眸子里满满的宠溺。他知道她需要一个发泄的方式，不然她真的太累了。

许久，他低低地唤道：“云儿。”

凤雪一怔，心中大骇，她连忙说道：“你又把我当成谁了？云儿？！君无痕，我是凤雪！我是凤溪的公主，不是你的云儿。”

君无痕听了，低低地笑道：“绝尘老人所创的轻功就只传给了他的弟子，也就是当今的神医离歌，而离歌神医和卿云姑娘是连在一起的，他会的东西卿云姑娘也会并不奇怪。而你上次所使的轻功正是绝尘老人所创的，所以你必定是卿云姑娘吧！”顿了下，他凑到她的耳边，轻轻地呢喃，“对吧！云儿……”

凤雪的瞳孔倏地放大。这个男人很会察言观色，厉害的程度不下于司徒行云。

“呵呵……”他继续低笑，突然他正色起来，离开她的耳边，双手紧紧地按住她的双肩，蓝色的眸子紧紧地锁住她，他霸道地说，“云儿，以后就只有我可以这样唤你。”

凤雪挑眉：“如果不呢？”

“呵呵……”他的笑声带着寒意，倏地他眼神泛过一道阴冷的寒光，“毒哑他！”

凤雪翻了个白眼。

眸子中带有淡淡的嘲讽，她不以为然地说道：“那请问身为离宫之主的君公子，未娶妻之前就想纳妾来破坏离宫的宫规？”

他的眉紧紧地皱着，蓝色的眸光微微闪烁，似乎在进行着痛苦的挣扎。蓦地，他松开紧按住她双肩的手，转到她的腰上，紧紧地搂住，好像要把她给揉进骨子里似的，可是声音却轻得惊人：“云儿，我会解决的。相信我。”

“听闻如果你在你命定妻子的双十年华之前，还没有娶到她的话，那么她就会香消玉殒。”

“是。”

凤雪突然间觉得心情很差。“那你之前所做的就白费了，就为一个见过三次面的女人就放弃这些，太不值了。君无痕，今晚你喝酒喝多了。”她微微皱眉。

“云儿，不止三次……我一看到你对他温柔地笑着，我感觉自己快要疯了，什么都顾不得了……”低沉的嗓音中含着饱满的感情。

凤雪惊讶地睁大着双眼。他竟然对她……

蓦地，似乎想到了什么，她眸光一冷，使出两成的功力才推开了他，她冷声道：“君无痕，我是凤雪。我对凤溪有责任。”

“云儿……”他低喃。

“君无痕，如你所说的，若我是凤雪，和我连在一起的必然是司徒行云。若我是卿云，和我连在一起的也必然是离歌！”

话音刚落，一副冰冷的双唇就贴上了她的唇，狠狠地吻着，疯狂到让她窒息。可是她并没有拒绝，就连她也不清楚这是对司徒行云的报复还是冰封的心开始被他炙热的吻点燃。

第十九章 · 迎娶双蝶

第二天，凤雪重新戴上了易了容的脸皮。起身时，她的唇是火辣辣的疼。瞧

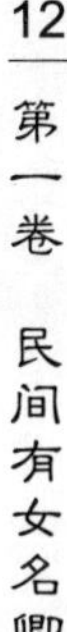

了一眼她身边的空位，她自嘲地扬起了一个笑容，如她所想般的，司徒行云一夜未归。

这几个月来她都已经开始习惯了，现在突然间消失了，她真的开始有点不习惯，心中有些空虚。

心底隐隐升起了一种难受的感觉，那是被背叛的感觉。

她完全可以想得出今天司徒行云是在哪个温柔乡中醒过来的，然后在纤纤玉手下更衣，接着上朝……也罢也罢，她叹了口气，对外唤道："青衣，我要梳洗。"

青衣连忙进来，一脸担心地看着她，小心翼翼地道："王妃，你醒来了？"

"你觉得我这个样子像睡着了吗？"凤雪摇摇头，有些好笑地问道。

"嘿嘿。"青衣傻傻地笑着，不知说些什么好，怕一说话，就说错话。

凤雪无奈地看着青衣，她轻声道："青衣，我没事。为我梳洗一下，今日我要进宫。"

见凤雪轻松的神情，青衣才放心地说："是。"

一个时辰后，凤雪梳洗完毕，才坐上马车向皇宫驶去。

皇帝寝宫。

寝宫的四个角落都放着火炉，炉上冒着蒸蒸的热气，让寝宫显得较为暖和。

皇上躺在龙床上，脸色苍白，眉紧紧地皱着，嘴巴一张一合，似乎在做噩梦。

蓝公公在一旁，焦急得不知如何是好。

凤雪一进来见到的就是这个景象。

蓝公公一见凤雪，仿佛见到了救星似的，喜笑颜开地走到她身边，轻声道："公主，你来了就好。皇上上完朝后，就一直这样。"

"御医可来瞧过？"

"有，御医说皇上此乃气急攻心，需好好调养。"

凤雪沉吟了下，问道："今日上朝，可有发生什么事？"

蓝公公迟疑着，不知该不该说出来。

"蓝公公，如今应以父皇为重。"

"公主，今日王爷在朝上请旨，要迎娶醉花楼里的双蝶姑娘为侧妃。皇上因此气急攻心，在金銮殿上当众晕倒。"

凤雪一怔，心中宛若被人狠狠一捏，她平静地道："无妨，蓝公公，你先下去吧。

这里有我看着父皇就行了。”

“是，公主。”

凤雪走到皇上床边，细心地用手巾替他抹去脸上的冷汗，她轻声道：“父皇，不要担心。董贵妃会生下我们凤溪的太子，然后继承我们凤溪的江山。凤溪不会毁于你手中的，先帝也不会责怪你的。”

这时，皇上睁开双眼，抓住她的手，叹了声：“皇儿，辛苦你了。”

“不，”凤雪摇头，“父皇从小就教导儿臣，身在皇家就必须负上皇家的使命。所以父皇不必自责，一切都是儿臣自愿的。”

皇上困难地抚着她的头：“朕当皇帝多年，这么多年来，朕也看透了，这天下还是属于你们年轻一辈。其实啊，百姓只要过得好，他们是不会在意谁当皇帝的。朕……咳咳……”

“父皇……”凤雪震惊地看着皇上，她难以想象这番话会从父皇口中说出，“不要担心。父皇，董贵妃一定可以生下太子的。然后太子一定会替父皇好好统治这河山。”

皇上轻轻摇头，他叹道：“你可知为何凤溪就只有皇儿一个？”

“凤溪皇族一向都如此。母后从小就是这样告诉皇儿的。”凤雪疑惑地看着皇上。难道里面有什么内情？

“皇儿，你是一个奇迹。朕本来以为这辈子都不会有儿女承欢膝下，想必是上苍垂怜，赐皇儿予我们凤溪。”皇上的眉目间是淡淡的神情，可是却不难想象知道这种事后，要拥有这种神情，需要经过多少时间的磨炼。

“父……父皇……”凤雪震惊地睁大了双眼，“那……董贵妃……”

“哼！朕都没碰过她，太子何来？”说到这里，皇上拼命地咳了起来。

凤雪连忙扶起皇上，轻轻地拍着他的背部。

不久后，皇上才渐渐好转，停止了咳嗽，他语重心长地道：“皇儿，这天下觊觎朕的皇位的人可是多着呢！”

凤雪倏地明白了过来：“父皇是想借董贵妃腹中的胎儿引蛇出洞。”

皇上赞赏地点了点头。他慈祥地看着凤雪，道：“雪儿，我问你一个问题。”

凤雪一怔，父皇用了“我”，而且称她“雪儿”。

她一笑：“爹，女儿一定好好地用心回答。”

“雪儿，如若让你继承皇位，成为凤溪的女帝，你可愿意？”皇上盯着她，认真

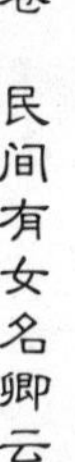

严肃地问。

沉思了一会儿，凤雪答道："如若是以凤溪公主的身份来回答，那么儿臣只有愿意。如若是以凤雪这个身份来回答，那么女儿的答案是——不愿意！"

皇上哈哈大笑，他轻轻地拍着凤雪的头："皇儿个性就是如此。皇儿，你从小聪慧，过目不忘，如若是男儿身必定能统治凤溪这大好河山。只是你实在不适合生在皇家，倘若是生在江湖，皇儿必定能笑傲江湖。"

"父皇……"凤雪的眼睛微红，她以为父皇一直都是不了解她的。

突然，蓝公公急忙跑了进来，跪在地上，神情慌张。

皇上脸一沉，沉声问道："蓝公公，发生了什么事情？"

"回……回皇上，龙……龙胎没了。"

皇上与凤雪相视了一眼，凤雪问道："蓝公公，怎么会没了？"

"贵妃娘娘今日在御花园赏梅时，因为地滑，摔了一跤，龙胎就这样摔没了。而贵妃娘娘也因失血过多和伤心过度，此时奄奄一息了。"

没有太多的惊讶，皇上道："蓝公公，交给你处理了。朕身体不适，不宜下床。"

蓝公公有些惊讶，但是他还是道："小的遵旨。"

蓝公公离去后，皇上看向凤雪，问道："皇儿有何看法？"

"父皇，儿臣认为这并非意外而是背后有人操纵的，而能那么光明正大地行事的，只有他……"凤雪的眼神微微一黯，"是平延王。"

突然，凤雪似乎想到了什么，她惊讶地看着皇上，道："父皇，你明知……"蓦地，她想起父皇刚刚对她说的话，"难道父皇你想……"

皇上点点头。"这是最好的办法。"他抓住她的手，"皇儿，这是朕唯一可以为你做的了。"

"父皇……"凤雪眼内晶莹闪烁。

许久，她眨干了眼内的晶莹："父皇，儿臣恳请您下旨让行云迎娶双蝶为侧妃。"

皇上微微怔住。

凤雪笑道："父皇，男人三妻四妾不是很正常吗？况且行云已经为皇儿遣散了府中的众多美妾了。现在多了一人，也就只有两人。那皇儿负担也没那么重了嘛。"凤雪开始撒娇。

皇上轻轻叹气："皇儿，你又是何苦呢？"

"恳求父皇成全。"凤雪跪下，垂头，坚定地说道。

皇上一脸的无奈，最后他点了点头。

待凤雪回到平延王府后，天色已晚了。

云轩。

凤雪一进门，就落入一个温暖的怀抱，可是凤雪此时的感觉却是如此的冰冷。她轻轻地推开了司徒行云，径直走到茶几前，倒了杯热茶，用手轻轻地摩擦着透热的茶杯，这时手才温暖了些许。

司徒行云的眼中有着歉意，他大步迈到她身边，触到她冰凉的双手时，眉毛微皱，用手开始摩擦她冰冷的双手。等到她的手渐渐有温度时，他才道："雪儿，昨晚是我不好。我不该在你生辰时抛下你一个人。"

凤雪面无表情地听着，眼睛盯着他的双手。她突然间觉得他的手很脏。

空气一阵寂静。

"雪儿，我小时候是在枫城长大的，枫城以枫叶著称。有一次，在枫叶长得最美的时候，我遇到了一个红衣如枫的姑娘，当时她被几个盗贼围住，明明她是很害怕的，可是她却故作坚强，后来，我舍身相救，才救出了她来。她有一双很漂亮的银眸，在看到她的眼睛时，我就喜欢上她了。后来，我曾多次派人寻找，可是却久久没有下落。如今，我找到她了。所以我想迎娶她当侧妃。"

司徒行云的眼里有一抹柔意。

凤雪冷冷地看着他，声音有些颤抖："这就是你给我的生辰礼物？"

司徒行云有些狼狈，但是他面对凤雪控诉的眼睛，竟然说不出话来。

蓦地，凤雪突兀地问了句："为什么要遣散府中的妾侍？"

"你不喜欢，不是吗？"

凤雪扬起一个嘲讽的笑容："那你准备要做的事情又是我喜欢的？"

"不，蝶儿不同。"

"在我眼里，都一样。"她的声调微高。

"不要拿她跟她们相比！"他的声音大了起来。

空气又是一阵寂静。

察觉到了自己刚刚的语气，司徒行云声音转柔："雪儿，就算我娶了蝶儿，我一样会喜欢你，一样会宠你。你和蝶儿会相处得很融洽。"

凤雪在心里冷笑一声。她看着他，静静地凝视着他。许久，她终于出声。

“行云，父皇已经答应让你迎娶双蝶。”

声音平静到让司徒行云感到慌乱。他以为她会乱发脾气，会苦苦恳求他。

似乎看出了他心中所想，凤雪轻笑一声后，她定定地看着他，道：“我不是普通的女人，我是凤溪的凤雪公主。”

昏暗的烛光中，她的双眸熠熠生辉，让司徒行云无法直视。

“行云，父皇不会再派人来监视了。所以，我要回雪楼。”声音淡然，凤雪转身离去。

“砰”的一声，门被关掉，如同此时她的心门也一并关上。

那一刻，司徒行云觉得被关上的不仅是门，还有这些日子以来的付出。

她离他越来越远了，而他现在竟然感到有些空虚失落。

凤雪在走廊里慢慢地走着，感受清冷的月华，心中有一抹苦涩。

他终究不懂她……

又或许……

她该庆幸，她并没有陷得太深。

第二十章·夜闯离宫

继凤雪生辰后，平延王府迎来了第二个重大的日子——平延王迎娶凤溪第一名妓双蝶姑娘为侧妃。

注意！用的是迎娶，而非纳妾！

可见平延王用情之深。

众人都猜测凤雪公主以后会如何难为刚进门的双蝶姑娘，顿时平延王府成为凤溪最引人注目的焦点，渐渐掩盖了董贵妃失去龙胎后伤心过度而死去引起的风波。

当天，来观礼的人期待着会看到一场精彩万分的好戏，可惜凤雪公主以身体不适为名，没有出现，让众人都万分失望。

蝶楼。

一身凤冠霞帔的双蝶格外动人，银色的双眸闪着醉人的柔光，她小心翼翼地看着司徒行云，问道："姐姐身体不适，王爷不去看看吗？"

司徒行云搂过她："今晚可是洞房花烛夜，蝶儿就舍得把我推向别人？"

美丽的双眼轻轻地眨着："可是……"

"别说了！"司徒行云一想起凤雪，心里就有一肚子的火。不识大体的女人！可是当听到她身体不适，心中就有一股想去看看她的冲动。但是一看到蝶儿那双醉人的银眸，那股冲动就被制止了。

"蝶儿，别浪费时间。春宵一刻值千金。"

红色的纱幔放下，里面春光无限。

雪楼。

青衣一脸担忧，小心翼翼地叫了声："王妃……"

凤雪脸色一沉："青衣，以后叫回我公主吧！"

"是，王……公主。"

知道自己吓到她了，凤雪声音转轻："青衣，今晚我要出去。无论是任何人来，你都说我睡下了，不能乱闯。"

"那王爷来的话……"话刚出口，青衣就连忙懊悔地咬唇。惨了！说错话了！小心翼翼地瞄向公主的脸。

凤雪依然一脸平静，但是声音却冷如冰霜："他不可能会来。"

"是，公主。"青衣微微屈膝。

待青衣出去后，凤雪立即扯下易了容的脸皮，换上一套全黑轻便的衣服，蒙上黑色的面纱，将当初君无痕给她的黑玉收进衣襟里。

透过烛光，铜镜里出现一个全黑的女子，只余一双澄澈的眼眸在外。

通常这样的打扮都是去做见不得人的事情。

没错！她今晚要夜探离宫，夺取露魂丹！

离宫。

一个黑色的影子在里面乱窜。

许久，凤雪在一间房屋的屋檐上休息着。她暗暗抱怨道：这离宫竟然建得如此般大，而且屋子都建得一模一样，根本分不出哪儿是哪儿。

蓦地，她听到屋下传来一人的声音。

她屏住呼吸，轻轻地移开一块瓦片，屋内烛火盈盈，有个绝色的女子坐在琴前，娇艳欲滴的红唇，高高地嘟了起来，嘴中抱怨道："这什么烂琴呀！难弹死了！如果不是无痕表哥要我练，我死都不要碰琴！"

无痕表哥？！凤雪眼前一亮，看了一下绝色女子周围的环境后，她确定这个女子的地位必定不低。

抿唇一笑，凤雪摸出一片叶子，飞速地向那绝色女子扔去，准确点中了她的睡穴，那女子的脸立即睡在了琴上。她纵身跳下。

细细地观察着她的脸，凤雪也不由惊叹，好一张如白玉般无瑕的脸，精雕细琢，找不出一丝一毫的瑕疵。

片刻后，凤雪才将一张与绝色女子的面貌相同的脸皮做了出来，找了一套她的衣裙换上后，凤雪戴上脸皮，走了出去。

刚走出来不久，就有一个婢女急匆匆地向她走来："无瑕小姐，你还不练琴？再不练琴的话，等明天尊主检查时，你就惨了！"

凤雪嘟起嘴来，一脸的不高兴："我不要练了！难练死了！我现在要去找无痕表哥！"

"啊？！"婢女惊慌失色，"不要呀！无瑕小姐！你没看见今天尊主的脸色黑得乌云密布吗？尊主心情不好时，最恐怖了！"

君无痕心情不好？！

凤雪眨了眨眼："无痕表哥才不恐怖呢！你跟我一起去！"

“哇呀！无瑕小姐，你就放过绿梅吧！”绿梅惊得花容失色。

凤雪不依地撒娇道：“绿梅，去啦！去啦！”

抵不住她的撒娇，绿梅只好讪讪地一起去了。走到门前时，绿梅的脚步越来越慢，极其不情愿。

这时凤雪才道：“算了。绿梅，我自己进去就行了。”

绿梅马上惊喜地连退两步：“那……无瑕小姐自己进去了……绿梅先走一步了……”说罢，像风一样快速消失。她最最最害怕尊主心情不好的样子了，好像人家杀了他全家似的。

凤雪悄悄地走了进去。

一袭黑衣的君无痕站在窗边仰望着星空，蓝色的眸子中闪着柔光，似乎在想念谁。

听见声音，君无痕倏地转头，见到是玉无瑕时，神情才微微转柔。

“无瑕，怎么来了？”

凤雪嘟着嘴，撒娇道：“无痕表哥，我不要练琴了，那琴难弹死了！”

“无瑕，你练的时候一定又在想着什么吧！”君无痕无奈地摇了摇头，叹道，“练琴要一心一意。”

“哦——”凤雪应着，眸子在屋子里四处看。露魂丹……露魂丹……

“无痕表哥，今日我听说了一种很奇怪的丹药，听说可以治世上所有的毒，好像叫什么魂丹。表哥知道不？”

君无痕蓝眸微眯，闪过一丝蓝光：“露魂丹。”

“对！就是露魂丹！”凤雪装作好奇的样子眨着双眼，“真的有露魂丹吗？”

君无痕点头。

“无痕表哥有露魂丹吗？”

君无痕直盯着她的双眼，突然，他微笑：“无瑕，过来。表哥告诉你哪里有露魂丹。”

“真的吗？”凤雪高兴地挑眉，蹦蹦跳跳地蹦到君无痕面前。

君无痕俯下身，凑到她耳边，暖暖的鼻息掠过她的耳垂。忽地，他轻轻地咬住她的耳垂，用极其暗哑的声音道：“吻我，就告诉你。”

凤雪脸一红，有点慌张：“无痕表哥，今天你怎么了？”

“今日平延王娶侧妃，我担心我的女人不高兴。但是——”

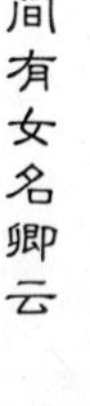

凤雪的心微微一沉。

“想不到她亲自送上门来了。”

凤雪一惊，刚想退开，就被他单手紧紧地搂住，另一只手撕开她的面皮。凤雪微微蹙眉。

君无痕轻吻着她的下巴，蓝色的眸子里尽是怜惜与歉意。

“云儿，对不起，我太大力了。”

心一跳，凤雪连忙撇开了脸，用力推开了他。

“绝尘老人所创的武功果然不俗呢！”君无痕轻笑。忽然，他正色道，“云儿，你想要露魂丹？”

凤雪迟疑了下，点了点头。

“吻我，就给你。”他指了指嘴唇。

凤雪一怔，眼睛突然亮起来了：“真的？！”

君无痕无奈地说道：“不给你的话，你恐怕就要硬抢了，到时候我又不舍得伤你，就唯有给你了。既然都是给你，那不如让我尝些甜头。”

凤雪上前，看到他期待的眼神，她踮起脚，如蝴蝶飞过般轻轻地碰了下他的唇。还未来得及站稳，君无痕立即深深地吻住她，温柔地啃咬着她的双唇。

直到她呼吸不过来时，他才放开她，满足地说道：“这才叫吻。”

在凤雪回过神来时，她才发现自己紧握的掌心中多了一个小巧的盒子，打开来看，里面装着一颗黑色的丹药，正是露魂丹。

她怔怔地看着君无痕，问道：“你不问我要来干什么？”

“你要，我就给。”

短短几字，却深深地听进了心里。她感觉心中暖暖的，洗刷掉了司徒行云给她带来的冰冷。

凤雪嫣然一笑，双眸灿若星辰。

“谢谢。”

君无痕却皱了皱眉：“你我之间不必言谢，谢谢这二字以后云儿都不能说出口。”蓝色的眸子中闪着执著的光芒。

凤雪无奈一笑，轻声道：“好。”

握紧了手中的露魂丹，凤雪瞧了瞧外面的夜色，刚想说些什么，君无痕却先开口道：“时间还早着呢！云儿不必急着回去。”

凤雪挑眉，“听闻离宫之主在娶妻前，一定要为妻子守身。如若被别人知道了离宫之主的房内出现了一名女子，那尊主你可是名誉尽毁。”

君无痕怔了下，才道：“云儿，在担心我吗？”

“没有。”

倏地，君无痕牵起凤雪的手，宽松的袖子顺着滑了下去，露出一条晶莹剔透的琉璃珠手链，在昏暗的灯光下熠熠生辉，蓝色的眸子一瞬间变得深邃，但眨眼间，却又恢复了往常的眼神。

他握住她的手。

“云儿，想见见梨镜吗？”

凤雪咬唇。父皇从小就跟她说过关于梨镜的事情，而她对于梨镜也有莫大的好奇，早就想一睹其容了。

“想。”

君无痕轻笑，带着她，走向地下室。

“梨镜的镜面光滑剔透，集日月之精华，但是它有个很奇怪的地方，就是它不能照人，只会在适当的时候显示出字体。”

君无痕牵着凤雪的手，边走边介绍道。

“适当的时候？！”凤雪有些疑惑，“是指怎么样的适当时候？”

“这就要看梨镜的理解了。”走到尽头，出现了一扇雕花的梨木大门，君无痕拿出一把形状奇异的钥匙，在钥匙孔里轻轻一转，门被打开了，里面是一间空荡荡的房子，没有任何的装饰。

房子正中有一张梨木桌，桌上摆着一面镜子形状的东西，只是被一块红绸给遮住了。

“那就是梨镜？”凤雪问道。

君无痕点头，走上前，拉下了红绸布。

顿时，一块黄铜镜子呈现在空中。镜边雕刻着一朵朵的梨花，连成一串，簇拥着光滑的镜面，而镜面光滑剔透，却倒映不出人影，上面显示着四行歪斜的字——梨花之髓，双十年华，如若未现，香消玉殒。

凤雪轻轻地念了出来。

蓦地，似乎有一阵奇异的冰凉从手腕处的琉璃珠传来，凤雪一阵怔忪。

许久，她才轻声道：“梨花之髓，是指什么？”倏地，似乎想到了什么，她猛地一

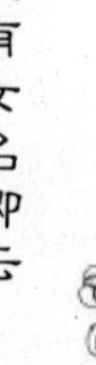

震，抬起头，不敢置信地看着君无痕，“你该不会以为梨花之髓就是指关于梨花的首饰吧！”

君无痕竟然很认真地点了下头。

凤雪翻了个白眼：“所以你才到处收集梨花首饰？”

君无痕点头：“或许佩戴梨花首饰的女子就是梨镜要找的人。”

凤雪一怔。她注意到了，他说是梨镜要找的人而非是他要找的人。

“如果找到了，你就娶？”

君无痕一声苦笑：“身为离宫之主，就要延续离宫的香火，而只有梨镜所指定的女子才有办法孕育离宫的孩子。如果是离宫之主的身份，我就要娶。但是如果我只是君无痕，我想娶的人只有云儿一个。”

凤雪微微咬唇。他们两个都很相似，身上都有着很多的无奈，都有着不可抗拒的束缚。沉默了许久，她转移到另一个话题：“怎么可以得知梨镜要找的女子的岁数？”

君无痕抚着梨镜镜边上的梨花：“每到那个女子生辰时，镜边就会生出一朵梨花，前天刚刚长出了一朵。”

凤雪眨了眨双眼，看清了镜边上的梨花，不多不少，刚好十九朵：“那离双十年华就只有一年了。”

君无痕有些沉重地点了下头：“如果在下年她生辰之际还没有找到她，那么她就会如梨镜所言，香消玉殒了，而且离宫也会毁在我手中。”

轻轻的叹息从他的口中逸出，凤雪有些不知所措。

过了许久，她才出声打破了这个沉闷的气氛：“我可以摸摸梨镜吗？”宫中的离镜与这块梨镜大不同，没有梨花的装饰，和普通的镜没有多大的差别。

君无痕点头，蓝色的眸子中沁着层温柔的宠溺。

得到他的应允，凤雪伸出手轻轻地抚摸着镜边上的一朵一朵的梨花，眸子里溢出了淡淡的光彩。梨花，她和离歌都很喜欢呢，不然绝尘谷里就没有那么多梨花树了。

“咯——咯——咯咯——”

听到鸡的叫声，凤雪一惊，连忙缩回手：“我要回去了。”

君无痕无奈地叹了声，道：“我带你出去。”

在门口时，君无痕突然停住，定定地看着凤雪，认真地说道：“云儿，我会解决所有的事情。等到那天的时候，一旦你来了离宫，我就永远都不会放手！”死都不会！

蓝色的眸子里倏地绽放出湛蓝的光彩，霸道执著而坚定！

凤雪在心中叹了一口气，没有答他的话，用轻功离开了离宫。

但是他们两个谁都没有发现，在凤雪离开地下室后，梨镜边上的十九朵梨花绽放出慑人的光芒，而镜面上的字体全部消失，两个大字隐隐地浮出了镜面——卿云！

可是一瞬间后，梨镜却恢复了原来的模样。

这一切就只有那冷清的月华知道。

第二十一章 · 心中瑕疵

第二天的阳光特别明媚，一扫昨晚的冰冷之感。凤雪懒懒地从床上爬了起来，瞧了瞧外面的太阳，她突然想起了她在惺忪中似乎听到了青衣和总管的声音。而他们好像要叫她出去和司徒行云用早饭，接着她又好像说了句……她等会去……不准任何人来打扰她……

但是，现在……现在是中午了吧……

转眼一想，凤雪扬起一个自嘲的笑容。新婚燕尔，应该不会等她的了。

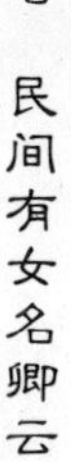

伸了个懒腰，凤雪走到铜镜前坐了下来，看着铜镜中女子的唇，她轻轻地抚摸着上面遗留下来的齿痕。凤雪有些懊恼。

君无痕昨晚太用力了！

不过，可以换来露魂丹，她心甘情愿。等过完这个月，离歌的行善月也结束了。到时候再去找他吧！

没有唤来青衣，凤雪自己换上了一件织云阁最近送来的衣服，白如雪，红如火，轻如羽毛。绾起一个简单的发髻，再插上一支雪花簪后，凤雪走出了雪楼。

一路上，下人看她的眼神如同往常的恭敬，但今天却带着几分同情和一分她看不懂的怪异眼神。

直到她进了大厅，看到一脸青黑的司徒行云和他右边春光满面的双蝶以及那一桌冷了的早饭时，她才明白下人眼中的那一分怪异。

今日的双蝶一身绫罗绸缎，绾着妇人髻，髻上的步摇闪烁，一双银眸水灵灵的，比起前日，竟多了几分雍容，少了几分风尘。如若不是现在环境不对，凤雪倒也想大加赞叹。

见到凤雪，双蝶起身，向她盈盈一拜，甜声道："王妃。"而非姐姐。

或许注意到了她的称呼，凤雪并没有为难她，轻点了下头，坐在了司徒行云的左边。

此时的氛围有点融洽，司徒行云的脸色也微微好转，他对一旁的下人吩咐道："把早饭蒸热。"

下人离开后，司徒行云轻轻地叹了口气，一只大手搭在凤雪的手上，轻柔地问道："雪儿，身体现在还有不适吗？"

凤雪垂下眼帘，遮住眼底的一丝厌恶，不着痕迹地挪开自己的手，淡淡地道："谢行云关心，现在好多了。"

感觉到她的疏离，司徒行云心里有些烦躁，但是转眼一想，恐怕她是在闹公主脾气吧，又微微放下心来。

不久后，下人陆续将蒸热了的菜端了上来。

司徒行云舀了碗清粥递给凤雪："雪儿，你刚病愈，多喝点粥。"

凤雪无声接过，司徒行云欣喜地翘起了嘴角，但是在下一刻就马上垂了下去，只见凤雪把粥放到一边，自己却另舀了一碗清粥，喝了起来。

司徒行云的脸色有些阴沉，他皱了皱眉，撇过头，又舀了一碗清粥，轻轻地放到双蝶面前："蝶儿，你身体柔弱，多喝点清粥对身体有益。"

双蝶惊喜地扬着柳眉，水灵灵的银眸中尽是欢喜，她弯出一个甜美的弧度，轻轻地道："嗯嗯。谢谢王爷。"满足的神情不言而喻。

看到双蝶如此容易满足的样子，司徒行云有些心疼，用余光瞥了下左边的凤雪，见她依然自顾自地吃得津津有味，司徒行云一时气结。

听到身边的对话，凤雪轻轻地咬了下唇，心中有些心涩。她早就应该知道他的甜言蜜语是对任何一个女人都可以说的，她也不应奢望他的心只摆在她一人的身上。她早就应该看开了，不然到头来被伤得最重的人必然会是她。她非常庆幸，她当初没有陷得那么深，现在要跳出来就只需要一段短暂的时间了。

轻轻地眨了眨双眼，凤雪的眼眸变为澄澈而淡然。

蓦地，她抿了抿唇，君无痕留下的齿痕隐隐发疼，而粥也有些烫。

这时，恰好转过头来的司徒行云发现了凤雪唇上的齿痕，他的眼神倏地变得幽深，故作不经意地问道："昨晚，雪儿去了哪里？"

凤雪一怔，随即淡淡地答道："散步。行云答应过我，晚上可以出府散步的吧！"

"哦？！"司徒行云挑眉，"散到鸡鸣后？！"

凤雪眉头轻皱："不行吗？"好在昨晚她出去前，特地做了个假象将司徒行云派来监视她的人都引到城外的密林里去了，"行云一向一言九鼎，不会食言吧。"

"……不会。"似乎带着咬牙切齿的意味。

没有理会他，凤雪继续吃她的早饭。

空气开始变得很沉闷，闷到让伺候在一旁的下人窒息。只是当事人却依旧怡然自得地吃早饭。

这时，总管带着几个抬着一个大箱子的下人走了进来。

"王爷，珍品轩送来贺礼祝贺王爷与侧王妃。"

接着下人打开了箱盖，里面是一系列的红色。蚕丝红绸，红牡丹珠花，吉祥如意连心结……都是庆贺成亲的物品。

司徒行云挑了挑眉，对双蝶说道："蝶儿，你最喜爱红色，珍品轩可真会打听。"

"都是给双蝶的吗？"双蝶的眉毛轻扬，银眸润着一闪一闪的光泽。可是下一瞬间，她的眼神却微微黯了黯，"王妃不要吗？"

话刚出口，她马上懊悔地咬住了双唇，眉轻轻地蹙着，惹人怜惜。

凤雪却依然一脸的淡漠，毫无不悦，喝完最后一口清粥，她才缓缓地说道："昨

日由于身体不适未来得及向行云与妹妹祝贺，今早特地准备了贺婚的大礼。”她轻轻地拍了下手。

青衣马上端着一个雕花木盒进来，一打开盒子，一阵芳香迎面扑来。里面有一朵小巧的红花，花瓣褶皱，层次分明，最引人注目的是花瓣上有一滴晶莹的露珠，真假难辨。

“这是红颜露花，由凤溪的第一巧手枫元所雕刻，万金难得一朵。”

司徒行云的神色有些复杂，但是他还是命总管收下了那个雕花木盒。看到她眉眼间的淡然，他的眉头皱了皱，一股说不出的阴郁浮上眼底。眼光再次触到她唇上的齿印时，阴郁渐渐扩散，直到全身。

他该死的在乎！

凤雪轻轻地打了个哈欠，道：“我有点累，先回雪楼休息了。”

说罢，青衣扶着凤雪离开，完全没有顾及司徒行云的脸色。

“公主，为什么要送出那朵红颜露花，公主不是很喜欢吗？这可是公主今年生辰时，枫元特地送上的呢！”

“现在不喜欢了。”

“可是公主前阵子还天天都要把弄着那朵露花呀！”青衣有些疑惑。

“青衣，那朵露花染上了瑕疵。”

青衣顿了顿，立即恍然大悟。她记得公主曾经说过，无论公主再怎样喜欢一件东西，一旦染上了不可磨灭的瑕疵，那么那件东西在公主眼里就会变得一文不值。

“而且……”凤雪停住了脚步，抬头，眯着双眼眺望远方，“一旦不喜欢了，就是永远都不可能再喜欢了。”

在寒风的凛冽中，她的声音很轻很轻，轻到被寒风吞噬，就连她身旁的青衣也不曾听清此时她所说的话。

青衣只看到了公主的眼睛里澄澈分明，淡漠如水，就跟刚嫁入王府那天一模一样。

寒风呼啸，青衣打了个冷战。

今年的冬天比起那年的冬天似乎还要冷上几分。

雪楼。

火盆里的火熊熊地燃烧着，为这寒冷的天气增添了一丝丝的暖意。

凤雪半躺在贵妃椅上，悠闲地看着手中的书，脸上的表情怡然自得。贵妃椅旁的梨木几上摆着杯热气腾腾的洛花茶。

青衣抿着一个欢快的笑容。

轻瞥了一眼身边一脸愉快笑意的青衣，凤雪放下手中的书，道："青衣，你似乎很高兴。"

青衣大力地点了点头："公主现在跟以前一样了！"

"哦？！"凤雪挑眉，"那之前我有什么不一样？"

"之前公主你整天都与王爷待在一起，很少像现在一样悠闲地品茶看书。"话刚出口，青衣马上苦着一张脸，一副懊悔的神情。糟了，提到王爷了！

看出她脸上的想法，凤雪微微一笑，"没关系，那是过去的事情了。"品了口茶，心里暖洋洋的。

"那公主真的甘愿和那个青楼女子共侍一夫？！"

凤雪微怔，眉心拧了起来，可是一眨眼过后，却云淡风轻地笑了，好像看破了红尘似的。

她没有回答青衣的问题，继续看手中的书。

突然，凤雪抬起头，问道："青衣，你觉得司徒行云如何？"

青衣愣住了，她感觉有点莫名其妙。看了看公主平淡的神情，她思索了一会儿，才慎重地答道："王爷才智过人，能文能武，跟过王爷打仗的士兵都对王爷赞不绝口，但是，王爷很滥情。"说到后面时，她开始咬牙切齿，为公主愤愤不平。

凤雪轻笑："的确。"

青衣微怔，盯着凤雪的双眸，可是里面依然是淡然的神情，完全没有一丝丝的爱慕之情。

"……公主喜欢这样的日子吗？"迟疑了下，青衣问道。

"青衣认为呢？"

抿了抿唇，青衣答道："青衣陪伴公主多年，知道公主喜爱清静，喜欢专一，喜欢外面简单的生活，但是公主曾经对青衣说过，你所喜欢的东西，从一出生开始就是不可能的事情了。与其试图改变环境，还不如改变自己。"

凤雪微笑着，示意她继续讲下去。

青衣眨了眨双眼，像想通了什么似的，她说道："公主现在做不喜欢做的事情是为了以后能够做自己喜欢做的事情。"

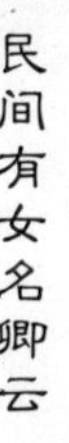

“呵，青衣聪明了。”凤雪赞赏地点头。

青衣开心地笑道：“因为看多了卿云姑娘的书嘛！”突然，她的眼神黯了黯，“可是卿云姑娘已经有好久没出新书了。”

凤雪怔了怔，盯着手中的书许久后，一声轻轻的叹息从口中溢出：“是呀！好久了呢！”呼出的热气在空中形成淡淡的薄雾，掩盖住了那低低的叹息，那只有自己才能听到的低叹。

突然脑子里浮出一对褐色的眸子，凤雪问道：“青衣，还有多久才到月末？”

“五天。”

合上书本，凤雪的手背抚上额头，闭上双眼，轻轻地叹了声——

“五天呀——好漫长呢——”

渐渐地，凤雪的呼吸声均匀了起来，青衣轻轻一笑，拿来一床棉被盖在她的身上。公主每次都是这样，想着想着就睡着了。

接着青衣搬了一个火盆过来，将里面的火减弱了些许，最后才轻手轻脚地离开。

公主睡觉时不喜欢有人在身旁。

凤雪静静地睡在贵妃椅上，火盆偶尔发出“滋滋”的声响，一切是如此的静谧，如此的和谐。

不知过了多久，门轻轻地被打开了，发出了轻微的声响，一个青白色的人影蹿了进来。

只见那个人影小心翼翼地走到凤雪身旁，见到她一脸恬静的样子时，浓眉轻轻地舒展了开来，他轻抚着她的脸，在目光触到她唇上淡淡的齿印时，墨色的眸子倏地变得深邃，指腹按住了那齿印。

这时，凤雪的眉蹙了蹙，轻轻地转了个身，他连忙缩回自己的手。墨色的瞳孔中映着凤雪侧身的背部，许久，他低低地叹了一声，“雪儿，我会依然宠爱你的。”

说罢，他在梨木几上留下一根簪子，轻手轻脚地离去。

待关门声响起后，凤雪皱着眉头从贵妃椅上坐了起来，用手背大力地擦拭着双唇，双眸闪过一丝厌恶。

突然，凤雪看到了梨木几上摆着一根红豆如意簪。

她震撼地睁大了双眼，眸中的厌恶渐渐消散，闪过一分激动，三分震撼，少了几分嫌恶，但是最终全都化为最初的云淡风轻。

火盆里的火苗依然吱吱作响，凤雪唤来青衣让她熄灭了火，最后她看了一眼桌上的红豆如意簪，淡淡地道："青衣，将梨木几上的簪子放进以前司徒行云送来的首饰的箱子里，用锁头锁住。没我吩咐，任何人都不能打开那个箱子。"

"是，公主。"

火灭了，簪子锁了，心寒了，情也消失了……

第二十二章 · 枫城拜祭

平延王府里的下人这几天的神经一直都是紧绷着的，王妃对王爷的淡漠，对侧王妃的客气，是所有人都未曾想到的。但是这其中的关系似乎十分微妙，让人感到深深的危机。就像——

暴风雨来临前的平静。

只是没有人知道这平静究竟可以维持多久。

连着几晚，王爷被王妃拒于雪楼之外，曾经有下人见到王妃是用着平静的神情，淡淡的话语拒绝王爷进雪楼，并让王爷去蝶楼。而当时王爷的神情青黑得让人发憷。

府中的下人都不禁佩服王妃的大度，传到外面时，众百姓也纷纷赞扬凤雪公主，暗地里却是万分的同情，各种各样歌颂凤雪的书籍在书市里不断涌出。

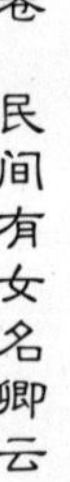

而凤雪却没有多大的表示，只是天天在雪楼里悠闲地吟诗作画，弹琴看书，好不惬意。

而司徒行云每晚都留宿蝶楼，与双蝶好不缠绵。

一大早，凤雪就起身了，刚想唤青衣将琴拿来时，她突然想到昨晚晚饭时，司徒行云说今日要去拜祭爹娘。

她扬起嘴角，有些嘲讽地笑了下。

对于司徒行云的家事，从大婚以来，她知道的就不多，只知道他的双亲早逝，成婚两年，他也从未说过家中的事情，现在娶了侧妃，就迫不及待要说了？

突然，她耸了耸肩，唇瓣抿出一条直直的线条。

这……与她无关，不是吗？

这时，青衣捧着一套衣裙走了进来，见到凤雪起身了，有些惊讶："公主，青衣从来没见过你这么早起床。"

凤雪翻了个白眼："青衣，今日要去拜祭。"突然注意到青衣眼圈黑黑的，她无奈地说道："青衣，你昨晚又看卿云的书看到什么时辰了？"

青衣不好意思地挠了挠头，小声地说道："差不多鸡鸣。"接着她连忙转移话题，笑嘻嘻地说道："公主，今日织云阁送来一套很漂亮的衣裙。"

凤雪瞥了一眼青衣抖开来的红裙。

一件暗花细丝的红锦衣。腰处花纹繁复，饰以金边，长长的曳地裙摆上绣着银边蝴蝶，栩栩如生，仿佛一不留神就会展翅而飞。

她蹙了蹙眉，看到裙摆上的蝴蝶时，眉心更是拧了起来，她问道："送衣服来的时候，送的人有没有说些什么？"

"这次送衣服来的，是一位白衣姑娘。那位白衣姑娘只留了句话：'主人吩咐，以后若公主真正需要时，必定亲自为公主制上一件世上绝无仅有的嫁衣。'"

凤雪的眉头完全松开，一脸的轻松惬意，她的眉心仿佛也在轻笑着："这件衣服可以用来当嫁衣呢！等以后青衣嫁人时，就穿这件红裙当嫁衣吧！"

青衣抿了抿唇，脸有些微红："不要！青衣要陪伴公主一辈子！"

"现在你还小，等青衣有了心上人后，就不会这样说了。到时候你肯定会迫不及待要穿嫁衣了。"

"才不会，公主就是青衣的一切。"青衣低着头，耳根子红得透顶，她连忙转移了话题，"那公主现在有心上人吗？"

凤雪脑中似乎闪过一个人影，但是速度快得连她也反应不过来，她抿唇一笑："或许吧！"

"那公主现在的心上人是谁？"青衣好奇地眨了眨眼睛，犹豫了下，问道，"公主还喜欢君无痕吗？"

凤雪沉吟了下："不清楚。"

离歌说得对，她对君无痕的感情不过是由小时候演变而来的浓烈的倾慕，才会导致似真似假的喜欢。再加上司徒行云前阵子的插曲，现在似乎一切都变淡了。

如果可以的话，孤家寡人更加自在。

轻轻一笑，凤雪停止了她们之间的话："青衣，为我梳妆吧！快到时间了。"

"是，公主。"

半个时辰后，凤雪梳妆完毕。

铜镜里出现了一个淡妆的素衣女子，尽管衣饰简单，但是却像一朵冷艳的寒梅，扬眉颔首间，仍然不失公主气质。

今日去拜祭的人并不多，除了司徒行云、凤雪、双蝶外，就只有若干随从了。

看来司徒行云似乎不太想张扬。

平延王府专用的马车里，凤雪静静地坐在一个角落里，双眼凝视着窗外的风景，默默不语。

司徒行云和双蝶坐在另一边的软榻上，双蝶似乎还没有睡醒，睡眼惺忪地依偎在司徒行云的怀里，哈欠连连。

司徒行云一手搂着双蝶，而双眼却紧盯着看着窗外出神的凤雪，眼神幽深难测。

"是去枫城吗？"淡淡的一句话，却是凤雪至今为止第一次主动开口。

司徒行云有些欢喜，声音也带着几分愉悦："嗯。"

没有接下话题，凤雪只是轻轻地点了下头，接着继续观赏窗外的风景。

"雪儿，去过枫城吗？"司徒行云再接再厉。

她转过了头，盯着司徒行云的双眼，定定地答道："小时候，曾经去过一次。"

"那雪儿有遇到什么事情吗？"听到她的回答，司徒行云更是喜上眉梢，他再次问道，但是却忽略了凤雪那深深的目光中的含义。

"有。"顿了下，凤雪继续说道，"不过现在已经不重要了。"声音轻轻淡淡的，比水还要无情。

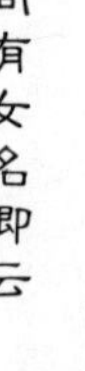

车外的阳光照耀着大地，但天气依然寒冷，空旷的道路上，平延王府的马车在缓缓地向枫城驶去。

尽管如今是寒冬，但是枫城里枫叶还是一如往昔的红，红得似火，地上也有飘落一地的红枫叶。

寒风一吹，地上的枫叶纷纷在空中起舞，舞动着红色的身影，飘到了路上行人的发上。

司徒行云接过一片空中飞来的枫叶，眼里闪过一抹暖意，他低笑着，温柔地看着双蝶："蝶儿，有没有想起些什么？"

双蝶微微咬唇，脸上有两抹嫣红，如晚霞般灿烂，她的声音有些羞涩，又有些甜蜜："王爷在枫林里从盗贼手中救了蝶儿一命，当时王爷奋不顾身地护住双蝶，才让双蝶得以安全。如果当时没有王爷，恐怕蝶儿早就丧命于盗贼之手了。"说到这里，双蝶开始微微啜泣起来。

司徒行云轻搂过她，抚着她的背，安慰道："蝶儿，现在已经没事了。没有人再可以欺负你了。"

凤雪看着他们，听到双蝶的话时，本是澄澈的双眸起了阵阵涟漪，她盯着双蝶微微颤抖的双肩，眉心轻轻地拧了起来。

倏地，似乎有什么东西从脑子里飞速地闪过，而凤雪却没有紧紧地抓住。

轻轻地摇了摇头，凤雪甩去脑里的想法，她决定自动忽略那两个卿卿我我的人，开始打量起眼前的四座坟墓。

这四座坟墓都非常简单，并不符合司徒行云个人奢华的作风，或许跟司徒行云常年与家人关系疏离的原因有关吧。仔细一看上面的时间，四座坟头上的时间都是一模一样的，皆写着卒于凤溪 215 年 6 月。

凤雪抿了抿唇，思考了一下。215 年……那年是凤溪的一个大灾年，记得那年的时候，父皇整天都是愁眉苦脸的。如果她没记错的话，215 年枫城爆发了一场大瘟疫，而司徒行云的家人大概也是死于瘟疫的吧。

至于司徒行云——

215 年的时候，他应该在沙场上杀敌建立功业，所以才会幸运地躲过了这场瘟疫。

这时，司徒行云松开了搂住双蝶的手，站在坟头面前，接过随从递过来的三炷香，拜了三拜，然后插在坟头上，"爹，孩儿不孝，这么多年都没来好好地看过您。

这次孩儿特意带了妻子来看您。”他拉过凤雪，“她是雪儿，是凤溪的公主。”接着司徒行云又拉过双蝶，继续道，“她是蝶儿，也是孩儿的妻子。”

“爹，蝶儿会好好照顾王爷的。”双蝶在坟头上插上了三炷香，信誓旦旦地说。

凤雪只是轻轻地向坟头点了下头，然后插上三炷香，但并没有多说什么。

而这时司徒行云开始说起他的身世来：“我从小住在溪城，爹自小就想把我培养成一名英勇杀敌的将军，所以到了征兵的年龄时，爹就送我去了军营。从此与家中聚少离多，而我对家中之事情也知之甚少，只知道我还有一个二娘以及一个未曾谋面的二弟。可惜，当年枫城的瘟疫带走了他们，而当时我还在沙场上，恰好躲过了这场天灾。”

枫叶在坟头前飘舞，带着股红色的悲凉，仿佛在上演着当年的红色瘟疫。

突然，双蝶似乎想起了什么，她问道：“那王爷确定爹娘他们真的不在了吗？”

“不可能还在的。”司徒行云斩钉截铁地说，“由于怕瘟疫再次传染，枫城里中了瘟疫的人几乎都被火烧掉了。当我走进枫城时，到处都是一片荒凉。”

双蝶歪着头，看了看四座坟头后，突然说道：“如果王爷的二弟还在的话，那王爷在世上就不会没有亲人了。”她眨了眨双眼，继续道，“蝶儿记得王爷的胸口有个心字。”

“呵，只要是司徒家的孩子，心口上都有这个字。是爹用司徒家祖传的刺法刺上去的，这一辈子都不能磨灭的。爹曾经对我说过，做事情跟着自己的心走就对了。”

双蝶的眼神带着丝丝的可惜，她的声音低低的。“如果王爷的二弟还在世上的话，那就好找了。那王爷也就不会一个人了。”突然她的声音变得异常地坚定，“王爷，蝶儿会一直陪着你的。一定！”

司徒行云的眼中有一抹柔软，被她的话轻轻地拨动，在眼底荡起了一圈圈的涟漪，他轻搂过她，动作无比轻柔。

在远处的随从见到如此一幅景象时，都面面相觑，纷纷忧心忡忡地看着他们的王妃。而此时凤雪倒没怎么注意到她身旁发生的事情，她的目光依然飘落在眼前的四座坟墓上，转来绕去，蓦地，她注意到司徒行云二弟的碑上写着“司徒行知出生时间未明，卒于凤溪 215 年 6 月。”

未明？！

凤雪的眼底闪过一丝嘲讽。看来司徒行云跟他家人的关系实在不怎么密切。

记得父皇曾经派人查找过司徒行云的背景，结果查到的仅有他是一步一步地当上将军然后王爷的。

在没有任何的背景下，确实不容易呀！

这一点，也是凤雪所佩服的。

看了一眼身旁的人后，凤雪转过身，声音轻淡："拜祭也完了，我去枫林里面走走。"接着她唤来青衣，没等司徒行云反应过来，凤雪已经和青衣走入了枫林中。

待司徒行云反应过来时，他搂住双蝶的手颤抖了下，脸色也有一瞬间的苍白，他连忙对不远处的随从吩咐道："枫林里多盗贼出入，你们全都去保护王妃。"

带头的随从似乎有些迟疑："那王爷和侧王妃？"

"快！如若王妃出了什么事，本王要你们全部陪葬！"司徒行云的声音几近怒吼。

没见过王爷发怒的随从皆被吓得脸色青白，他们立即转身追向逐渐消失在枫林里的王妃。

双蝶低着头，她感觉到了司徒行云双手的颤抖，她的唇死死地咬着，银眸中掀起了波涛翻涌。但在抬起头时，眼中波涛尽失，又是一片水汪汪的银湖，她声音轻柔地道："王爷不要担心，王妃不会有事的。"

司徒行云看着密集的枫树，眼里只剩下一片火红，他完全没有听到双蝶的声音。此时，他的心完全系在那个进入了枫林的女人的身上。

"王爷……"

与此同时，枫林里响起了一个痛彻心扉的尖叫声，司徒行云的脸立即变得如纸般苍白，他松开双蝶腰处的手，使用轻功连忙飞进了枫林。这个时候，司徒行云完全忘记了他身边有个双蝶存在。

当司徒行云赶到发出尖叫声的地方时，才发现那尖叫声是青衣见到地上冻僵了的蛇所发出的，而他所担心的人正在悠闲地观赏着枫叶。

这时司徒行云一直紧绷的心才完全放了下来，他的脸色恢复了正常，眼神也变成了往常的深幽难测，他对后来赶到的随从道："你们回去保护侧王妃，这里有本王就可以了。"

"是，王爷。"

司徒行云看着依然在观赏枫叶的凤雪，许久后，万般的无奈化成一声长叹，他解下身上的茄色狐皮斗篷披在凤雪身上："雪儿，小心身体。"

他的突然靠近让凤雪感到了轻微的不适，他身上传来的胭脂味更是让她感到厌恶，凤雪不露声色地退后了几步，拉开了他们之间的距离。

“谢谢行云。”

见她的表情依然淡漠，司徒行云有些懊恼：“雪儿，我都在让步了。”

凤雪微怔，抬起头，定定地看着他，她一字一顿道：“有时候有些东西一旦过去就是过去了，就再也回不到从前了。”

微风轻拂，枫叶与凤雪的青丝以及雪白的裙摆飘舞了起来，红的似火，白的似雪，黑的似墨，三种颜色交织成的一张密实的网遮掩住了司徒行云的视线。在那一瞬间，司徒行云仿佛感觉到真的有一张巨大的网隔在了他们中间，而那张网却永远不能撕破。

他连忙伸出手，想狠狠地拥住她，以此证明她的存在感。然而，他伸出的手所抓住的却是一片火红的枫叶。

那枫叶如血般火红，仿佛也在告诉他这个残忍的事实。

司徒行云甩开手中的枫叶，定睛一看，发现凤雪已经往回走了。他的唇角弯起了一个诡异的弧度——

这天下无论人或事只有他不想要的，没有他得不到的！

他加快步子，迈向凤雪。

他的身后仿佛有一条傲视苍穹的巨龙，狂卷着巨大的旋风，地上的枫叶都开始漫天飞舞，诉说着他不可忽视的霸气。

枫叶依旧在坟头前飞舞，双蝶伫立在坟头前，银眸看着司徒行云消失的身影，泛过一道幽深的银光。

而此时随从也赶回双蝶的身边，见到有人来了，双蝶漾开一个微笑，轻轻地问道：“王妃没事吧？”

“回侧王妃，一切安好。”带头的随从低头答道，“王爷吩咐，请侧王妃上马车等候王爷。”

“好。”轻轻地点了点头，双蝶移着莲花步，走向马车。突然，她停住了脚步，转过身，向走在最后的青衣问道：“青衣，王妃最喜欢什么？”

青衣有些警戒地看着她，但是碍于身份关系，她只好开口答道：“公主没有特别喜欢的东西。”

“青衣，我没有恶意。我只是想和王妃相处得更加融洽而已。”双蝶的眸中银

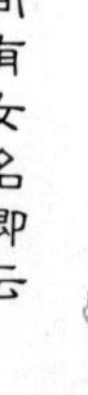

光微闪，好不动人。

青衣在心底暗暗地撇嘴，但她依然低着头，恭敬地答道：“回侧王妃，公主的确没有特别喜欢的东西。”说到“侧”时，青衣特地加重了语气。

只要是明眼人都听得出她话中的意思，而此时双蝶却轻轻一笑，声音清脆：“青衣很喜欢王妃呢！”

“当然！”青衣仰着头，“公主是金枝玉叶，是手戴天下之福的才女公主，身份高贵，待人有礼，青衣自然喜欢公主。”

双蝶掩嘴一笑，脸上并无不悦，银色的眸子中闪着星光，她道：“的确呢！王妃身份高贵，世上无女子可以与王妃相比呢！”

话音落下后，双蝶转回身子，走上了马车。

软榻上的双蝶闭着双眼，长长的睫毛留下了一片阴影。在她打开双眼的时候，一道锐利的银光一闪而逝。

第二十三章·为君解毒

拜祭过后，从溪城回到王府时，夜幕已经降临了，而府中的下人也备好了晚饭。

大厅里。

司徒行云、凤雪还有双蝶正在用晚膳。

尽管饭菜是热腾腾的，但是场面依然清冷，凤雪依然是默默不语的，而司徒行云和双蝶也是默默地吃着饭，周围的下人都感觉到此时的气氛冷得让人发颤。

蓦地，凤雪似乎想起了什么，她开口打破了这冷清的氛围："现在是什么月份了？"

她身后的下人连忙恭敬地答道："回王妃，现在已经是2月初了。"

凤雪的眉轻轻一挑，淡然的眸子中飞速地闪过一抹欣喜，但她身旁的司徒行云却仔细地捕捉到了。

他的眉头轻轻地皱了起来。

或许是注意到了司徒行云的表情，凤雪说了句："快春天了呢！"淡淡的语气渐渐掩盖住了脸上的欣喜，凤雪再次静静地用着晚饭。

倏地，一直没出声的双蝶突然蹙了下眉，接着她连忙捂住了嘴巴，一副想吐的样子。她的脸色有些苍白。

而这时司徒行云也注意到了，他连忙拍了拍她的背部，问道："蝶儿，怎么了？"

双蝶勉强地挤出一个笑容："可能是今早拜祭时感染了风寒，休息一下就会好了。王爷不要担心。"

司徒行云的眉头蹙得更厉害了，他对总管吩咐道："去请大夫来。"

"王爷，双蝶休息一下就会好了。不用劳烦大夫了。"双蝶娇嗔道。

"蝶儿身子本来就虚弱，如若真的感染了风寒，后果可大可小。"司徒行云唤来侍候双蝶的婢女，"带侧王妃回蝶楼休息。"

"是，王爷。"

而此时，外面传来总管的声音——

"王爷，蓝公公求见。"

"快传。"

在蓝公公进来的时候，双蝶恰好准备走出大门，见到蓝公公时，她轻轻地向蓝公公点了点头，道："蓝公公。"

蓝公公在看到双蝶的第一眼时，马上怔住了。他不是因为双蝶的美貌而惊艳，而是因为他看到了一双银色的眸子。

蓝公公完完全全地怔住了，沧桑的眼眸中闪过许许多多复杂的情绪。

直到凤雪轻咳了声，他才回过神来，仔细打量了一下双蝶后，蓝公公立即明白了她的身份，他对双蝶点了点头，恭敬地道："侧王妃。"

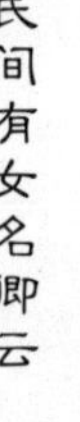

双蝶轻轻地点了点头，接着在婢女的扶持下，离开了大厅。

大厅里剩下的就只有司徒行云、凤雪、蓝公公和若干下人。

司徒行云的眸子深邃到可以滴出墨来，见到刚刚的情形，他的眼中划过一丝锐利的光芒，而脸上却是云淡风轻的表情，他淡淡地道："蓝公公曾见过本王的侧王妃？"

蓝公公先是一怔，然后笑道："小人未曾见过侧王妃，只是凤溪境内银眸的女子实在是少数。"

"呵呵……"凤雪掩嘴轻笑，"侧王妃不是银蒙特纱族的女子，蓝公公这么多年了还不死心吗？"

蓝公公未入宫前，曾经与一名银蒙特纱族的女子相恋，后来那名女子却因病身亡，而蓝公公伤心过度，自宫后入宫。

"不……不是……公主，小人……小人……"蓝公公一脸的困窘。

司徒行云对于这件事也略有耳闻，听到凤雪的笑声，他的声音也逐渐有了笑意："蓝公公远道而来，所为何事？"

蓝公公连忙接住这个台阶，说道："皇上多日未见公主，实在是想念得很，而皇后娘娘也常惦着公主，所以特让小人接公主进宫住上几日。"

凤雪一听，心中微微一喜。

司徒行云的眉头轻微地蹙了蹙，沉吟片刻后，他才道："皇上如今龙体抱恙，身为儿女，也理应在一旁伺候以显孝心。"

凤雪也点了点头："如今天色已晚，父皇平日这个时候都休息了。明日我再进宫，蓝公公先回吧。"

"是。小人暂且告退。"

待蓝公公走了后，大厅里剩下的就只有司徒行云和凤雪了，其余的下人都各自退到一边，默默地做着自己该做的事情。

在王府，不该看的东西不要看。这是多年以来他们一直遵守的。

而此时凤雪专心地用着晚膳，眸子中只有饭菜的存在。而她心中却在想着：只要进了王宫就是她的天下，司徒行云想管她也难了。

司徒行云的嘴张了张，似乎想说些什么，但是最终仍然说不出口，只好将碗筷弄得砰砰作响，以此来发泄自己的不满。

注意到了他的怪异，凤雪停下手中夹菜的动作，轻瞄了他一眼，说道："行云有事要跟我说？”

司徒行云有些欣喜，他有些风马牛不相及地问道：“雪儿喜欢枫城的枫叶吗？”

凤雪放下手中的筷子，淡淡地道：“不喜欢。”

在一旁的仆人身体颤了一下，紧了紧衣襟。这王府真是越来越冷了。

司徒行云的眉却是挑了挑：“听闻雪儿以前最爱的就是梨花和枫叶，怎么现在就不喜欢了？”

“人会变，月会圆。这很正常，不是吗？”凤雪的眸子澄澈万分，她定定地看着司徒行云，“况且，不喜欢就是不喜欢了，没有原因。”

空气中又是一阵静谧，凤雪这时起身，向司徒行云点了点头，道：“侧王妃身体抱恙，行云还是多多照顾她吧！至于我，行云就不用担心了。我一切安好。”

司徒行云的眉头马上紧紧地皱了起来，非常不悦。

可是凤雪却没有给他说话的机会，她的话音一落，人就已经走到门外，扬长而去了。

看着她的背影，一抹莫名的忧愁浮上了司徒行云的心头，只是现在的他还未意识到这抹忧愁所占的分量。

第二天一大早，凤雪吩咐了青衣一些注意事宜后，就坐上皇宫的马车进宫了。

皇上的病情似乎越来越严重了，已经接连好多天没有上早朝了，朝廷上都开始为凤溪的继承人而担忧。凤溪至今仍未立下太子，而皇上的子嗣也只有凤雪公主一个。

一直潜伏在朝廷内的一股势力也逐渐浮出水面，朝廷上分成了两股势力，一股拥护凤雪公主，另一股则是拥护司徒行云。

而且甚至有人上书，请求皇上立司徒行云为太子，与凤雪公主一起治理凤溪。

此时的凤溪政权岌岌可危，就像暴风雨中一艘船，动荡不安。

雪殿。

凤雪抚着殿中的一切，嘴角噙着淡淡的微笑，脸上尽是回忆的神情。

一旁的宫女都静静地看着凤雪，脸上都是欣喜的表情。她们已经有好久没见到公主了。

“都没有变呢……”凤雪呢喃了一句。

“雪殿是公主永远的家，我们每天都有好好打理的。”

“而且皇后娘娘也常来雪殿呢！”

“是呢！皇后娘娘常常一来到后，就要坐很长的时间，回忆着公主小时候的事情。”

宫女们开始七嘴八舌地说了起来。

凤雪听着，脸上的笑容越来越多，她呼吸着雪殿里的空气，感觉这里的空气异常清新，让她心旷神怡，说不出来的舒服。但是一想到病榻上的父皇，凤雪的心一瞬间掉入了冰谷。

她屏退了所有的宫女，雪殿里就剩下她一个人了。

她需要好好地想想现在的情况。

父皇病重，而身为子女的她却不能常在一边陪伴照顾。当初父皇将她下嫁给司徒行云，为的就是牵制司徒行云手中的兵权以及他的势力，但是如今他的势力在不断地扩大，无论皇宫还是民间，他都有一定的声望，而父皇甚至有意将皇位传给他，以公主之夫的名义。

她深知，司徒行云必定可以登上皇位，而且他可以统治好凤溪的，只是到时候她到底该站在什么样的位置？

皇后，她不稀罕，也不希望。要和这么多的女人分享同一个丈夫，这是她办不到的，况且她要的是一个懂她的夫君。

等所有事情完结后，她要彻底抛弃凤雪这个身份！

凤雪的眸子闪着晶亮的光芒，那种光芒坚定如磐石，仿佛即使是天地消失也阻止不了她的决心。

不久后，蓝公公过来传话，说皇上和皇后醒了。

凤雪立即卸去脸上的沉重，换上一脸的灿烂笑容，跟着蓝公公走进了皇上的寝宫。周围的若干侍卫和宫女在蓝公公的指引下悄悄地退下，为皇上、皇后和公主留下一个清静的环境。

“儿臣参见父皇，母后。”凤雪微微屈膝。

“没有外人，雪儿就不要多礼了。”皇后扶起凤雪，慈祥地看着她，眼睛上下打量着，久久后才说，“雪儿这阵子瘦了，脸色也没以前红润了。”皇后的眉头蹙了起来。

病榻上的皇帝听到皇后的话，也开始细细地上下打量着凤雪。

凤雪抿唇一笑，走到病榻旁，向皇帝皇后撒娇道：“父皇，母后，哪有？雪儿不是好好的吗？父皇母后太久没见到雪儿了，所以才会觉得雪儿瘦了，雪儿还觉得自己长胖了呢！”

接着她又说道：“母后，父皇身体好些没？御医怎么说？”

皇后的身体颤抖了一下，嘴唇有些苍白，突然间皇后似乎老了几岁，眉头上也多了几分沧桑。而皇帝也开始咳嗽起来。

眼前的情况不言而喻。

“生老病死是人之常情，雪儿和皇后不必太介意。”

“皇上……”

“雪儿……”皇帝的左手搭上凤雪的右手，“以后想做什么事情就去做吧！不要顾及公主的身份了，雪儿为皇家已经尽力了。咳咳……咳咳……”

“雪儿，不用担心母后和父皇了。儿女长大了自有自己的世界，雪儿早就应该开始飞翔了。”皇后接着说道。

皇帝的另一只手搭上了皇后的左手，他看着皇后，布满血丝的双眼一片柔情，里面隐约闪着晶莹的水光：“皇后，辛苦你了。”

火盆里“嗞嗞”地发出声音，火苗在欢快地跳舞，温情在他们之间蔓延着，赶去了冬日里的寒冷，点燃了那人间的温暖。

这冬天快过去了。

夜幕降临，一轮明月高挂在夜空中。

皇宫里一片静谧。

倏地，空中划过一道白色的身影，无声无息的。

绝尘谷。

梨花盛开，微风轻拂，宛若雪花纷飞，月华倾泻，洒下一片银光，这里美如仙境。

蓦地，一道白色的曼妙身影如闪电般在仙境中掠过，绽开了一朵朵白色梨花的树枝都在轻颤，仿佛在欢呼，在雀跃。

夜空中的星星点点都跑了出来，与月亮一起注视着绝尘谷。今晚的绝尘谷注定会热闹非凡。

踏过最后一棵梨树，卿云停下了脚步，立在梨花树下高高在上地俯视着地上的灵鸟。

夜风轻拂，卿云如黑缎般的长发与梨花一起飞舞，白的似雪，黑的如墨，远远

望去，是一幅美得令人窒息的图画。

卿云柳眉一挑："臭鸟，认不得我了？"

灵鸟拍了拍翅膀，飞到卿云眼前，黑色的眼珠子转了转后，又拍了拍翅膀。

明白了它的意思后，卿云的嘴角有些抽搐。"今天我不是来找你的，所以没带东西给你吃。"接着她瞪了它一眼，在它眼前晃了晃拳头，"臭鸟，你不让我过的话，你吃的就是它。"

灵鸟有些不甘愿地拍了拍翅膀后，才退到一边，低喃了句："暴力女人！"

卿云忍住额头上尽冒的青筋，转头狠狠地瞪了它一眼后，立即使用轻功飞向屋内。

屋子里空空的，一个人影也没有。

烛火微微亮着，桌上四处散着打开的医书和揉成一团的纸张，卿云随便拿起一本，里面都是关于夜莲的。打开一张纸团，里面的字迹潦草，完全不像离歌以往的风格。

卿云微微咬唇，她突然感到心在刺痛着，仿佛有一根小小的针在心尖处慢慢地扎入，而那细微的疼痛也在缓缓地随着血液侵入骨髓。

这几个月来，离歌都在为她而奔波，一定很辛苦吧！

倏地，一个爽朗的声音在她背后响起。

"女人，你变丑了。"

话音一落，一道掌风随之而来。

卿云立即转身，以一道更为凌厉的掌风化解了离歌的突然袭击，随即又抽出桌上的剑，向离歌发起新的攻势。

"哇！女人，你还真不留情！"离歌连连后退，躲着她的剑。

卿云抿紧唇，剑势更加迅速，而离歌也不甘示弱，抽出桌上的另一把剑，与卿云在屋内打了起来。

"女人，出去打。不要弄坏我的医书。"

"好。"

两条白色的人影立即从窗子飞出，飞入了梨花林。

顿时，梨花林里刀光剑影，梨花纷飞，清冷的两道白光在月华下不停地闪烁。一只雪白的鸟儿高高地伫立在一棵梨花树上，黑溜溜的眼珠子不停地旋转，它在欣赏着，在卿云渐落下风时，它使劲地拍翅膀，仿佛在奚落卿云。

总之，它一点都不像是在担心两位主人，更像是在看一场好戏，仿佛这是家常便饭的事情。

“女人，你武功退步了。”

“不要吵！专心点。”卿云蹙了蹙眉，继续发动她的攻势。

离歌无奈地摇了摇头，继续抵挡她的攻势。

天空仿佛下了场梨花雨似的，这时一道柔和的白光划过卿云的手，她手中的剑“咣当”一声掉落在地上。

“女人，你输了。”

卿云撇了撇嘴，不以为然地说道：“武功是你教的，输给你自然是应该的。”

离歌勾起唇角，丢下手中的剑，挑着眉：“女人，这么快认输可不像你。”

“那怎样才像我？”一抹诡异的笑容从她的嘴角露出，“难道这才像我——”声调拉长，卿云以迅雷不及掩耳之势使出一股掌风，周围的梨花花瓣全都袭向离歌，它们仿佛有灵性般，在卿云的掌风下化为一条白绫，缠住了离歌的脖子。

卿云倾前，眨着双眼，声音中有些得逞的快意：“我赢了。”顿了顿，她补上一句，“兵不厌诈。”

梨树上的灵鸟拍了拍翅膀，飞到离歌的头上转了一圈，留下“没用”两个字后，又拍着翅膀飞走了。

离歌无奈地叹了声：“女人，你又是用这招。”

“能赢就行。”卿云笑着，松开了离歌，梨花顿时全部落地。

离歌看了看地上的梨花，又瞅了卿云一眼，摇了摇头，说道：“我可怜的梨花呀！每次陪你这个女人发泄情绪，都要浪费我谷中的一大堆梨花。”

卿云有些委屈地眨了眨双眼：“难道在离歌的心中我还比不上那堆梨花？”她吸了吸鼻子，一副可怜兮兮的样子。

离歌很认真地点了点头：“梨花还可以做药用，至于你，除了脑子和手有点用之外，其余就真的没什么用了。”

“你、你、你这个没良心的神医！太过分了！这几个月以来，信都没一封，一见到我就拿剑指着我，接着还嫌弃我！你太过分了！呜呜，可怜的我呀！”

离歌听完后，打了个哈欠：“女人，你还是一样的会扯，一样的会做戏。”他挑了挑眉，“女人，这几个月来你似乎忘记了一件事情。”

卿云的嘴角抽搐着，她向后退了几步，勉强地挤出一个笑容：“什……什么事

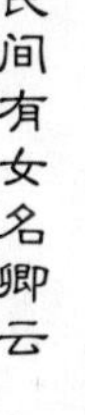

情？”

“写书！”褐色的眸子中闪着一簇火焰，“女人，你已经几个月没动笔写书了！现在想进卿云阁也难，里面堆满了信！”

卿云咬了咬唇，突然她似乎想起了什么事情，她的表情变得有些忧伤：“离歌，这阵子发生了太多的事情，我实在是没有心情写。”

离歌叹了声，身子倾前，温柔地拥住了卿云，他将她的头靠在他的肩上：“算了，女人，等你想写的时候再写吧。”这阵子真的辛苦她了。

卿云轻轻一笑，双手回拥住他，将自己紧紧地贴在离歌的身上，汲取他身上特有的温暖。

“离歌，真好。”

知道她需要发泄这几个月积蓄在心中的烦恼，特地用比剑的形式让她发泄。这个世上，懂她的人就只有离歌了。

“离歌真好。”

听到她的呢喃后，离歌揉了揉她的脑袋，唇角勾出一个温柔的笑容，他紧紧地搂住她，轻声喃道：“女人——”

寒风习习，梨树也开始颤抖，然而卿云与离歌两人却感觉不到任何的寒冷，他们的心都如火般在互相燃烧着。

许久，离歌才出声：“女人，进去吧！外面风大。”

“嗯。”

进屋后，离歌不着痕迹地将桌上的医书收好，然后看着卿云，问道：“女人，发生什么事了？”

“一定要发生了事情才能来吗？”卿云挑眉，反问道。

离歌耸耸肩，没有答话。他的双指搭上她的脉搏，一会儿后他有些沉重的脸色才渐渐舒缓了下来。

卿云故作不解地问：“离歌，怎么了？”

“不，没什么。”离歌摇头，“你这个女人身体一向强壮，怎么可能会有什么？”

“是吗？”

“当然。神医可不是我自封的。”

卿云掩嘴一笑，眸子里划过一抹诡异，她迅速将一颗丹药含进嘴里，接着她压上离歌的唇，撬开他的齿，将丹药送进了他的口中。

所有的动作都快到让人反应不过来，而完全没有任何准备的离歌吞下了丹药，顿时他觉得有股冰凉自丹田处传出，整个人神清气爽。他目瞪口呆地看着卿云，许久他才反应过来，道："你给我吃了什么？"

卿云轻轻一笑，眉眼间是无限的风情。

"毒药。"

离歌皱了皱眉："女人，我要听真的。"

"露魂丹，我从离宫拿到的。"见到离歌的神色越来越好，这阵子卿云一直紧绷的心才渐渐松了下来。她弯着柳眉，说道。

离歌先是一怔，紧接着他褐色的眸子泛过奇异的光芒，他猛地站了起来，神色复杂地看着她，声音有些迟疑："你知道了？"

卿云点了点头，她抬起下巴，皱着眉头定定地盯着离歌，声音有些颤抖："离歌，为什么不告诉我？"

离歌避开了她询问的眼神："女人，很晚了。回去吧。"

"为什么总是这样无条件地帮我？为什么明明是我闯的祸，你却要负全部责任？为什么总是要一个人独自承担所有事情？离歌，你告诉我呀！为什么？！为什么？！为什么？！"卿云的声调越来越高，越来越激烈，她的两腮上逐渐浮现出两片潮红。

"因为我是大夫。"看着她激动的表情，离歌的声音越发平静，"你是公主，你对于凤溪非常重要。一旦你有什么损失，天下百姓会一同遭殃。"

"是吗？"意识到自己的激动，卿云的声音也逐渐轻了下来，她的眸子里清澈见底，平静无波。

"是。"

卿云的睫毛轻轻一扇，唇角勾勒出一个弧度，她定定地看着他，轻声说道："离歌，我不是当年被毁容后那个哭哭啼啼的小公主了，现在的我也可以独自撑起属于我自己的天空了。"

离歌怔怔地看了卿云许久后，他才道："那你以后打算怎么办？"

卿云一笑："只要不与人交欢，我就能活下来。而且男女这种事情，现在我还不想涉及。以后总会有办法的，离歌就不要担心了。"

"女人，我真是拿你没办法。"

"所以离歌现在也不要浪费时间去寻找解夜莲毒的方法了。我一切安好。"视

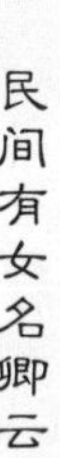

线越过离歌，落在花瓶中的一枝梨花上，卿云突然感慨万分，“这里的梨花开得真好。”

“绝尘谷位于高处，梨花是最适合生长于这里的。”离歌折下一朵梨花，插在卿云的黑发上。

雪白的梨花斜插在乌黑的发髻上，微弱的烛光下，卿云美得惊人。

离歌褐色的眸子中闪着晶莹的亮光，一丝丝复杂的神色一闪而逝，速度宛如流星陨落。他的手抚上她发上的梨花，轻喃道：“很好看。”

卿云先是一怔，然后她轻轻一笑，柔声道：“谢谢。”

他与她相视一笑，眸子灿若星辰。

倏地，卿云似乎想起了什么，她低呼一声，然后道：“离歌，你从来都没有告诉我你的针不仅会医人而且还会做衣服。”

“女人，不然你以为我的织云阁是怎样闯出名堂来的？”离歌敲了一下她的头，他认真地看着卿云，“那天我说的话绝无虚假。”

卿云抿唇一笑：“嗯。我知道。”

“好了，女人。你该回去了，时候已经不早了。”

卿云撇了撇嘴，有些不情愿地说道：“坏离歌，又在赶我走。”可是一瞧外面的天色快露白了，她才迈开步子走向屋外。

走到外面时，屋内的离歌突然出声，声音轻快爽朗。

“女人，绝尘谷也是你的。”

一直撇着嘴的卿云听到这句话时，唇上马上绽开一朵笑花，一扫脸上阴霾。她转身，嫣然一笑，脸上灿若桃花，眸中亮如星辰。

她轻轻一跃，逐渐消失在梨花林中，绝尘谷上回荡着她的欢快动听的声音：“我知道。”

指腹抚上温热的唇瓣，一声苦笑自离歌口中逸出。

“这女人做事真不顾后果。”

第二十四章·与汝对决

回到皇宫后的那天晚上，凤雪睡得特别香甜，就连在睡梦中，她的嘴角都是一直弯着的。

第二天起来时，凤雪像往常一样陪伴着父皇母后，直至他们睡下。

然而一回到雪殿时，王府就传来消息——侧王妃有喜了！

凤雪没多大的惊讶，那天晚上她多多少少也看出了一点，况且以司徒行云和双蝶缠绵的程度，有喜是迟早的事情。

凤雪眉眼间是淡然的表情，她打赏了来传报消息的人后，继续住在皇宫，不理王府的事情。

可是几天后，王府却发生了一件让凤雪不得不提前回府的事情，而这件事情在民间正传得沸沸扬扬的。

王妃婢女青衣欲毒害侧王妃腹中胎儿，王爷恼羞成怒，杖责二十关进柴房，而青衣畏罪潜逃，如今不见踪影。

此时有人猜测，说青衣乃是受王妃之命，才会毒害侧王妃腹中的胎儿。

也有人维护公主，说公主是不知情的。

顿时，民间议论纷纷。然而所有的矛头都指向了凤雪公主，侧王妃双蝶在民

间却以可怜的形象大受好评。

平延王府。

司徒行云扶着双蝶在花园里行走着，寒风凛冽，园中的梅花却开得异常的灿烂。

“蝶儿，还不舒服吗？”司徒行云将双蝶身上的披风系紧了几分，“小心受寒了。”

双蝶嫣然一笑，苍白的脸色多了两抹嫣红：“现在好多了。大夫说出来走一走，对腹中胎儿有益。”

司徒行云点了点头，温柔地看着她还未隆起的肚子，眸中一片柔情。

“双蝶一定会为王爷诞下麟儿，那样王爷在世上就又多了一个亲人了。”双蝶弯着眉，低低说道。

“蝶儿，能娶到你是本王三生有幸。”

“是双蝶三生有幸才对。如果不是王爷当年在枫林里救了双蝶一命，那双蝶现在恐怕早就不在世上了。感谢苍天，能让双蝶重新遇到王爷。”双蝶依偎在司徒行云的怀里，一副小鸟依人的样子，她的眉眼间尽是回忆的神情。

“蝶儿对本王的深情，本王一辈子都会记住的。”

双蝶轻笑：“双蝶从那年被王爷所救开始，心就落在王爷身上了。所以双蝶才会不远万里，不辞艰辛一路打听来到都城，可惜……”她开始微微啜泣，“却误落青楼，好在还是遇到王爷了。”

司徒行云搂住她，柔声安慰道：“没事了，过去的事情都过去了，以后没有人可以欺负你了。都怪本王不好，如果可以早点认出蝶儿的话，那蝶儿也不用受那么多的苦了。”

“不……”双蝶摇头，“是双蝶不好，一直没有胆量与王爷相认，怕打扰了王爷，担心王爷认不出蝶儿了。”

“怎么会呢？当年蝶儿的一袭红衣、一双银眸可是把本王的心都给偷了。”

“王爷！”双蝶娇嗔一声，甜甜的声音让人心醉。

倏地，双蝶蹙了蹙眉，她盯着枝头上开得傲然的梅花。

“蝶儿不喜欢梅花吗？”

双蝶摇了摇头。她讨厌梅花的傲然。

“一看到梅花，双蝶就想起那晚的梅花糕，想起青衣狰狞的面孔，想起胎儿差点离双蝶而去……”

“本王已经命人捉拿青衣了。”司徒行云拍了拍她的背。

突然双蝶似乎想起了什么，她认真地看着司徒行云，说道：“王爷，双蝶相信王妃是不知情的，王爷千万不要怪罪王妃。”

想起凤雪，司徒行云的眉头皱了皱：“本王自有分寸。”

一回王府的凤雪马上风尘仆仆地赶到这里，见到这个缠绵的景象时，她皱了皱眉，质问道：“青衣在哪里？”

一见到凤雪，双蝶挣脱开司徒行云的怀抱，向凤雪屈了屈膝，甜甜道：“双蝶见过王妃。”

凤雪没有答理，直直地看着司徒行云：“青衣在哪里？”

“那个贱人畏罪潜逃，如今各大官府正在通缉。”司徒行云一手搂着双蝶，他挑着眉，“或许，这句话更应该由本王来问你。”

凤雪蹙眉，声音冰冷：“王爷曾经答应过我，不伤害我的人。如今王爷是不守诺言了？”

凤雪仰着头，目光凌厉，如枝头上的梅花般傲然。

“那个贱人用梅花糕毒害本王的侧王妃和即将诞生的麟儿，就这两点就足以致死。”司徒行云搂住双蝶的手微微收紧。

“她在哪里？”转移视线，凤雪的目光落在双蝶身上。

双蝶连忙摇头：“王妃，双蝶不知。”

司徒行云斥道：“公主可是恶人先告状？”

凤雪眸光一冷：“你最不该的就是打我的人的主意。”她望向司徒行云，“王爷，你会后悔一辈子的。”

凤雪的声音坚定，坚定到让司徒行云感到害怕，但是一看到身旁柔弱的双蝶时，他的眼神硬了下来：“本王从来不会做后悔的事情。”

寒风呼啸，带着冬天的寒冷呼呼刮过，冰冷的冬风在他们之间盘旋，他们两眼相望，凤雪的眼神如腊月里的深寒，让人不寒而栗。

这是司徒行云和凤雪的第一次对立，这是最冷的一个冬天，他们之间所有的一切都将被埋葬于这个寒冷的冬天里。

从那天开始，凤雪开始派人出去寻找青衣，而司徒行云也不甘示弱派出一队

人马，谁先找到人并不重要，王爷和王妃之间的对立，以及背后的皇位问题才是更为关键的。

朝廷里的人也早已分为两派，也纷纷在寻找青衣的下落。

究竟青衣在何方？无人知晓。但是所有人都知道青衣忠心护主，必然会与凤雪公主联络，因此所有人的目光都盯在了凤雪的行踪上。

凤雪自然知道她的一举一动都在天下人的眼里，她周围到底有多少人在监视她，她也一清二楚。但是她不想去理睬，她现在一定要找到青衣。

青衣陪伴她多年，她的性子如何，凤雪自是明白。青衣绝对不会去毒害双蝶，所有的事情到底是谁弄出来的，这点她知道得很清楚。

双蝶的目的是什么，这与她无关，她可以坐视不理，但是她错在不该伤了她的人。一旦有谁伤了她的人，她凤雪必定十倍奉还！

屋里的窗子半开。

一枝开得正值灿烂的红梅从窗子外蔓延了进来。

暖暖的阳光懒懒地透过窗子洒在红梅上，带着扑鼻的芬芳照耀着窗前的凤雪。

也许是闻到了梅花的清香，凤雪的眼眸中那抹凌厉渐渐消散，一抹柔色自瞳孔浅浅地扩散。慢慢地，凤雪唇上的线条柔和了起来。

她与离歌第一次相识时，梅花也是开得如此灿烂。

“女人，你为什么要哭？”

梅花树下，凤雪掩面蹲着，长长的白色裙摆覆盖在雪上，裙摆上有着几片从树上掉落下来的梅花花瓣。

听到响起的声音，凤雪一怔，硬是把眼眶里的眼泪逼了回去，她抿紧双唇，站了起来。尽管她的脸上千疮百孔，伤痕累累，但是她的头依然微微仰起，就如同身后的梅花一样的傲然。

而那一条条如蜈蚣般的伤疤却一点也不损她高贵的气质。

“你是谁？”清亮的声音。

离歌盯着她，心中微微赞叹，眼前的人的气质实在难得，是万中挑一的。

蓦地，一串琉璃珠手链映入了他的眼中，再瞧了瞧那张伤痕累累的脸，眼里闪过一抹了然。

离歌轻笑，浅褐色的眸子盛满了阳光。

"女人，你是凤雪公主。"

盯着他的眸子，凤雪有一瞬间的沉沦。

眼前的人一袭白衣，尽管容貌平凡，可是那双褐色的眸子却如冬日里的阳光，屏去了寒霜，带来了温暖，让她几乎忘记了在及笄大典上带来的悲伤。

但是凤雪很快从阳光中走了出来，她警惕地看着他，又望了望四周。

"女人，你周围没有人。"

"你是谁？"凤雪依然微微仰着头，目光凌厉。

离歌盯着她凌厉的目光，忽然他的心中隐隐一痛，他看到了她的凌厉背后是苦苦隐藏的悲痛。

心一动，离歌倏地跳到她面前，温热的双手抚上她脸上的伤痕，褐色的眸子里溢着淡淡的温柔。

一阵寒风拂过，梅花树的树枝轻颤。

凤雪却感觉不到任何的寒冷，在那双温热的双手抚上脸时，她早已怔住，惊讶于那双手带来的心悸以及那心中的温暖。

"女人，我是可以治好你脸的大夫。"

凤雪的睫毛轻轻一颤。

看着那带着怜意的褐色眸子，凤雪微微咬唇："……条件？"

怜意散去，笑意慢慢聚拢在一起，带着阳光，带着温暖，带着芬芳。离歌轻声说道："女人，我要见到最真实的你。"

梅花轻轻飘下，在两人身旁落下，点缀着雪白的大地。

一朵红色的花瓣落在了凤雪的眸上，她闭起了双眼，睫毛轻颤了一下后，花瓣缓缓落下。

在花瓣落在地上时，她睁开了双眸，眸子如河水般清澈。

"……好。"

凤雪望着窗外的那棵梅花树，眼底是暖暖的回忆眼神。

蓦地，那温暖倏地消失，一抹冰冷浮上了眼底。

梅花树下出现了一个杏色的身影，而那个身影正是如今王府的当红丫鬟，侧王妃的贴身婢女——紫杏。

紫杏有些紧张，袖子里的双手紧紧地握着，甚至有丝丝热汗沁出。她是第一

次进入雪楼。

她见过几次王妃，王妃脸上的伤疤尽管吓人，但是令她真正恐惧的却是王妃的双眼。王妃的眼神似乎永远都是一成不变的，总是淡然的神情。可是那淡然之中却带有几分如鹰眼般的锐利，每一步的举动仿佛都落在她的眼皮子底下。

如果这不是侧王妃的命令，她宁愿去面对一个凶神恶煞的魁梧大汉，也不愿面对王妃。

紫杏走到雪楼的门前，停了下来。

梳妆台上有一层细碎的阳光。

隐约可以看到上面铺着层灰尘，阳光下，灰尘闪亮闪亮的。

自从青衣失踪后，凤雪也未曾让人进过雪楼。她不喜欢让雪楼染上陌生人的气息。

这次青衣的失踪实在蹊跷，青衣不可能一个多月了都不与凤雪联系。以青衣的性格，即使是天塌下来了，也会想尽办法跟她联系。

而这次——

只有一个可能！

凤雪的拳头一握，神色变得沉重起来。

双蝶把青衣藏起来了。

蓦地，凤雪听到雪楼外犹豫不决的脚步声突然变得坚定了起来，似乎决定了什么事情似的。

她的眸光倏地一冷。

紫杏紧咬下唇，伸出手，准备推门。

这时，“吱呀”一声，门打开了。

凤雪冷眼一扫，紫杏的心高高地吊了起来，一触到凤雪的双眼，她就有一种想逃的冲动，可是一想起侧王妃的命令，她就不得不硬下头皮。

紫杏屈膝，恭敬地道：“紫杏见过王妃。”

“嗯。”声音淡淡的。

“侧王妃听闻王妃喜爱吃梅花糕，特地亲自为王妃准备了梅花糕，希望王妃可以念在侧王妃身怀六甲的分上，赏脸去蝶楼品尝侧王妃的心意。”

凤雪的唇角微微翘起，唇角边带着丝冷冷的嘲讽。

紫杏一直垂着头，没有发现凤雪唇角上的嘲讽。

“好。”凤雪应道，眸子里泛起了一圈涟漪。

蝶楼。

双蝶一身华服，当初嫁入王府时的风尘在每天绫罗绸缎、鲍参翅肚的滋养下，早已消失得无影无踪。如今的双蝶，一举一动都带着一股贵妇的气质。

双蝶坐在檀木桌前，她的肚子微微隆起。

她红唇带笑，银色的眸子柔光微闪，散发着母性的光辉。

凤雪一进来，见到的就是这样的场景——深褐色的檀木桌上，摆着一碟淡色的梅花糕。双蝶神色温柔地坐在桌前，双手轻抚着肚子。

凤雪的眉头轻轻一皱，但转眼间又恢复成原来淡然的样子。

双蝶连忙站了起来，刚要曲膝，凤雪身后的紫杏连忙扶住她，道：“侧王妃，王爷吩咐过侧王妃有孕在身，在王府里不必向任何人行礼。”

双蝶轻轻一笑，站直了身子：“王妃莫要见怪。”

凤雪淡淡地道：“无碍。”

她扫视了一下周围，蝶楼的规格与雪楼比起来不分上下，里面的摆设通通都极其珍贵，甚至有些是万金难得。

看来司徒行云对双蝶真是宠爱之至。

“紫杏，先退下吧！”双蝶摆摆手屏退了紫杏，她坐了下来，对着凤雪笑道：“王妃，双蝶听闻你喜爱吃梅花糕，特地让厨娘教双蝶做。”她将梅花糕推到凤雪面前，有些腼腆地道：“双蝶第一次做的糕点，希望王妃可以赏脸。”

凤雪瞥了梅花糕一眼，淡淡地道：“我不喜欢吃梅花糕。”

双蝶微微咬唇，脸上有些尴尬：“可是王爷说……”

“他说的？”

双蝶点了点头，有些可惜地道：“王爷去早朝了，不然王妃就可以亲自问王爷。前几天，王爷告诉双蝶，王妃喜欢吃梅花糕。”

凤雪的唇角染上了一抹冷笑。蓦地，她的目光落在了双蝶发髻上的珠花上，一朵小巧的红花，正是她那天所送的红颜露花。

注意到了凤雪的视线，双蝶的手抚上了发髻上的红颜露花，她妩媚一笑：“王

妃所送的红颜露花果然名不虚传，双蝶很喜欢呢！每次王爷看到双蝶头上的红颜露花时，目光都会停留在上面很久很久。”

凤雪淡淡地看了那朵红颜露花一眼后，转移了视线，落在她的银眸上，眼里泛起一丝涟漪。

“非常感谢王妃将红颜露花送给了双蝶呢！”她的声音听起来似乎别有深意。

凤雪扬眉，声音淡然：“不过是一件我不喜爱的东西罢了。”

双蝶咬唇，垂眸，眼底下水波波澜起伏。

许久，她抬眸，眸中水光粼粼，漾着回忆的柔光：“双蝶和王爷很早就认识了呢！嗯……就是在王爷的家乡枫城认识的，那年双蝶贪玩跑进了枫林，结果却遇到了一群盗贼，好在遇到了王爷舍身相救，将盗贼打得落花流水，不然双蝶早就遭人玷污了。”

凤雪微怔，盯着她眼底下的柔光，她的神色变得很奇怪：“你怎么知道你遇到的就是行云？”

“当时有家仆来找王爷，叫的就是司徒公子，而且王爷也亲口承认了。”双蝶眨着双眼，说道。

凤雪垂眸。

她记得司徒行云跟她说过，他小时候就只救过一个小姑娘，而且当时司徒行云并没有把盗贼打得落花流水。

蓦地，那天拜祭的情景浮上了脑海。在司徒家能叫司徒公子的就只有司徒行云和他的二弟，难道——

她的瞳孔猛地一紧！

凤雪闭上了双眼，一声低低的叹息从口中溢出。

“从那天起，双蝶就对王爷一见倾心。为此不远万里来到都城，可是却误堕青楼，好在还是遇到了王爷呢！”双蝶的红唇抿出一个幸福的笑容。

凤雪睁开了双眼，目光落在她眸子底下的那抹幸福上。

突然，她觉得双蝶是一个可怜的女人。归根究底，都是天意弄人。

“王妃是怎样认识王爷的呢？”

凤雪微怔，轻轻地扇了扇睫毛，她答道：“父皇赐婚。”

“哦。”双蝶的声音听起来似乎有些失望，她拿起了一块梅花糕送入了嘴中后，眨了眨双眼，问道，“王妃真的不吃吗？双蝶真的很用心去做的。”

盯着她的银眸，凤雪顿时心生感慨。

她点了点头。

拿起一块梅花糕，凤雪轻咬了一口，一阵淡淡的梅花香从口中散开。蓦地，她放下了手中的梅花糕。

她想起了青衣做的梅花糕，不甜不腻，味道刚刚好。

如果双蝶没有害青衣的话，或许这个梅花糕她还吃得下去。但是这个世间没有如果……

双蝶有些失望，张了张嘴刚想说些什么时，紫杏慌慌张张地跑了进来，顾不得礼仪，她吞了吞口水，上气不接下气地说道："侧……侧王妃，找到青衣了！就在白骨崖上！"

凤雪猛地站了起来。

在紫杏的话音落下时，凤雪就已经从蝶楼里消失了。

马车上，凤雪静静地坐着。

马车缓缓地向白骨崖驶去。

她知道，双蝶无非想引她去白骨崖罢了！她不出现在白骨崖，青衣必然也就不会出现。既然如此，她就如她所愿！

所有事情，都在今天解决！

蝶楼。

檀木桌上的梅花糕摆得零散，凤雪只咬过一口的梅花糕静静地躺在檀木桌的边缘上。

望着梅花糕上的那一个小缺口，双蝶的银眸里划过一丝银光。

"紫杏，备马车，去白骨崖。另外通知总管，在王爷上完早朝回府后，立即告诉王爷青衣在白骨崖被找到，王妃欲对侧王妃不利。"

第二十五章·真真假假

白骨崖。

凤溪人都知道,从白骨崖掉下去的人从未有过生还,即使是轻功再高的人。

凤雪从马车里走下。

她屏退了从王府里跟来的下人和马车,走到崖尖上,高高地伫立着。

风很大,带着死人的阴冷。

凤雪微微仰着头,等待着双蝶的到来。

父皇这几天精神好了很多,也开始上早朝了。双蝶之所以会在今天找她,是因为司徒行云上早朝了吧!

蓦地,她想起了双蝶的梅花糕。

她不确定那碟梅花糕是否有毒,但是双蝶的确是吃了。无论那碟梅花糕有没有毒,她都不后悔吃进去,只为当时双蝶眸中那抹可怜的幸福以及心底莫名的内疚。

倏地,凤雪竖起了耳朵。她刚刚似乎听到了一声极其微弱的声音,但一瞬间又被风声覆盖。

风在耳边呼呼地吹,凤雪把吹乱的头发弄好后,闭上了双眼,凝神细听。

“……公主……”

凤雪的瞳孔猛地一缩，眸子里划过一丝亮光，照亮了她的整张脸。

“青衣！”

凤雪转身，垂下的长发在空中轻轻飘舞。

一条刺眼的弯弯曲曲的血线从不远处的大石块一直蔓延到凤雪的跟前，而青衣趴在地上，头发蓬乱，瘦削的脸上印着数不清的巴掌印，身上的衣裙血迹斑斑，双手亦是伤痕累累。

不难看出，青衣是从那块大石块后面逃出来的。

凤雪死死地咬着双唇，看着满身伤痕的青衣，她的眼里闪过一抹狠色。

“……公主……青衣……”青衣很努力地张开嘴，似乎想说些什么，可是说了几个字后，又无力地闭上。

她连忙扶起青衣，用衣袖擦拭她脸上的血痕：“青衣，不要说话。我知道，我什么都知道。”

凤雪的手微微颤抖着。

白骨崖上的风很大，就像一条鞭子狠狠地抽打着每一个在崖上的人。

凤雪的头发被风吹得乱七八糟，甚至有些盖住了双眼。凤雪随意用手将青丝向后一撩，带着血迹的衣袖擦过了脸庞。

凤雪没有去理会，此时的她心急如焚，恨不得以前跟离歌学的是医术而非武功，就连自己易过容的脸不能沾血，否则一个时辰内就会毁掉的这点，都忘了……

“公主……青衣想……咳咳……”或许因为风太大的原因，青衣的声音显得异常微弱，突然间，她猛咳了起来，一口鲜血猛地从口中喷出，正中凤雪的侧脸。

大量的鲜血加快了脸上伤疤的融化，甚至开始发出“吱吱”的声音，而凤雪此时眼中只有满身伤痕的青衣的存在，脸上隐隐传来的疼痛都被心中的伤痛以及满心的恨意给覆盖住了。

“公……公主……”虚弱的声音中带着丝丝惊讶，青衣的眼睛缓缓睁大。她的瞳孔中映出了一张血淋淋的脸，而那张脸上原本是深深的瘢痕随着血滴正在一点一点地掉落，红色的背后是白得惊人的肌肤。

可是青衣来不及说什么，一阵锥心的痛楚从心窝处随着血液流遍全身，她再次喷出了一口鲜血，再次正中凤雪的另一侧脸。

“……公主……青衣……恐……恐怕不能服侍你到终老了……青……青

衣……”

断断续续的话让凤雪心惊。

青衣从小就开始陪伴着她长大，对于她，青衣不是婢女，而是一个可以说知心话的青梅竹马。

“青衣，不要说话。”凤雪一手搂住青衣的腰，另一手将内力从她的背部传入，“你不会有事的，我带你去绝尘谷。离歌一定会救你的！”

“咳……咳咳……”凤雪的内力起了不少的作用，青衣这次咳嗽没有咳出血来了。而放在青衣背上的手也渐渐放下了。

倏地，车轮滚滚的声音，马蹄奔跑的声音，刀枪碰撞的声音以及风的呼呼声在白骨崖上汇成一曲令人心惊的歌。

云朵遮住了太阳，漫天的黄沙，漫天的昏黄……这一切仿佛在预示着白骨崖上将会有一场惊天动地的对决！

凤雪睫毛轻颤，用干净的衣袖一端抹去了脸上的血迹，她一手扶着青衣，另一手放在背后，头微微仰着，淡漠的目光直直地落在不远的地方。

双蝶立在马车前，一只手放在挺起的肚子上，另一只手撑着腰。她的身后是一群带着刀枪的侍卫。

风很大。

凤雪的脸被吹乱的发丝遮住了。依偎着凤雪的青衣也知道了此时事情的严重性，她垂下了头，忍着疼痛，默不作声。

双蝶走到凤雪跟前。

这时，风竟然奇迹般地停住了，云朵离开了太阳，而覆在凤雪的脸上的发丝也垂在了一旁。

阳光照耀在凤雪的脸上。

伤疤完全脱落，脱落的地方后是白皙的肌肤，那是一种长久未见阳光的白，但是却白得令人惊艳。

双蝶不可思议地睁大了双眼，话完全说不出口。

这时，凤雪倏地想起刚刚青衣的血大量喷到自己脸上了。眸中泛过一丝涟漪。下一刻，她撕下那张已经破烂不堪的脸皮。

阳光在她的脸上跳跃。

一张未施粉黛的脸。

唇不点而红，眉不画而黛，她的脸仿佛集聚了天下间的日月精华。在她的脸呈现在万物面前时，所有东西立即失去了所有的光彩，仿佛都甘愿当一片绿叶，默默地装饰在她的背后。

那是一张不能用美丽的辞藻描绘的脸。

所有在场的人都被凤雪所震撼，那种自体内自然地存在的高贵让他们膜拜，所有的侍卫情不自禁地跪下，高呼："王妃——"

在凤雪撕下脸皮的那一刹那，双蝶完完全全窒息了！她从来不敢想象这世间会有这样美的人，那种美让她震撼，让她不能言语，让她颤抖，让她疯狂地嫉妒！

过了许久，双蝶才从紧抿的唇角中艰难地吐出一个字来："你——"

凤雪看着双蝶，眸子里平静如波，淡漠如水。她知道，面对敌人时，淡漠是最好的武装，无论自己有多恨那个敌人。

"我的毁容早已治好，只是我不愿意让任何人知道罢了。"凤雪扬眉，唇角微勾，一颦一笑间尽是光芒万丈。

双蝶的脑里"轰"的一声炸开了！

埋藏已久的嫉妒以及不甘从心底的深处轰然迸发，银色的眸子里充满了无尽的恨意。美丽的脸瞬间变得狰狞起来。

但是下一刻，所有的眼神随风消散，眸子里又是一片醉人的银湖。

她低垂着头，轻抚着微微鼓起的肚子。

"双蝶从小就很喜欢王爷，喜欢到不可自拔的地步。为了王爷，双蝶甘愿堕入青楼，只为有能与王爷相见的一天。而且王爷与双蝶从小就认识了，并且互相交心。如果不是皇上的赐婚，双蝶就一定会是平延王府里的王妃。"

"现在你的侧王妃身份跟王妃身份有什么差别？"

"有！"双蝶猛地抬头，她紧抿着双唇！

仿佛看出了她的心思，凤雪淡淡地指出事实："以后司徒行云会有更多的女人！"

"那不同！"如果没有了凤雪，那么王爷的心就会只在她身上，而不是只分了一小半给她，更不会每晚都在梦中呢喃"我的王妃……雪儿……"之类的话。如果凤雪没有出现，那么王爷从头到尾都会只属于她一个人！

突然，凤雪感到身旁的青衣身体颤了下，似乎在忍着极大的剧痛。

"那是你的想法，现在所有的事情都与我无关。"凤雪抬起脚，准备离开白骨

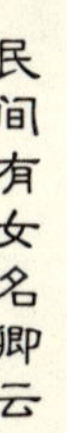

崖。她得赶快去绝尘谷。青衣快撑不住了。

看了一眼青衣，双蝶的唇瓣扬起一个诡异的笑容。

“不，只要你不在了。王爷就是我的了。”双蝶的眸中划过一道锐利的银光，她的袖中滑下一根锋利的簪子。

双蝶手握簪子，以迅雷不及掩耳之势向青衣射去。

凤雪一个转身，两指夹住了那根簪子，此时她们的位置也来了个大转变：双蝶退后了几步，站在崖尖处，凤雪搂着青衣站在双蝶的对面。

身后一大群侍卫看到的却是不同的景象：

王妃将侧王妃逼向悬崖边，一手搂着婢女青衣，另一手高举簪子，锋利的簪尾正对侧王妃的肚子。

双蝶的脸色有些苍白，她感觉到了后面的万丈深渊。但是突然地，她紧握着拳头，仰着头，眸子闪着隐隐的水光。

“王妃，青衣不是双蝶害的。真的不是双蝶害的。”

忽然，看着她的眸中的水光，凤雪似乎察觉到了什么，她竖起了耳朵。呼呼的风声中夹杂着马蹄奔跑的声音。

眸子里泛起了圈圈涟漪，但是眨眼即逝。凤雪的唇角微微勾起。这场戏，她奉陪到底。

“双蝶。”凤雪轻声叫道。

她的声调提高：“我凤雪绝对不会让任何人伤害我身边的人，一旦伤害，我必定十倍奉还！”

风在疯狂地舞动，将凤雪的话扩散，扩散到在场的所有人都听得一清二楚，包括那个穿着朝服刚下朝就赶来的脸上着急万分的男人。

司徒行云听到这话时，先是怔了下，但是当他看见眼前的景象时，他不容多想，立即飞奔上前。

但在看到凤雪坚挺的背部时，司徒行云的心莫名地划过一抹心疼。

他停住了脚步。

“雪儿。”他声音出奇的温柔。

双蝶见到司徒行云眼底那抹不舍和温柔时，她身后的拳头握了握。晶莹的泪水在她的眼眶中打转，双肩微颤：“王爷，双蝶真的没有害青衣。”发髻上的绿色流苏在风中飘扬，一袭绿衣的双蝶在风中啜泣，宛若风中的杨柳，让人怜惜万分。

"雪儿，不要激动。青衣的事情我不追究了。让蝶儿过来。"司徒行云轻手轻脚地向她靠近。

"你答应过我，不会伤害我的人。现在你又做了什么？现在无论你追不追究，都与我无关。"冰冷的声音比腊月里的深寒还要令人心寒。

突然，一直默不作声的青衣开了口。她的声音很轻很轻，比那风还要轻，轻到让人抓不住。

"……公主，青衣好想睡觉。"

凤雪一颤，她搂紧了青衣："不要睡，我们去找神医离歌。他一定会治好你的。"

"嗯……公主的话，青衣一定会听的。青衣不睡，青衣不睡，青衣还没有见到卿云姑娘，也没有看见公主幸福地生活，青衣真的真的不想那么快就离开公主。可是，青衣真的好想……好想……睡……"

白骨崖上的风很大，将青衣的话吹得很远很远。

凤雪紧抿着唇，眼眶微红，她努力让自己微笑起来："青衣从来没有违背过我的命令，所以青衣这次也不能违背。不然，我……就不要你侍候我了。"说到最后，凤雪的话音里已经开始带有丝丝哭音。

司徒行云听出来了。他怔怔地凝视着她的背，心里微微刺痛。

而此时双蝶小心翼翼地向前挪动着脚步，完全没有人注意到她。

突然，似乎踩到了地上的石子，她整个人向凤雪扑去。

沉浸在悲痛中的凤雪来不及反应，就被突如其来的状况给怔住了，连搂住青衣的双手也在不知不觉中……

松掉了。

本来就已经是奄奄一息的青衣，受到双蝶的碰撞，再加上一直依靠的凤雪突然的松手，她整个人向悬崖边倒去。

"……公主……"

像一根燃烧到最后的蜡烛，终究被风灭去最后的微光，从此消失在世上。

"青衣！——"凤雪的眼睛惊恐地睁大，她猛地推开了双蝶，而一边的司徒行云连忙接住。

凤雪不敢置信地跪趴在悬崖边，她直直地盯着弥漫着雾气的深渊，身体在不停地颤抖！

她在呐喊！

“青衣！青衣！青衣！——”

司徒行云心中狠狠地痛了起来。

“雪儿。”他走到凤雪的身后，双蝶也跟着走上前。

司徒行云的唤声让凤雪从悲痛中醒了过来，她的眸子弥漫着铺天盖地的恨意。她站了起来，转身，迎风而立。

在凤雪转过身来的那一刻，司徒行云完完全全地愣住了！

她的脸……

突然，司徒行云的眼睛眯了起来：“你骗我！”

凤雪大笑：“司徒行云，你不值得我骗。”她的目光落在一旁的双蝶身上，刚刚青衣掉下悬崖的那一幕再次在她的脑子里重演。

顿时，所有所有的情绪从心底猛地冲向大脑。

墨玉般的眸子溢出一阵银光，银色渐渐充满了她的双眸。银光完全消失后，一对银色的眸子出现在所有人的面前。

“司徒行云，当年在枫林里盗贼不是被你赶走的，而是被我突然变化的眸子吓跑的。”

话一出，司徒行云和双蝶都愣住了。

突然，似乎想清楚了什么似的，司徒行云的眼里欣喜若狂：“雪儿，那个红衣姑娘是你！”

双蝶抿住了嘴唇，银眸中有着难以置信的眼神。难道说，当年救她的不是王爷？！

见到他眼里的欣喜，凤雪冷笑。

“司徒行云，是不是已经没关系了。我说过你会后悔的。”

“雪儿，你嫁我那天你我就已经连在一起了，这辈子都会牵扯不清。你敢说你没有对我动过心？”司徒行云挑眉，墨玉般的眸子里尽是笃定的神情。

凤雪再次冷笑：“是，我是对你动过心，而且也差点就爱上你了。但从你迎娶双蝶那天开始，所有的动心所有的喜欢都过去了。而且——”凤雪抚上左胸处，“一旦过去了，这里的位置就再也没有你的存在了！”

凤雪的声音越来越高，眸子里的那抹银色越来越浓。

司徒行云感觉到了锥心的痛。

蓦地，一阵噬心的痛楚从腹部再传到心底，凤雪感到一阵眩晕，嘴里一股淡淡的梅花香。

凤雪看了一眼双目无神的双蝶后，目光再次落到司徒行云身上。

凤雪刚想说些什么，可是眩晕越来越多，风越来越大，仿佛可以随时把她吹下去似的。

这时，小腹处爆发出一阵前所未有的剧痛，仿佛五脏六腑完全扭曲，血液倒流。凤雪喷出一口鲜红的血，整个人向悬崖落下，就像一片秋叶脱离了树枝。

司徒行云连忙拉住她的手。

顿时，凤雪的身子挂在半空中。

“雪儿，我拉你上来。”

凤雪盯着他的眸子，恍惚中，脑里似乎有个声音：“松开手后，你就自由了。”

自由……自由……她渴望的自由……

就在司徒行云用力之际，凤雪的唇角绽开一个灿烂之极的笑容，像夜空里璀璨的烟花。

“司徒行云，我会让你后悔一辈子的。”凤雪用尽最后的力气，松开了司徒行云紧抓住她的手。

凤雪从悬崖边垂直下落，眨眼的瞬间，就消失在无底的深渊中。

司徒行云怔怔地看着空空的双手，仿佛刚刚的温热只是一场半夜里不真实的梦境。

他对着深渊大吼：“雪儿——”

白骨崖上的风依然在疯狂地舞动，只是这次的风中带着种不可言喻的悲凉。

第二卷　命落离宫结良缘

第一章 · 天翻地覆

凤溪 221 年 4 月，凤雪公主丧生于白骨崖，年仅十八。皇上闻后，不禁大悲，几日后，病危驾崩。

凤溪一时无主，唯一子嗣凤雪早逝，朝中大臣纷纷劝进司徒行云，而此时宦官蓝公公呈上皇帝遗诏。诏曰："公主之夫司徒行云，人品贵重，深肖朕躬，必能克承大统。着继朕登极，继皇帝位。"

凤溪 221 年 5 月，司徒行云祭天地，祭凤溪祖先。同月，司徒行云登基，继先皇年号。

凤溪 221 年 6 月，司徒行云追封凤雪公主为文淑皇后，封双蝶为蝶妃。同月，司徒行云建"念雪楼"，以思皇后。

凤溪 221 年 7 月，司徒行云大赦天下，百姓高呼万岁。

皇宫。

念雪楼。

司徒行云一身明黄色龙袍，他伫立在念雪楼的最高处，眺望着远方。

念雪楼建得很高，可以说是皇宫乃至都城里最高的建筑。

他的眼皮底下，江山尽收。

可是墨玉般的眸子中却有着浅浅的寂寥和淡淡的悲切，尽管如今整个天下都是他的了。

夜空布满了繁星，今夜应是个春江花月夜。

可是心中有一抹哀愁，一抹永远也消除不了的哀愁。

他仰望星空。

火红如枫的衣裳，朦胧醉人的银眸，倾国倾城的容颜……在他的眼前一一闪过，最后化为陨落的流星，带着曾经的灿烂消失在天际。而最终留在心底深处的却是那张伤痕交错的脸以及那双澄澈分明的眸子。即使经过了沧海桑田，这些都会是永恒的回忆。

蓦地，他苦笑出声。

那抹银色遮住了他的双眼，迷惑了他心中的真实。

他知道，在看到那双澄澈的眸子时，那抹银色就已经渐渐褪色，渐渐被取代。只是……

他们之间有太多的羁绊，太多的对立，太多的错过……还有他对高高在上的渴望……

所以他不愿承认，甘愿自欺欺人。

如果他早早承认事实，那么无论那抹银色是她还是她，所有的结果是否会不同？

但是这世上没有如果！

他的瞳孔猛地一缩，射出金属质地的寒冷和锐利。

他是凤溪的帝王！

这是他的选择！

倏地，他看到蓝公公在念雪楼前四处张望，想起今早答应过蝶妃今晚去蝶宫。想起双蝶，他的眸子里闪过复杂的情绪。黑夜里，黑眸越发晶亮。

她所做的事情，他并非不知。只是……她非但孕有凤溪的龙儿，而且还是一颗他也不能毁的棋子。

离宫。

君无痕一袭黑衣。他的脸有些瘦削，下颚间甚至有些胡须。冰蓝色的眸子里布满了血丝。

白骨崖的下面，找不到他心中的人儿。

知道她掉入白骨崖的那一刻，一颗心痛得不能呼吸。曾经有那么一刹那，他是如此地想把司徒行云的脖颈狠狠地掐住，直至窒息。

但是他不能。

他知道云儿心中的无奈与身上的皇族枷锁。

即便是她死，她也不愿意看见他死，看见那个掌握天下的男人死去。他的云儿是公主，她希望的是天下太平，苍生幸福。

只要是云儿心中所想，他就能做到，即使他有多恨那个男人。

他低头垂望着光滑的镜面，抚着梨镜上的十九朵梨花。倏地，冰蓝色的眸子中迅速划过一抹恨意。

如果梨镜没有离宫之妻的提示，那么他必当全心掳获云儿的芳心。如果他得到她的心，那么这一切是否又会有所不同？

烛光摇曳，他的影子拉得很长很长，仿佛带着一股决然。

他高举梨镜。

他的心慌乱得不能思考，痛得不能跳动！体内仿佛有一个疯狂的呼声——摔烂它！摔烂它！

倏地，离宫所有的一切在他的眼前一晃而过。冰蓝色的眸子渐渐恢复平静，如海洋般湛蓝。

就在准备放下梨镜的那一刻，离镜的十九朵梨花突然绽放出慑人的白光。他的眼睛微微眯了起来。

光滑的镜面中，四行歪斜的字体在光芒中缓缓消散，两个大字慢慢地浮出镜面。白光逐渐消失，他看清楚了梨镜上的两个大字。

冰蓝色的眸子中顿时溢满了惊讶以及铺天盖地的欣喜。唇角上有一抹自内心发出的笑容，他的眼角乃至整张脸都沉浸在笑容当中。

她没死，而且她将会是他名正言顺的妻子！

绝尘谷。

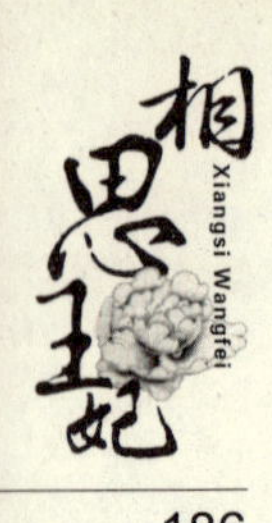

木床上有一个女人。

她很安静很安静地睡着，脸色苍白，毫无血色，静得就像死人一样。如果不是偶尔微蹙的眉头，他真的以为她死了。

他在她的头上轻轻地扭转着一根细微的针。

床上的女人逐渐清醒，她缓缓睁开了双眼，眸中一片空洞、茫然。她眨了眨双眼后，又再次使劲地眨了眨眼睛，眸中依然空洞和茫然。只是这次表情带着几分惊恐。

他轻声道："你的脑后有血块，等血块消散了，你就看得见了。"

她怔了下，下意识地向后退缩："你……你……是谁？"

"我是离歌，这里是绝尘谷。"

她再次一怔。脑里闪过一句话："青衣，我带你去绝尘谷找离歌。"坚定的话语让她为之一颤。

泪不禁从空洞的眼里滑下，泪如雨下。

"公主……公主……"突然，似乎想起了什么，她连忙跪在床上，使劲地磕头，尽管她看不见他在哪里，"离歌神医，求你送我回平延王府，我要待在公主身边！……公主只有一个人，很孤独……"

嘶哑的声音说到最后时，变得轻了起来。

离歌的心微微刺痛。他好像看见了那个女人用淡漠的神情、虚假的笑容活在世上，而内心却孤独得让人心痛，就如他们的第一次相遇。

卿云……

他扶起她，声音极其的轻柔："等你养好病，我就送你回她的身边。"

他的声音有一种诱惑人的魔力，她抹干眼泪，应道："好。"

等她睡下后，他走出了屋子，走进了梨花林。

那天他去白骨崖却找不到卿云的尸体，只找到悬挂在树上的青衣。不过，既然找不到，这就证明她仍然活在世上。

白骨崖的最深处连接的是退出江湖已久的仙老人的居处——仙谷，只是仙老人一向不问世事。退隐江湖前，他与绝尘老人一向交好，所以师父才会知道仙老人隐居在仙谷。

但是仙谷极难进入，里面所设的机关包含仙老人毕生所学。

仙老人退出江湖前，乃是叱咤风云的人物。那时的武林，两宫鼎立。一是以离宫宫主为首的离宫，二是以琴宫宫主为首的琴宫。琴宫乃是武林中的一大魔派，在正派联手时，仙老人与绝尘老人一起歼灭了琴宫宫主，从此琴宫销声匿迹，而仙老人与绝尘老人也一起隐退江湖。

他仰望着纷纷落下的梨花，轻叹了一声。

“女人，你在哪里？”

第二章·卿云苏醒

“离歌，你不能再催我了！我一定会写出续集来的。”卿云一脸不满地看着离歌，接着她瞪向身旁那只雪白的灵鸟：“臭鸟，滚一边去。”

“女人，怎么愁眉苦脸的？现在你可是自由身，没有公主这个身份的枷锁，现在你可以完全当你想当的卿云姑娘了。”离歌笑着，眸子里熠熠生辉。

“公主……呃……不，小姐，离歌公子也是为你好呀！再说青衣也很想看小姐写的续集，青衣等了很久了。”端进两杯参茶，青衣也在笑着。

“好呀！青衣，你现在只帮着离歌，完全把你家小姐给丢到一边去了。”卿云鼓起两腮，眼睛眨呀眨呀，里面是无尽的笑意。

“哎呀！小姐，青衣是为你好嘛！等你写完后，你还有一大堆事情要做呢！小姐千万不要忘记后天君公子约了你去郊外赏花。小姐，告诉你哦。那些花可是君

公子去年种下的，灿烂的程度可与绝尘谷相比。”

卿云的嘴角有些抽搐。

“对了，小姐，你不可以不去哦！上次你失约于君公子，弄得青衣给君公子解释了大半天，口水都干了，君公子才肯离去。不然，以君公子对小姐的执著程度，就算天塌下来，他也会继续在那里等的。”青衣轻笑，然后唠唠叨叨地念了一长串。

卿云带笑地看着离歌和青衣，眸子中闪着幸福的亮光。

但在下一刻，她的眼神黯了下来，她静静地看着离歌和青衣。

他们也静静地看着卿云。

卿云开口道：“虽然我很希望这是真实的，但是这毕竟太过美好，美好到只需轻轻一碰，就会碎掉。”她努力撑起一个笑容，伸出手，轻轻地向离歌和青衣碰去。还没有碰触到，他们瞬间化为碎片。晶莹的碎片映出了许许多多的人：司徒行云的，双蝶的，父皇的，母后的，蓝公公的……

下一刻，所有碎片消失。

而她掉入了永无止境的黑暗。

阳光从窗子的细缝中蔓延了进来，细碎的阳光洒在一张白净的脸上。那张脸孕育在阳光中，美得不可言喻。

蓦地，那张脸上细长的睫毛轻颤了一下，随即眼睛缓缓地睁开，仿佛刚刚从黑暗中出来而不适应阳光似的，那双美丽的眸子在一瞬间又闭了回去。

床上躺着一个女子，那个女子拥有倾国的容颜和一双澄澈的眸子。

她的脸格外苍白，嘴唇有些干裂。她紧闭着双眼，仿佛在回味刚刚的梦境，那个美好得不真实的梦境。最终，她还是低低地叹了声，缓缓地睁开了双眼。

而此时，她身边多了一个男子。

那个男子容貌俊朗，只是岁月却在他的眼里留下了痕迹，布满了沧桑。可见这个男子驻颜有术，并且武功深厚。否则，她不可能没有发现他的存在。

她刚想从床上坐起来，可是竟然全身乏力，仿佛她已经沉睡多天似的。最后，床边的男子把她扶了起来。她靠在壁上，目光通过敞开的门落在外面的景色上。

一棵迎风飘扬的柳树，几只跑得不亦乐乎的鸡，一个小巧的院子。这是个清幽的环境。

离歌曾经告诉过她，白骨崖下居住着仙老人。

清幽的隐居环境，深厚的武功，驻颜有术以及那双历经沧桑的眸子，不用说，他就是仙老人。

她抱拳：“在下卿云，久仰仙老前辈大名。”

仙老人盯着她，眼睛里先是闪过一丝赞赏，然后许多复杂的情绪一闪而逝。他点头：“卿云姑娘。”

感觉到全身的无力，卿云问道：“仙老前辈，我昏迷了多久？”

仙老人沉吟了会儿，说道：“将近半年。”

卿云怔了下，顿时感到时光飞逝，脸上有些感伤。

这外面的天，恐怕已经变了吧！

蓦地，卿云想起了她掉下白骨崖时，她是中了毒的。可是，她现在却感觉到神清气爽。

卿云暗暗运功。

倏地，她的瞳孔猛地紧缩，震撼、悲切、遗憾……在她的眸中依次划过。她的脸如纸般苍白，眼底的深处有一抹浅浅的脆弱。

“我……”

仙老人看着她，点了点头，仿佛在告诉她她心里所想的就是事实。看到她一脸的不敢置信，他开口说道：“你掉下来的时候，本身已经中了夜莲毒，再加上你体内又中了银蒙特纱族特有的毒，那种毒是可以引发夜莲毒的。而你掉到我家的门前时，夜莲毒已经开始发作了。那时唯一可以救你的方法，就只有废去你所有的武功。”

卿云抿紧唇，神色难测。突然，她的唇角绽开一朵笑花：“也就是说，我体内的毒都解完了？”

仙老人叹了声，脸色有些沉重：“不，废去你的武功只能消除夜莲毒，而银蒙特纱族的毒，我解不了。但是我把它封住了，以我的内力最多能封三个月。”

卿云皱了皱眉，她问道：“仙老前辈可有解救方法？”

仙老人沉思了片刻后，又去翻了几本泛黄的医书，他才答道：“据我所知，能解银蒙特纱族的毒的只有离宫宫主体内的真气。只要在三个月内，姑娘你可以得到离宫宫主体内的真气，那银蒙特纱族的毒就可以解了。”

咬了咬唇，卿云道：“如果得不到真气，那三个月后——”

“必死无疑。”

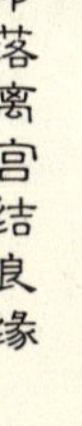

空气中一阵静谧，静得让人发指。

“姑娘，能救你命的就只有跟离宫宫主成亲了。还有三个月时间，姑娘你慢慢考虑吧。”

仙老人转身，准备离去。

此时，卿云开口：“感谢仙老前辈的救命之恩。”

仙老人轻轻地摇了摇头，却没有多说什么，就这样安静地离去。只是那双沧桑的眼睛却掀起滚滚的波涛，波涛下隐含着一抹难以发现的内疚。

仙谷里环境清幽，春天百花盛开，夏天凉风习习，秋天五谷丰收，冬天白雪皑皑。这里美得让人流连。

仙老人与卿云一老一少也相处得融洽，仙老人爱听稀奇古怪的故事，而卿云也爱讲故事，脑袋里总有千奇百怪的故事，经常讲得仙老人乐呵呵的。

而时光也在飞逝，不知不觉地，时间已经过了两个月。

卿云从未提过离宫，脸上一直都带着浅浅的笑容，只是偶尔眼底会闪过复杂的情绪以及挣扎的神情，而且有时还会浮起朦胧的水光，晶莹得不真实。

仙老人也一一将她的表情尽收眼底。

天空下起了点点的雪花，仙老人坐在河边钓鱼。白色雪花飘到河上，装饰着清澈的小河，就像一件透明的衣裳加上了白色的碎花。

“仙老前辈！”一袭白衣的男子突然出现在河的对面，他微微抱拳。

仙老人挑眉，细观了一下来人后，他笑道：“果然不凡，比起你师父当年更胜一筹。当年你师父闯我设的机关可是用了一年的时间。不错不错，竟然只用了半年的时间就可以闯入，实在是青出于蓝。”

“谢仙老前辈夸奖。”微风习习，衣衫飘飘，衫上的白与雪花融为一体，白衣男子的唇上漾着雪花般轻盈的笑容。

白衣男子突然抱拳：“仙老前辈，小生有事相求。”

看到他眼底的坚决，仙老人一笑：“是关于我谷中的那位姑娘的吧！前几晚你也去看望她了吧！”

白衣男子的眼底闪过一丝被人抓个正着的狼狈，但是下一刻他收敛住神情，再次抱拳：“是的。恳请仙老前辈帮忙。”

“呵呵，”仙老人放下鱼竿，抚着下巴，道，“说吧。”

“小生恳请仙老前辈封住她的一部分记忆，然后我送她到离宫。”白衣男子深吸了一口气，褐色的眸子中闪着坚定的光芒。

仙老人皱了皱浓眉：“为什么？”

白衣男子垂眸看着掉落到河面上的雪花，声音轻轻的，宛若雪花般缥缈：“我不愿意她痛苦。”

仙老人微微一怔。

河面上倒映着白衣男子的眼神，里面刻骨铭心、深到灵魂深处的爱意让历经沧桑的他也不禁为之一颤。

“好。我答应你。”

夜。

简洁的屋子里烛光明亮。

火盆里燃着暖暖的火。

自从没有武功后，卿云特别怕冷，每天晚上几乎都会冷醒。但是前几晚似乎没有了这种状况。

入睡后，她感觉不到寒冷，反倒是感觉体内有一股暖流，暖到心底，柔遍全身。而脸上也似乎曾经落下几片温热的羽毛，轻轻的，暖暖的，柔柔的，带着梨花的香味。

当她伸出手想去触摸那片温暖，留住那片温柔的梨花时，梦却醒了。

那永无止境的孤独像周遭的黑暗一样完完全全地包围着她。

“云丫头！云丫头？！”仙老人推开门，放下手中的鱼竿。一抬头，就看见卿云双目无神地看着火盆。

“啊，仙老头，你回来了。”卿云回过神，看到两手空空的仙老人，她笑道，“怎么今天一条鱼都没钓到？看来鱼儿都怕你了。”

仙老人不满地瞪了卿云一眼：“云丫头，钓鱼的乐趣在于过程！”

“是是是！开心就好。”

仙老人的神色有些奇怪，他盯着她许久，问道：“云丫头，你去不去离宫？”

卿云微怔，过了些许，她才说道：“等到那天再说吧！”她低垂着眼眸，明显是在逃避。

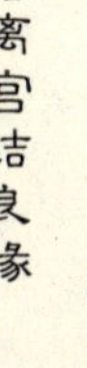

仙老人一挑浓眉:“云丫头,我可从未见过这么漂亮的人儿。如果离宫宫主见到,恐怕魂都要系在你身上了。”

卿云撇了撇嘴,不答话,继续看着火盆里的火。

许久,她搓了搓手,说道:“这几天好像没有那么冷了。”

仙老人在暗地里偷偷一笑。

火映着卿云的脸,她的脸红彤彤的,有种醉人的味道。远远望去,她浑身有一种高贵而又想让人亲近的气质。

仙老人在心中哀叹。这样的女子,在世间能掀起多少风浪,能让多少男子抛头颅,洒热血呀!

卿云看着仙老人的表情,抽搐着嘴角:“仙老头,怎么你今天变得多愁善感了?”

“喂!云丫头!老人家偶尔也要怀念一下逝去的青春嘛!哪像你,好好的大好年华不把握。”

“不理你了。我回房了。你自己一个人慢慢多愁善感吧!”卿云起身,准备回房。

这时,仙老人叫住了她。

“云丫头,我今天采到一种草药,有助于祛寒保暖。你含一棵试试。”仙老人从衣袖中拿出一棵长得很怪的草,递给了卿云。

卿云眼神有些奇怪,她看了仙老人一眼,接过了那棵草。

“你确定我吃了后不会有事?”

“喂喂!云丫头,你也不想想我是谁?我仙老人保证,绝对不会有事。”仙老人大拍胸脯。

再次奇怪地看了一下手中的草,犹豫了下,卿云吃了进去。

舌尖一碰到那棵草时,卿云的眼神顿时变得空洞,仙老人按住她的双肩,双眼紧紧地盯着她的眸子。顿时,仙老人的眸子发出异常的白光。紧接着,他不急不缓、一字一顿地说道:“你不是凤雪,你是卿云,从出生开始你的名字就是卿云。你只要记住一点——你是卿云!”

白光渐渐消散,卿云的眼睛也缓缓闭上,最后身子向后倒去。

此时一个白色的身影如闪电般地蹿进了屋子里,稳稳地接住了卿云。白衣男子向仙老人点头表示谢意:“多谢仙老前辈。”

“不用了。我也不希望云丫头出什么事。明天你送她去离宫吧！这时间算起来也差不多了。”仙老人摇了摇头，走进了房内。

白衣男子双手搂住卿云的纤腰，带着怜惜的眼神看着她瘦削的脸。他抿了抿唇，将她放在床上。

离开时，他俯下身，双唇落到她光滑的额头上，如雪花般轻盈。

“女人，你将不再孤独。”

第三章·命定之妻

天空飘着鹅毛大雪，光秃秃的枝丫上盛着白色的雪花，大团大团的，远远一望，就像怒放的白梅，让人的目光不禁在上面流连。

整个大地一片素白。

倏地，素白中多了一抹黑色。那是一抹令人发颤的黑色。

君无痕一袭黑衣，他的唇抿成一条绷紧的直线，冰蓝色的眸子中布满了血丝，看起来有些憔悴，但是依然不减他的风采。

他在离宫里的小道上漫步。

小道上积满了雪，君无痕的脚印深深地印在雪上，就如他此时心中的沉重。

还有十五天！

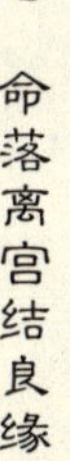

如果十五天过后，他找不到她，那她是否真的会像梨镜上所说的“香消玉殒”？

君无痕的拳头倏地握紧。

不！他绝不允许！

蓦地，细碎的脚步声响起。

君无痕瞳孔猛地一缩，所有的情绪立即隐藏在蓝眸之后，他沉声问道：“谁？！”锐利的目光射向大树后面。

一个抽气声在树后响起，紧接着一个紫色的身影踉踉跄跄地从树后走了出来。

是一位容貌清秀的姑娘。

君无痕顿时眉头一皱，他质问道：“离宫之人皆晓武功，而你——从刚刚的呼吸以及脚步看来，你完全不会武功。你是谁？”

“奴婢名紫衣，是昨天总管招入离宫当侍女的。总管让紫衣告诉尊主，无瑕小姐今日没有练琴跑出去玩了。”紫衣垂眸低头，轻声地一一应道。

君无痕眉头微微舒展，他摆了摆手：“无碍。练了那么久的琴，也该出去透透气了。多派些人手跟着她吧！”

“是。紫衣知道了。”

待紫衣退下后，君无痕的眸子变得湛蓝，如海洋般深沉。他仰望天空，大朵大朵的雪花滑过他的脸，又继续落在地上。

突然，一道带红的白光穿过空中飘落的白雪，稳稳地插在树上。

那是一支带着红缨的飞镖，飞镖上有一张洁净的纸。

君无痕瞳孔猛地一缩，立即屏息。可是却感觉不到周围任何气息的存在。他不禁暗暗赞叹，来人的武功必定与他在伯仲之间。

他拿下飞镖，打开那张折成方块的纸。

“尊主之妻，百里之外。往事已逝，望君惜之。”

字体清秀，但一笔一画却苍劲有力。

刹那间，惊喜、激动……许许多多的情绪从冰蓝色的眸子中划过。君无痕向四周抱拳：“感谢相助。”

下一刻，雪地中的黑色如闪电般快地消失，只剩下地上的红缨随雪飘舞。

渐渐地，渐渐地，大雪渐渐停下了。

一抹绿意从墙角处延伸了出来，在这雪白的大地中格外显眼，仿佛在宣告着春天的到来。

下过雪后的天空，空气特别新鲜。

雪路上，两个姑娘一前一后地在行走着。

只见其中前面的姑娘身着淡绿长裙，孔雀绿翎袭，如云的黑发仅用一根碧绿剔透的如意簪簪住，小巧的耳垂上挂着晶莹的绿色流苏耳坠，衬托着如玉的脸。那女子怀中紧紧地搂着一袋东西。

而后面的姑娘一身素蓝，样子也算清秀。

“无瑕小姐，尊主会不会生气呀？”一身素蓝的绿梅蹙着眉，眼底有些恐慌，“尊主从上年……嗯……就是凤雪公主死后那天开始，就变得很恐怖了。”本来尊主就不笑的，现在，就更加令人心惊了。特别是尊主的蓝眸，一不小心触及到他的目光，就一身冷汗。

玉无瑕皱了皱眉头：“无痕表哥才不恐怖呢！他只是在为最近有琴宫复辟这个谣言而烦恼。而且无痕表哥是不会生我的气的。”停顿了一下，她搂了搂怀中袋子，两腮有些嫣红，她问道，“不知无痕表哥会不会开心呢？”

绿梅笑道：“如果尊主知道无瑕小姐特地进城去天香楼买尊主最爱吃的飘云糕的话，一定会很高兴的。”

玉无瑕轻轻地点了点头，唇瓣漾开了一朵笑花。

“嗯。”

突然，无瑕的眼神黯了黯。过半个多月，无痕表哥就要娶妻了。

绿梅察觉出了无瑕背影的落寞，随即知道了她在想些什么。无瑕小姐喜欢尊主在离宫已是人人皆知，而尊主却只当做一个玩笑。她安慰道：“如果尊主命定的妻子没出现的话，那尊主就不会娶妻了。”

抿了抿唇，无瑕眼神更加黯淡：“可是如果半个月后无痕表哥娶不到命定的妻子，那么无痕表哥就会孤身寡人一辈子了，而且还会愧对离宫的列祖列宗。”

垂头看着地上的白雪，绿梅继续安慰道：“就算尊主娶了妻子，那也必定不如无瑕小姐美。整个武林有谁不知离宫的玉无瑕是武林里的第一美人。所以无瑕小姐放心啦！尊主夫人一定不够……哎呀……”

绿梅摸了摸被撞到的额头，她抬起头，抱怨道：“无瑕小姐，怎么走着走着就停了下来？”

"梨花仙子……"仿佛没有听到绿梅的话似的，玉无瑕怔怔地停在半路上，整个人呆住了，许久才低低地说出一句话来。

"梨花仙子？！无瑕小姐，怎么可能有仙子？！"绿梅侧过身，探出头，顺着玉无瑕的目光望去。

她立即怔住。

高大的树木下，一个未施粉黛的女子闭着双眼轻轻倚着树干。

那女子披着一件狐皮斗篷，露出了白色的裙摆，裙摆上绣着大朵大朵的梨花，高洁得让人不敢亵渎。乌黑如云的秀发披散着，发上仅斜插着一朵雪白的梨花，耳垂上垂挂着一对晶莹的梨花耳坠。

她静静地倚靠着树干，如流苏般细长的睫毛在平静的脸庞上投下一片淡淡的阴影。她坐在雪白的大地上，宛若误落凡尘的梨花仙子，美得让人窒息。

玉无瑕和绿梅完完全全怔住了，她们屏住呼吸，仿佛怕惊扰到了梨花仙子似的，她们静静地看着她。

倏地，空中刮过一道凌厉的风。

风止时，一抹黑色的身影准确地落在白衣姑娘的身旁。

玉无瑕一惊，立即叫道："无痕表哥！"

绿梅也大吃一惊，跟着叫道："尊主。"

而君无痕仿佛没有听到似的，此时的眼睛里只有他眼前的白衣姑娘。他心疼地看着她苍白的脸色，拍去斗篷上的雪，君无痕弯腰抱起她来后，立即使着轻功飞回离宫，完全没有注意到当场有两个人的存在。

"砰"的一声，玉无瑕怀中的袋子掉落在雪地上，白花花的飘云糕从袋子里滚了出来。她的脸色如纸般苍白。

而绿梅则是一直盯着君无痕离去的方向，眼里尽是不敢置信。她从来没有见过尊主会出现那种表情，那种深深的怜惜以及爱到疯狂的情意！

倏地，她想起了刚刚那位梨花仙子。

绿梅惊叫："梨花之髓，尊主之妻！那位梨花仙子就是尊主夫人！"

玉无瑕的脸色更是苍白，身子在风中摇摇欲坠，她死死地盯着雪地上滚落的飘云糕，心中顿时泛起如潮水般的疼痛。

下一刻，她晕倒在地。

一块跟她一样高的铜镜。

镜中忽明忽暗。

突然轰隆一声，铜镜化为一块一块的碎片，在她的周围飘浮着。

每一片碎片都映着不同的人。

她看向其中一块。

碎片里有一个身着明黄色龙袍的人，他的眉毛浓浓的，有着说不尽的威严，他笑着对她说道："皇儿，放心飞吧。飞向你喜欢的地方吧！"

另一块碎片里有一个头戴凤冠的女人，一脸慈祥，温柔地看着她，笑着说道："雪儿，虽然母后很想你，但是如果你找到了那个愿意为你绾青丝的人，那就飞吧！"

她的心中微微刺痛。

她看向其他碎片。

另一块碎片里有一个男人，他的眸子里如大海般深沉，偶尔还射出金属质地的锐利和阴冷，见到她的目光落在他身上时，他的眸子里顿时盛满了柔水："雪儿，我一定会找到你，即便你深陷地狱，我也要跟阎罗王抢人！"

她咬了咬唇，一种说不出是什么的情绪在心里蔓延着。

她转身，看向另外一块碎片。

碎片里有一个身着华服的女子，她有着娇媚如牡丹的容貌以及一双醉人的银眸，她死死地盯着她，狠狠地说道："迟早有一天，我会抢回所有我应得的！"

一股莫名的恨意从心底油然而生，但下一刻她却忍住了，抬头看向上面的碎片。

碎片里有一个青衣女子，她巧笑嫣然，清秀的脸庞绽放着春天的笑意："公主，青衣要一辈子侍候你，终生不嫁！"

她一怔，心中再次微微刺痛。

最后她的目光落在一块大碎片上。

碎片里有一个淡漠如水的女子，她一身华服，发上金光闪闪，气质高贵。但是，她的眼中却盛满着无奈，见到她时，她竟然轻轻一笑。刹那间，宛若春天里百花盛开。最后，她敛去了笑意，再次一脸的淡漠。她淡淡地对她说道："跟着自己的心走吧。"

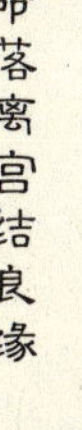

她死死盯着镜中与她长得一模一样的女子，蓦然发现自己早已泪流满面。

她的视野里一片朦胧，渐渐地，渐渐地，碎片里的人越发模糊。当她擦干眼泪时，碎片里的人早已消失，所有的碎片离她而去。

她陷入了一片空白中。

“云儿……云儿……怎么一身冷汗？！云儿，醒醒。云儿……”

卿云撇了撇嘴，不满地道：“好吵！谁在吵我？”

她揉了揉双眼后，缓缓地睁开了眼睛。

映入眼帘的是一对冰蓝色的眸子，见到她醒来，里面闪过欣喜、激动的神情。

倏地，卿云一怔，她咬着下唇。

他的眸子深处隐藏着深深的爱，那种爱，是即使天塌了下来也不会改变的一如既往的爱，那是一种疯狂的爱。

他……到底是谁？

君无痕有些惊慌。

她看他的表情很陌生，眼底是一片迷茫，仿佛不认识他似的。

他紧紧地握住她的双手，很用力很用力，用力到卿云皱起了眉头。

“痛。”

卿云想挣开她的手，但是却挣开不了。

“喂！你放手呀！好痛！”卿云停止挣扎，嘟着嘴，一脸不满地瞪着君无痕。

见到她的表情，君无痕突然笑出声来，他松开她的手，表情也微微放松。

“云儿，告诉我。你是谁？”静下心来，君无痕轻声问道。

卿云的眼底突然出现了一片朦胧，但眨眼即逝，她有些奇怪地看了他一眼后才答道：“我是卿云。你好奇怪，明明叫我云儿，又问我是……”

倏地，卿云惊讶地睁大了双眼，清澈的眸子里闪着不敢置信的光芒。

“你、你、你怎么知道我是卿云？”知道她是卿云的人就只有离歌一个，他不可能知道的。

君无痕依然一脸的平静，唇角上有一抹温柔的笑容。

“云儿，别激动。你先回答我的问题，然后我再一一告诉你你想知道的东西，好吗？”

冰蓝色的眸子中跳跃的光芒让她渐渐心安。

卿云点头。

"你知道现在的皇帝是谁吗？"

卿云沉思了一下后，摇了摇头，又点了点头："我昏睡了半年，与外界完全没有接触。不过皇帝当然是凤溪的皇帝，当然也不排除有人谋权篡位或者凤溪被其他国家占领了，又或者……"

君无痕哭笑不得地打断了她的话："云儿，你答我问题就可以了。不用把你写书的想象放到这里。"

卿云吐了吐舌头，俏皮地说道："天性嘛！"

君无痕无奈地看了看她，眼睛里尽是笑意。

"好，下个问题。你还记得平延王吗？"他问得有些小心翼翼。

卿云眨了眨双眼，摇了摇头。

"凤雪公主呢？"

再次摇头。

……

空气里一阵静谧。

卿云有些不耐烦地说道："你怎么总问些王爷公主？我不可能跟那些人打交道吧？"

君无痕拍了拍她的肩，示意她不要急躁。

他指着自己，眼底隐隐有些期待。

"那我是谁？"

卿云盯着他，发现了他眼底的期待。咬了咬唇，把到了口边的"不认识"吞了回去。她开始上下打量着他。

一袭素色的黑衣，衣襟的不显眼处有一片花瓣。花瓣鲜红如血，宛若一团烈焰，猖狂至极。

她记得离宫之人才会有这样的标志的。

再次看向他的眸子。

她记得武林尊主的眸子是冰蓝色的。

"呵呵……"卿云掩嘴轻笑，睫毛随着笑容轻轻颤动，"你是武林尊主君无痕。"

蓦地，卿云似乎想起了什么，她的表情变得有些尴尬。

君无痕的眼眸里瞬间爆发出无限的欣喜，但在下一刻却又黯淡了回去。他注意到了她的称呼。她是认出了他，而非记得他。

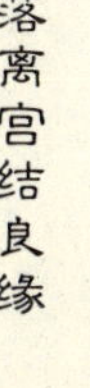

看到他黯淡的表情，卿云有些不解，她的声音带着隐隐的期望："你不是君无痕吗？"莫名地，她突然间希望他不是君无痕。如果他是的话，那……

君无痕蓦地想起那张纸里的话。

"往事已逝，望君惜之。"

他轻笑出声，握着她的手，冰蓝色的眸子里沁着无尽的温柔。他不愿意追究过往，他只愿意拥有现在。

"不，我是君无痕。"

卿云勉强地抿出一个笑容。

"云儿，你现在记得什么？"君无痕耐心地问着。

卿云的神色变得很奇怪，她盯着他："我是不是忘记了什么东西？怎么你总在问我记不记得什么？"

君无痕怔了怔，随即轻声说道："不要多想。你不是说你昏睡了半年吗？所以我现在考你的记忆。"

卿云半信半疑，但她还是答了他的问题。

"我是卿云，我从小就以写书为生，有很多很多人喜欢看我的书，而且经常催我写续集！特别是那个离歌！"说到离歌时，她鼓起了两腮，眸子里虽然是抱怨的神情，却不难发现抱怨的背后是一种惬意的轻松，"经常和那只笨鸟一起来催文，也不想想我写本书写得多辛苦！"

君无痕握着她的手，一分一分地收紧。

她眼底的神情，她口中的世界，她以前的记忆，是他从未涉及过的。她谈起离歌时，表情的轻松，眼神的缥缈，是他不能握住的。

那个素未谋面的离歌，在她的心底到底占多少分量？

"还有呢？"君无痕声音平静，但眸子里的冰蓝缓缓变成湛蓝泄露了他的情绪。

"唔……还有自从昏睡半年后，我的武功尽失，而且我还中了一种很特别的毒，至今仍未解开……"

蓦地，君无痕的手突然收紧，他一字一顿地问道："你中了什么毒？"

莫名地，卿云觉得眼前的君无痕有种令人心安的感觉，可以让她将心中的秘密毫无顾虑地说出，而且她的秘密也唯有告诉他了。

"银蒙特纱族的毒。"

君无痕一怔。突然他想起了露魂丹。他连忙问道："露魂丹呢？"

卿云咬了咬唇，张了张嘴，想把离歌说出口，可是到了嘴边又吞了回去，最后只说了几个字：“救人了。”

君无痕的眼睛瞬间变得深邃，如海洋般湛蓝。

“可惜露魂丹没有了。”冰蓝色的眸子盯着她，意味深长地盯着她。

空气里突然弥漫着一种说不清的味道，气氛变得沉重起来。

许久，君无痕打破了这个气氛，他问道：“他不能解吗？”

卿云一怔，随后才反应过来他口中的“他”指的是离歌，她摇了摇头。“能解这种毒的人只有……”咬了咬唇，她的声音变小了，“离宫宫主。”

君无痕挑眉，示意她继续讲下去。

“也就是只有你才能救我。”

“怎样救？”

“把你体内的真气渡给我。”卿云的声音很小很小。

冰蓝色的眸子顿时变得深邃，君无痕的唇角微勾：“云儿，你知不知道这代表什么？”

卿云像小鸡啄米一样轻轻地点了点头。

“你觉得我会答应吗？”

卿云猛地抬头，澄澈的眸子绽放出惊人的光彩，她唇角微微翘起，很肯定地答道：“会！你一定会！”

“哦？！”君无痕微微挑眉，“这么确定？”

卿云轻笑，脸上流溢着可以将雪融化的阳光，她微微仰头，浑身散发着一种不可言喻的魅力。

“因为你很爱我。”

君无痕怔住了，看着她流光溢彩的脸庞，俯瞰臣子的眼神，他突然无奈地笑道：“是，我很爱你。”爱到唯有俯首称臣。

这下反倒是卿云怔住了。她说出来跟他说出来并不是同一回事。她怔怔地看着他无奈的神情，莫名地，突然觉得心中微微刺痛。

他爱她爱到疯狂。但是这种爱到头来必定会让双方受伤。因为这种爱是容不得别人的呀！

“那云儿爱不爱我？”

君无痕看着她，静静地等待着答案。

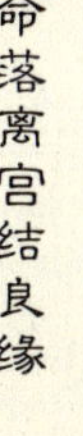

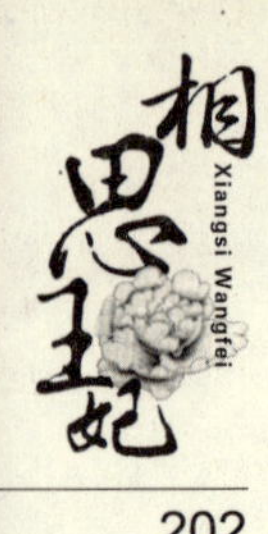

卿云盯着他的眸子，准备张口，却被君无痕打断了。他有些自嘲地笑了笑，说道："我不应该问一个刚刚认识我的人这种话。"顿了顿，他认真地凝视着她，问道："云儿愿不愿意当尊主夫人？"

卿云抿了抿唇。

她的心好淡好淡，淡到连心中有谁的存在也无法知晓。她一向不喜欢过深地涉及男女之事，她只愿当一个快快乐乐、无忧无虑的写书人。但是现在他眼底浓烈的感情以及她的生命问题，却不得不让她面对。

也许是卿云沉默的时间太过于久，君无痕的眼底闪过一丝痛苦。突然，他想起了梨镜上的话：梨花之髓，双十年华。如若未现，香消玉殒。

他在心中哀叹了一声。

看来世事冥冥中早已有安排。按照梨镜的提示，如果她不跟他成亲，她就会香消玉殒，消失在这个世上了吧。

想到这里，君无痕的语气变得强硬了起来："离宫的宫规规定，宫主此生只能娶一人，并且一生中只能拥有一个女人。云儿，你是我命定的妻子。这辈子你只能嫁我！"

霸道的语气让卿云微微蹙眉。

注意到了她的眉头微蹙，君无痕伸出手抚上她的眉头，轻轻地抚着，他的语气软了下来："云儿，如果你不跟我成亲，你就无法解毒了。如果你因为你体内的毒而消失，那么你有想过爱你的人们吗？"

蓦地，卿云的脑里突然浮现出离歌的脸。

她一怔。

"我……"想说的话到口中了却又说不出来，最后卿云只好说道，"君无痕，给我时间考虑。"

盯着她许久，她的表情依然坚定，君无痕叹了声。

"好。给你 7 天。"

第四章·丫鬟紫衣

自从君无痕把一个女子带回离宫后，整个离宫都沸腾起来了。离宫里的人都纷纷猜测，那位姑娘是否会是他们未来的尊主夫人？

尽管君无痕曾经下令，不许宫中的人乱咬耳根子，但是毕竟天下没有不漏风的墙，外面的人也知道了多多少少。

但是谣言一传十，十传百，其中添油加醋的更是数不胜数，而真实性也越来越低。甚至有人说天上的梨花仙子误落凡尘，被尊主君无痕所吸引，最后爱上了凡人，决定与尊主在人间共结连理。

离宫。

卿云披着一件雪白的狐皮斗篷伫立在梅花树前，怔怔地看着树枝上开得灿烂的梅花。

倏地，一阵寒风拂过。

卿云打了个冷战。自从失去武功后，她越来越怕冷了。

这几天来，她都是在君无痕的房间里静静地待着，没有任何人来打扰她。她知道是君无痕特地下了命令。

君无痕每天除了处理离宫的事情外，都是跟她待在一起。

时光飞逝，七天的日子很快就见底了，而她依然犹豫不决。

嫁给君无痕，她的生命才能够延续。可是没有双方感情的成亲，必然不会有好的结果，即便另一方有多浓烈的感情，最终双方都定会受伤。

君无痕爱她，她是知道的，尽管她不知道他为什么爱她，但是爱一个人不需要理由。可是她对于君无痕的感情……

爱是绝对没有的，最多只有几分好感。

可是如果不成亲，生命就要逝去……她不甘愿，她还有大好的年华，她还有好多好多要做的事情，她要写好多好多的书，她要过她想过的生活……但是如果不甘愿，就唯有与君无痕成亲了。

“小姐，你怎么又出来了？被尊主知道了，紫衣就惨啦！”紫衣捧着一大束梅花从远处匆匆走了过来。

卿云回过神来，转头对紫衣轻轻一笑。

前几天，君无痕担心她无聊，特地再让她挑一个婢女。很奇怪的是，那天在纸上看几个婢女的名字时，看到紫衣这个名字，心中竟泛过一阵奇异的感觉。毫不犹豫地，她马上选了紫衣。

看着卿云微微苍白的唇，紫衣吸了吸鼻子：“这几天都在融雪，天气会变得很冷。小姐你一向怕冷，而尊主又这么心疼你，如果被尊主看到小姐你这个样子，紫衣一定会受罚的。小姐，回屋吧！”

卿云看着她，轻笑道：“紫衣，你好啰唆。”

蓦地，卿云脑里浮现出一个青色身影，可是那个青色的身影却是模糊不清。这时，脑里倏地响起了自己的声音：“青衣，你好啰唆。”

卿云一怔。

一阵奇异的感觉从心底缓缓地沁出，她突然开口：“紫衣，你很像一个人。”话一出口，不仅紫衣还有卿云自己也怔住了。

紫衣嘿嘿一笑，说道：“紫衣长得很普通，在街上随便一抓都能抓到一个跟紫衣相像的人。小姐，快进屋吧！不然会生病的。”

卿云将斗篷紧了紧：“等会儿吧！我想多看会儿梅花。”

“小姐有心事？”紫衣也搂了搂怀中的梅花，“小姐告诉紫衣的话，说不定紫衣可以帮小姐解决烦恼呢！”

看到紫衣澄澈的眸子时，卿云点了点头。

一瓣梅花花瓣从树上落下，卿云伸出手，接住了它。凝视着它许久，卿云缓缓地道："紫衣，我应该嫁给君无痕吗？"

紫衣一怔，眼睫轻轻地扇了扇，她垂下了头。

过了些时候，紫衣抬起头，唇瓣上绽开一个大大的笑容，就如怀中的梅花般灿烂，"小姐喜欢尊主吗？"

犹豫了一下，卿云摇了摇头。

"可是尊主很喜欢小姐呢！如果小姐嫁给尊主就会是世上最幸福的夫人了。尊主一定会把小姐宠上天的。小姐一定会很幸福。"

卿云盯着紫衣。

半晌，她轻声道："会吗？"只有单方面的感情，真的会幸福吗？

紫衣大力点头。

"小姐，如果你不嫁给尊主的话，尊主会伤心死的！如果小姐你嫁给了尊主，那离宫里的人都是小姐的家人了，离宫里的人都是很好的人。"

幸福……家人……

听到这两个词时，心中有一股淡淡的幸福。

微风轻拂，手掌上的梅花花瓣随风飘落。卿云一笑，这几天一直拧着的眉头舒展了开来，她迈开步子，向屋内走去。

"紫衣，我们进屋。"

雪地里的紫衣裙袂飘扬，眼底酝着复杂的情绪。但在下一刻，她似乎想通了什么，眼底漾起了一层淡淡的笑意。

"小姐，等我。"

"无痕表哥，你要娶那个女子吗？"玉无瑕小心翼翼地问道，水汪汪的眼眸中盛满了期待。

"要。"君无痕斩钉截铁地答道。

玉无瑕眼神一黯："是为了家族的使命、离宫的列祖列宗才会娶的吗？"

"不，我爱她。"

玉无瑕一怔，她从来没见过表哥眼神里会有那么浓烈的感情。

"是因为那个女子长得很美，所以表哥才会一见钟情？"

君无痕一笑，轻轻地摸了摸她的头："无瑕也知道什么是一见钟情？"

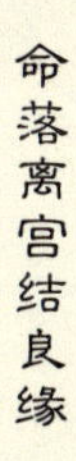

玉无瑕有些委屈地眨了眨眼："表哥，无瑕长大了，已经到了可以喜欢一个男子的年龄了。"

"呵呵，无瑕长大了。"

无瑕咬了咬唇："表哥，你还没有回答我的问题。你是因为那个女子特别美才一见钟情的吗？"

君无痕笑了笑，冰蓝色的眸子中是回忆的眼神，漾着层浅浅的柔光。

"不。"喜欢她，是很久以前的事情了。

融雪的天气特别寒冷，玉无瑕怔怔地看着君无痕眼里回忆的柔光，心中一片冰寒，她仿佛感觉到了窗外的寒风卷过了她的心。

"无痕表哥……"我喜欢你……

突然门"吱呀"一声，打断了无瑕想说的话。

门缓缓地打开了，卿云双手呵着气走了进来，后面的紫衣抱着一大束梅花跟在卿云后面。

四人皆是一怔。

君无痕最先反应过来，他立即迎了上去，看到卿云苍白的嘴唇时，他的眉头一蹙，冷声问道："紫衣，不是让你照顾好云儿的吗？"

紫衣咬着双唇，低垂着头，不语。

卿云一笑，轻声说道："是我要出去的，不要怪紫衣。"她侧过头，看到君无痕身后的玉无瑕。

见到她的笑容，君无痕的表情缓和了些，顺着她的目光，他转过身，为她介绍道："云儿，这是玉无瑕，我的表妹。"

卿云眨了眨双眼，察觉到她的妒意和眼底那抹喜欢时，她莞尔一笑。

"人如其名，如玉般无瑕。"

玉无瑕盯着君无痕眼底那层无尽的宠溺时，她嘟着嘴，瞪了卿云一眼，径直向门口跑去。

而一直低着头的紫衣一个不小心，被玉无瑕撞了一下，满怀的梅花瞬间掉落在地上。紫衣一声轻呼。

而玉无瑕身子顿了顿，回首瞪了紫衣一眼，气嘟嘟地跑了出去。

"云儿……"君无痕刚想说话，卿云微微一笑，打断了他的话。

"我知道，她还小。"

君无痕也微微一笑："云儿理解就好。"

"君无痕，我可以给你答案了。"

君无痕先是一怔，然后眼里瞬间爆发出无限的欣喜，但是眨眼间又黯了下来。他的眼神开始变得小心翼翼，里面隐隐有丝期待。

"我……"

"云儿，等等。"突然君无痕打断了她的话，他看向在地上收拾掉落的梅花的紫衣，"紫衣，不用收拾了。先退下。"

"无妨。紫衣，继续收拾吧。"她看向君无痕，"我们进房说。"

君无痕点了点头。

君无痕的房间以黑色为主，整个房间的东西几乎是清一色的黑。每次卿云进他的房间时，她都会有种不寒而栗的感觉。在这样的房间里，睡久了性格也会变。

"君无痕，你很喜欢黑色？"

"嗯。"

卿云的嘴角抽搐了一下："所以你的房间全都弄成黑色？"

君无痕眉毛一挑："等成亲后，云儿想弄什么都随你。"

卿云也柳眉轻挑："我有答应你吗？"

君无痕莞尔一笑："那云儿的答案是什么？"

卿云抿了抿唇，袖里的手握成了拳头，她定定地看着他，很认真很认真地说："君无痕，你有没有想过我嫁给你，对你来说是很不公平的？"

"没关系。"君无痕轻轻地握住她的手，"云儿，成亲后，你定会爱上我。"

卿云凝视着他冰蓝色的眸子，许久她点了点头。

"好，成亲后，我会努力爱上你。"

房外的紫衣认真地收拾着地上的梅花，她紧抿着唇，脸色有些苍白，眸子里波澜起伏。

她深吸一口气，将收拾好的梅花插入花瓶里。

蝶宫。

"哎呀！娘娘，小心点。"紫杏轻手轻脚地跑到双蝶身旁，拿起一件大大的斗篷披在她的身上，"娘娘，现在天气冷，小心腹中的龙种。"

双蝶单手撑着腰，另一手平放在隆起的肚子上。她打了个哈欠："紫杏，先退

下吧！我看一下就休息了。”

“是，娘娘。”紫杏奇怪地看了双蝶一眼，张了张嘴，却又闭上了，静静地退下了。

“你们也退下吧。”双蝶挥挥手，也屏退了若干宫女。

“是，娘娘。”

双蝶仰头，再次打了个哈欠。自从腹中有了胎儿后，她经常犯困，不过这个辛苦的过程快要结束了吧！

突然，双蝶有些自嘲地扬了扬嘴角。

怀孕这一年，皇上一直忙于政事，很少接近女色，也就看过她几次。不过，皇上想接近的人已经不在这个世上了。

如果一开始她没有弄错人的话，如果她不这么执著的话，如果那年她没有去枫林的话……那么一切是否将会不同？

唉！世事弄人呀！

双蝶望天长叹了一声。

司徒行知，为什么你不在这个世上？

第五章 · 成亲大典

离宫在一日之内向各大武林帮派发出喜帖，邀请各大帮派三日后参加武林尊主的大婚。

在喜帖发出不久后，整个武林乃至朝廷都沸腾了起来。

而收到离宫喜帖的人，先是惊讶于武林尊主的大婚而后震惊于喜帖上尊主夫人的名字——卿云姑娘！

天！天！天！

这是收到喜帖的人的第一反应。

离宫之人一生只许得一人的奇怪规定……武林尊主一生中唯一一次的大婚……所有女子都羡慕的尊主夫人之位……从未露面的卿云姑娘……

这些因素使得这场婚礼变得万众期待。

离宫位于枫城的郊外，在喜帖发出不久后，枫城里的所有客栈都住满了人，甚至有人为了能目睹这场大婚，甘愿忍着严寒，露宿郊外。

百姓们津津乐道，对三天后的尊主大婚期待不已，甚至有人为了一睹卿云姑娘芳容，不惜单身匹马闯离宫。

卿云也知道透露出自己的名字时，这背后的一切代表的是什么，又会带来怎样的后果。她也曾想隐名，但是君无痕却是淡淡一笑，认真地看着她："我要天下人都知道云儿是我独一无二的妻子！"

看到他冰蓝色的眸子里闪着坚定的光芒，卿云让步了。

而君无痕也将所有事情处理得很好，根本没有人可以打扰到卿云。离宫所有的人都在为未来的尊主夫人而骄傲，为尊主能得到如此美人而感到高兴，并在紧张地准备着大婚的东西。

所有所有的一切都在有条不紊地进行着。

皇宫。

大殿上，司徒行云一身明黄色龙袍，坐在龙椅上批阅着奏折。

案上的蜡烛在慢慢地燃烧着，时间在不知不觉中流逝。

蓦地，司徒行云似乎想起了什么，他抬起了头，对伺候在一旁的公公道："暂且退下吧。"

"是，皇上。"

顿时，大殿里只剩下司徒行云一人。

他执起茶杯，轻轻地啜了一口后，他闭目凝神。许久，司徒行云低低地叫了声："暗魅。"

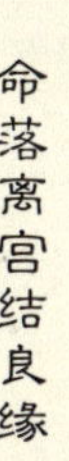

一个黑色的人影立即出现在司徒行云的身前。

“皇上。”

“查得如何？”

“回皇上，属下带领暗队在白骨崖搜寻至今，仍未见到皇后娘娘和青衣姑娘的尸身，不过属下曾在半崖上找到了一块血布，经过验证，属下已经确认那块血布是青衣姑娘的。”

烛光微暗，司徒行云的眸子亮得惊人，仿佛有一把火焰在他眼中燃烧。

“但是，白骨崖下有一片森林，里面常有猛兽出入，也许皇后娘娘和青衣姑娘是被……”

司徒行云的眉头蹙了下，接着他摆了摆手，示意他不必说下去了。

“暗魅，继续搜寻。直至找到尸身为止。另外，暗中派人到民间查找，如有人收留了一个惊为天人的女子，立即回宫通报。”

“是，皇上。”突然，暗魅的嘴张了张，似乎想说什么，可是迟疑了下又闭上了嘴。

司徒行云注意到了他的表情，摆了摆手，说道：“民间最近有什么消息？”

“属下听闻前不久，曾有一个美如天仙的女子落到离宫，而离宫宫主也对那女子一见倾心，三日后即将成婚。”

倏地，司徒行云的心莫名地一紧。

暗魅顿了下，继续说道：“那女子正是近年来声望与皇后娘娘不分高下的卿云姑娘。离宫宫主对卿云姑娘保护得十分周密，至今见过卿云姑娘的人也寥寥无几。”

司徒行云沉默。

半晌，他屏退了暗魅。

“君无痕和卿云吗？”司徒行云的唇角弯起了个弧度。

那个一袭黑衣的男子对她也是爱着的吧！那双蓝眸里暗藏的情愫浓得也曾让他烦心。那个男人是爱她的，只是如今也要有另外一个女人了。

离宫之人一生只许得一人，况且离宫宫主的妻子是命定的，从他当上皇家人那天开始，他就已经知道君无痕这个与他不分上下的男人跟她是不可能有结果的。

隔在他和她之间的是至高无上的权力，而隔在他和她之间的同样是无数的高山。

他肩上有江山，他肩上有家族使命。

他有后宫三千，他有唯一的妻子。

他们是相同的。

司徒行云唇上有一抹轻松的笑容。

蓦地，脑里浮出了一句话："尊主，这条梨花手链就归你所有了。凤雪在此祝福尊主与尊主夫人百年好合。尊主大婚之日，王府必送上大礼一份。"

想起她时，心中总会有一处地方被她轻轻地触动，然后荡起圈圈涟漪，让他的心柔和下来。

司徒行云唤人进来吩咐道："将天舞国近来奉上的贡品全都送到离宫，作为朕和皇后对武林尊主大婚的贺礼。"

在所有人的期待中，迎来了武林尊主的大婚。

天未亮，离宫里就已经开始张灯结彩，喜气洋洋，而收到请帖的人也纷纷而至。在外招呼来宾的君无痕也难得绽开了一脸的笑容，以往眸子里的冷漠在这喜庆的日子完全散去，取而代之的是无尽的笑意，就像放晴的天空。

而卿云这边——

"小姐……小姐……"紫衣停下为卿云描眉的手，轻轻地扯了扯她的衣服，关心地叫道。

卿云回过神，抱歉地一笑。

"小姐，你已经走了好多次神了！"紫衣有些不满地嘟囔着，她继续拿起画笔轻轻地描着卿云的眉，神情仔细而专注。

看着紫衣专注的神情，卿云突然一笑："如果紫衣是男的，我肯定嫁给你。"

紫衣一怔，执着画笔的手轻轻一颤，一道细细的黑痕画斜了。她连忙用手帕在上面轻轻地抹着，动作有些颤抖。

抹掉后，紫衣有些勉强地扯起嘴角，说道："小姐，你可不要吓紫衣。如果被尊主知道了，紫衣有九条命也不够用。"

"我是说真的，如果一个男子为女子画眉时能有紫衣这样专注的神情，那么那个男子必然可以托付终身。"

紫衣一笑："尊主为小姐画眉时，肯定会比紫衣更专注。小姐，紫衣觉得尊主是个很值得托付终生的男子，而且尊主一辈子只会有小姐一人。成亲后，小姐就会很幸福了。"

突然，卿云用很奇怪的眼神看着紫衣。

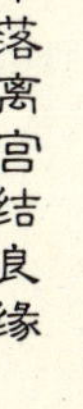

许久，她出声问道："紫衣，你是不是喜欢君无痕？"

紫衣一怔，神情有些哭笑不得："小姐，给紫衣一万个胆子，紫衣也不敢喜欢尊主。紫衣只希望小姐能够幸福，那紫衣就心满意足了。"

"幸福吗……"低低地呢喃着，卿云垂下了眼帘。

紫衣继续为卿云装扮。

本来今天为卿云装扮的婢女不止紫衣一个，可是卿云不喜欢太多人，跟君无痕说了声，而君无痕也依了她。

"小姐，该换嫁衣了。"本来一开始就该先换上嫁衣再梳妆的，可是小姐却要先梳妆再换嫁衣，"这件嫁衣是尊主不惜千金命枫城最好的织娘赶出来的，里面可都是尊主的心意呀！"

卿云凝视着床上的嫁衣，许久，她沉重地点了点头，眸子里隐隐有些黯然。他不该忘的……

蓦地，紫衣突然低呼了一声，她脸色有些苍白，低垂着头，声音小得像蚊子叮人："小姐……紫衣忘记告诉小姐一件事情。"

"什么事情？"

紫衣抿了抿唇，才说道："昨天紫衣出去时遇到了一个白衣女子，那个白衣女子交给了紫衣一个浅红色的包袱，并交代紫衣一定要交给小姐。由于昨天事情太多了，所以……"

卿云的眼睛一下子亮了起来，像黑夜里突然亮起了一盏灯火。

她猛地起身，紧紧地抓住紫衣的手，声音急切："包袱在哪里？"

紫衣抿了下唇，眼里的光芒有些复杂："紫衣这就去拿来。"

片刻后，紫衣拿来了包袱。

卿云马上迫不及待地打开了包袱，一件火红的嫁衣滑落到她的手中。

嫁衣红如火，轻如纱，滑如水，一针一线都包含着浓浓的心意。

卿云双手托着嫁衣，手微微颤抖，清澈的眸中闪着隐隐的水光，唇角勾着一抹从内心发出的笑意。

"小姐，这……"紫衣微微咬唇。

察觉到还有外人在场，卿云眨去眸中的水光，吩咐道："我自有分寸，紫衣先行退下。剩下的我来就可以了。"

紫衣犹豫着，说："小姐……"

卿云放下嫁衣，推紫衣出去："我会弄好剩下的一切，如果君无痕责怪下来，不要担心，万事有我。"

话音一落，紫衣就已经被卿云推到门外了。

紫衣望着紧闭的房门，叹了一声后，眼里却是带着无尽的笑意以及延绵不断的宠溺。

蓦地，紫衣的目光落到门窗上的大红喜字上，眼光一黯，眸中泛起了浓浓的悲伤。但是下一刻，所有的悲伤逝去，眸中恢复平静，只是她的手却握成了拳头。

卿云凝视着手中的嫁衣，一朵灿如烟火的笑花在唇上缓缓地绽开。她的眉上、眸中乃至整张脸都沉浸在笑中。

"他没忘……他果真没有忘记……"

突然，卿云发现包袱上还附带了一张纸。

"行善月，走不开。女人，你好自为之吧！"

墨迹浅淡，字体圆润纤细，温柔婉约，如春日柳莺。

卿云撇了撇嘴，纵然有些不满，但是心中的喜还是占大部分的。从认识离歌起的第一天，她就知道离歌的心中装的是天下的百姓。他这一生最大的心愿是能治好所有疾病，让所有人都能健康生活。

离歌对所有人都是温柔的，但是唯独对她……

一想起这点，卿云就气得直跺脚！

但是当她的目光落到火红的嫁衣上时，所有的气都消了。一抹笑容再次浮上卿云的唇边。

他真的还记得……

卿云眨了眨眼，换上了嫁衣。

目光触到手腕上的琉璃珠手链时，她怔了下，抿了抿唇。在仙谷醒来后，仙老人对她千叮万嘱，无论如何都不能把琉璃珠手链拿下来。

琉璃珠手链是她一出生就有的，至于怎样有的，她也说不出来。不过戴着它，心里就会感到心安就像吃了定心丸一样。

"小姐，吉时到了。"外面传来婢女的声音。

"好。"

卿云放下长袖，遮住了手腕上的琉璃珠手链。

大厅。

满堂的红色，一派喜气洋洋。

在场的宾客们都有些心不在焉，每隔半个时辰，总有心急的宾客在问卿云姑娘怎么还不出来。

君无痕也只是笑笑，并没多说什么。

玉无瑕今日身着对襟羽纱衣裳，烟云蝴蝶裙，如绸缎般的秀发斜插着一朵洁白的玉兰。如玉的人儿却是满脸的哀愁。

看着君无痕脸上的笑容，她眼神黯淡，心中微微刺痛。

自从无痕表哥当了武林尊主，接手离宫后，无痕表哥一直都是愁眉紧锁，难见欢颜，而如今无痕表哥脸上的开怀却是她从未见识过的……

抿了抿唇，角落里的玉无瑕仰头饮尽杯中的酒。

这时，大厅外传来数声兴冲冲的声音。

“尊主夫人来了！尊主夫人来了！”

大厅顿时变得鸦雀无声，宾客们的眼睛都紧紧地盯着大门，唯恐错过了什么。

而君无痕勾起一个笑容，大步迎了前去。

千呼万唤始出来。

一袭红衣的卿云在紫衣的搀扶下缓缓地踏入了大门。

目光触到红盖头时，君无痕的眼神变得很柔很柔，柔到可以融化一切。但是当他的目光触及那身嫁衣时，冰蓝色的眼眸倏地变得深邃。

“夫人，小心。”紫衣在一旁小声地提醒着，生怕卿云因为看不到前面的路而当众摔倒。

听到“夫人”二字时，卿云和君无痕都当下一怔，表情各自不相同。

红盖头下的卿云咬了咬唇，突然意识到等拜堂过后，她就不是那个无忧无虑的卿云了，而是尊主夫人。

莫名地，她心里有些恐慌。

君无痕的蓝眸变得柔和起来。拜堂过后，她就是离宫的夫人，是他君无痕的妻子，是陪伴他到终老的妻子。

在场的宾客都隐隐有些失望。红盖头遮住了卿云姑娘的面貌，只能隐隐看到光滑的下颚。

“吉时到。”喜娘在堂上高声叫道。

一条红绸分别塞进君无痕和卿云的手中。他们各执一端，迈开步子向前走去。而紫衣紧跟在卿云身后。

挤成一堆的宾客纷纷让路，退到两边。玉无瑕依然低头饮酒，沉浸在自己的世界中。

“一拜天地——”

卿云微微咬唇，轻轻一拜。

“二拜高堂——”

君无痕的爹娘早逝，卿云不知爹娘，他们依然向天再拜。

卿云感觉到自己的掌心微湿，沁出了汗来。

“夫妻对拜——”

就在君无痕和卿云准备弯腰互拜时，厅外传来了一个声音——“小的奉皇上之命，特地送上贺礼一份，祝贺尊主与尊主夫人百年好合。”

话音一落，一个黑影飘然而至。

全场都静了下来，面面相觑，脸上有些疑问。武林跟朝廷一向没有往来，更何况离宫一向不干涉皇宫之事。

君无痕眉头微微一皱，见到卿云没有多大的反应，神情才微微舒缓，他看向来人。而卿云依然静静地执着红绸。

只见那人向君无痕和卿云抱了抱拳，将贺礼放下后，再次抱拳：“话已带到，再次祝贺尊主与尊主夫人百年好合。小的先行告退。”

对于来人的无礼，君无痕并没有多大的在意。他心底有些惊讶，对于司徒行云送礼的原因他也猜出了几分。

看来，对于她，他也是在意的。

注视着身边手执红绸的卿云，君无痕扬眉，高声道：“继续。”声音有些欢喜。就算在意，也是过去的了。她现在是他的，并且以后永远都会是他的！

“夫妻对拜——”

君无痕和卿云转身，轻轻地弯腰一拜。

“礼成！送入洞房！”

第六章·洞房花烛

大红的桌上摆放着两只烛光摇曳的龙凤烛。

盖着红盖头的卿云在紫衣的搀扶下进了房。紫衣扶着卿云坐到了床边,她轻声道:"小姐,过了今晚你就是尊主夫人了。"

而卿云仿佛没听到般的,沉默地坐在床边。如果不是她的拳头紧握着,紫衣就真的会以为她没有听到刚刚的话。

"尊主会是个好夫君。"

又是一阵沉默。空中流淌着静谧的空气。

许久,卿云点了下头:"我知道。"

红盖头遮住了她的脸,紫衣看不出她的表情,也猜不出她的心情。她今天太过于反常。

意识到了这气氛的沉闷,卿云开口:"紫衣,你出去吧!今天忙了一整天,你去休息吧!不用伺候我了。"

紫衣俏皮一笑:"是。紫衣定不会打扰尊主与夫人的洞房花烛夜。紫衣先行告退。"她眯起了双眼,遮住了眼底的无奈和不可言喻的心酸。

紫衣退下后,卿云扯下了红盖头。她神色有些迷茫,眼底有些无助,心底有些莫名的压抑。

她盯着燃烧着的龙凤烛，开始微微出神。

君无痕爱她是无可置疑的，而她也会有个可避风挡雨的家。

明明前几天答应的，可是到了现在她却想退缩，她想与自己爱的人成亲，与自己爱的人共结连理，与自己爱的人白头偕老。

这个念头蓦地从心底蹦出，强烈得让她的心禁不住怦怦乱跳。

奇怪的是，她曾经写过很多令人哭泣的爱情故事，而且很多都是成亲后夫妻才认识对方的。但是她对于与一个自己不爱的人成亲，却极为反感，甚至有些厌恶。

只是如果不跟君无痕成亲，明天她就不在这个世上了吧！

爱情固然重要，但是没了生命，爱情又怎样维持呢？

或许，不，没有或许。她一定得嫁给君无痕，这是她唯一的选择。成亲后，她一定会很努力很努力地爱上君无痕，就像她写的书中的女子一样。

一定！一定！一定会爱上他！

轻推开房门，君无痕见到的是盯着龙凤烛微微出神的卿云。

她并没有注意到他进来了，只是一味地盯着龙凤烛，眼底泛着像雾一样的朦胧，是如此的缥缈，仿佛即使现在他紧紧地拥她入怀也抓不住她飘飞的心。

他的心一紧。

她的脸微微化了淡妆，如她人一样的淡然。她静坐在床边，没有新娘该有的期待和娇羞，只有一片茫然和苦苦的挣扎。

君无痕心中泛起了一片苦涩。他自己不是早已预料到了吗？可是真正看到时心却是微微刺痛。

他知道现在的她不爱他，她嫁他也仅仅是为了自己的生命。

冰蓝色的眸子里闪着复杂的光芒。

蓦地，卿云闻到一股淡淡的酒气。

敛去眼底的茫然，她的眸子里逐渐变得清澈。她扬眉，对上了君无痕的蓝眸，将他复杂的神情一览无余。

没有预料到她会突然望过来的君无痕有些吃惊，他微微一笑，换上温柔的神情。

卿云见状，也盈盈一笑，起身迎了前去。

“无痕，外面的人肯放你进来了？咦？！怎么没人来闹洞房？我记得昨天还

听到有帮派放言要将武林尊主的洞房花烛夜弄得鸡飞狗跳呢！”

君无痕挑眉：“武林尊主的洞房谁敢来闹？”顿了下，他转移了个话题，“云儿，忙了一整天，一定很累了。先吃些东西吧。”

君无痕很自然地拉起她的手，走到桌前坐了下来。

卿云也没有怎样拘谨，跟着他坐了下来。

他们两个坐得很近。卿云可以闻到他身上淡淡的酒气。虽然她讨厌有酒气的男人，但是这种淡淡的酒气，她并不排斥。同时，她也不排斥这个男人。

她的身上有着淡淡的香气，轻轻一闻，让他心神荡漾。他的眸子变得深邃，如湛蓝的天空。

“云儿身上的嫁衣世间难得一件，不是一般的织娘可以织得出来。”君无痕的声音平淡，但仔细一听却能听出里面的介怀。

卿云听出来了，放下手中的筷子，她定定地凝视着他的双眼：“无痕，很抱歉，辜负了你的一番心意。只是这件嫁衣对于我真的很重要。”

她的目光真挚，君无痕微微挑眉。

“为夫也没有责怪你之意，只是好奇这件嫁衣究竟是出自谁手？”

卿云一笑：“乃是出自织云阁。”

“哦。”君无痕一脸恍然大悟，“织云阁的衣服实在是万金难得一件。能穿织云阁制的嫁衣出嫁，是很多女子的梦寐以求。”

卿云只笑不语，当是默认了君无痕的话。她执起筷子，继续吃饭。

不久后，君无痕和卿云已有七八分的饱。

卿云轻轻地打了个饱嗝，目光落在床边梨木几上的交杯酒上。她抿了抿唇，正犹豫着，要不要开口时，君无痕就拉起她走到床边。

坐了下来后，他拿起几上的交杯酒，将其中一杯塞进卿云手中后，他温柔地说道：“云儿，该喝交杯酒了。”

“嗯。”卿云轻点头。

君无痕顿了下，蓝眸里闪着暧昧的光芒：“春宵一刻值千金。”

卿云的两腮上飘上两朵浅浅的红云，她自然知道这是什么意思。只是第一次经历，心里还是会有些紧张以及恐慌。

当冰凉的酒杯触到温热的双唇时，卿云怔了一下。一个反问的声音自心底发出：“你真的要嫁给他吗？你爱他吗？”

如雾的朦胧再次在卿云的眼底泛了开来。

君无痕的冰蓝色眼眸瞬间变得深邃，隐隐有着冰蓝色的火焰。他仰头举杯带动发怔的卿云将交杯酒一饮而尽。

“你没有后悔的机会。”声音有些冰冷，但却冰冷得有些孩子气。

“是，我知道。”卿云眼底的迷蒙散去，换上点点歉意。同时，她在心底告诫自己不能再走神了。

君无痕的唇角微勾，带着丝丝的期待放下红色的罗帐，有些冰冷的双唇带着所有的柔情吻向卿云。

冰冷的双唇随着滑过卿云的肌肤，慢慢地变得温热起来。冰蓝色的眸子燃烧着欲火，铺天盖地的吻向卿云压来。

卿云罗衫半解，香肩裸露，脖颈上有着淡淡的红点。她紧闭着双眼，身体渐渐地冰冷，甚至有些颤抖。

感觉到身下的人儿的反应，冰蓝色的眸子里燃起了一把通红的火焰，带着惩罚性的吻狠狠地咬住了她的耳垂。

卿云低呼一声：“痛——”

君无痕的力度加大，狠狠地咬着她的耳垂，带着惩罚性狠狠地啃咬她的双唇。

卿云越发感到冰冷，如腊月深潭般的寒冷从心中缓缓扩散直至全身。她一动也不动地躺在床上，任君无痕摆动。她感觉到她的生命在一点一点地收回，但是同时心中的一些她也道不出个所以然来的东西在缓缓地随着生命的收回而流失。

她的内心在苦苦地挣扎着。

两行清泪自紧闭的眼睛里流出，滑落到君无痕的唇里。

君无痕一怔，停下了所有的动作。

感觉到她冰冷的身体，他心中有些气愤。但是看到她痛苦的样子，他心中又心生不忍。

他坐了起来，静静地凝视着身体微微颤抖的卿云。

而卿云也缓缓地睁开了双眼，用手背抹干了眼泪。

时间在静谧的空气中流逝。

许久，君无痕低低地叹了一声，扶她坐了起来。宽厚的大掌贴上了她冰冷的光滑的背部。

卿云又是一颤。

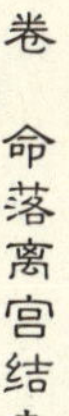

君无痕再次低叹一声:“我不会拿你怎么样！我君无痕还没落魄到要强迫一个女人陪他洞房。”

内疚在卿云的心里大片大片地泛开,卿云低着头小声地道:“无痕,对不起。”接着她深吸一口气,抬起头定定地看着他,“刚刚是我没有准备好。我……可以的。无痕,你继续吧。”

君无痕扭过头:“云儿,不要用这种眼神看我,不然我真的会把持不住。我也有我的傲气,我君无痕要的女人,身心都必须是我的,缺一不可。否则,我宁可不要。”

卿云咬着唇:“无痕……”

“坐好来吧！”君无痕勉强一笑,“不能用那种方法解毒的话,那就唯有这样了。”

宽厚的双掌贴上卿云的背部,君无痕屏气凝神,将内力通过手掌传到卿云体内。卿云顿时感觉到神清气爽,一股从未有过的舒适之感从心底冉冉上升。

待君无痕停下手中的动作后,卿云疑惑地问道:“这是？”

君无痕的脸色看起来有些苍白:“虽然不能帮你完全解去体内的毒,但是可以替你压制一段时间。只要有我在,云儿就必定不会出事。”

“无痕……”卿云咬唇,眸中星光闪烁。

“说了不要这样看我。”无痕吹去烛火,顿时房内漆黑一片。只是卿云的眸子依然是星光闪烁,让君无痕不得不在意。

压制着体内的欲望,君无痕轻搂着卿云:“睡吧。”

卿云抿了抿唇,静静地待在君无痕的怀中,缓缓地闭上了双眼。

过了许久,就连君无痕也以为她睡着了时,卿云轻轻地说了一句:“无痕,给我时间。我会很努力很努力地爱上你。”

君无痕一颤,一直紧绷的心在她的轻柔的话下慢慢地放松了下来。

他搂紧了卿云。

“我给你时间,你一定会爱上我。”

屋外的夜空里星光闪烁,星星点点点缀着浩瀚的夜空。星空下,离宫依然是一派喜庆,依然是热闹非凡。但同样的星空下,绝尘谷却是愁思连绵,一派清冷,就连梨花也是哀愁地开着。

抽刀断水水更流,举杯消愁愁更愁。

“古人说喝酒能忘情，为什么……嗝……我喝了那么多，那个女人的脸还一直出现在我脑里！骗人的！古人的话不可信呀！嗝……”离歌摇摇晃晃地在梨花林里走着，左手一壶烈酒，右手又是一壶烈酒。蓦地，一个白色的影子飞到离歌面前，拍了拍翅膀，“嗝！白鸟，你猜那个女人现在在干什么？哈哈，你肯定猜不到！告诉你，洞房！那女人在洞房！人家洞房，我喝酒。呵呵，挺应时的。”

白鸟再次拍了拍翅膀，黑溜溜的眼睛盯着主人的疯癫模样，实在是大吃一惊。白鸟似乎在哀叹，用悲凉的声音叫了声“女人”后，拍翅而去。

离歌仰头，把壶里的酒一饮而尽。

“白鸟！连你也飞走了，连你也知道回不去了……”

离歌摇晃着左手的酒壶，单眯着一只眼，瞧到壶里是空的后，大力向后一扔，然后继续踉跄着身体向前走去。

哐啷！砰隆！咚锵——

一系列不同的声响吵醒了熟睡的青衣，青衣迷迷糊糊地揉了揉双眼，披上外衣走出房间。

自从被离歌救了后，青衣一直住在绝尘谷，住在卿云以前的房间。

青衣点燃了一支烛火，照亮了漆黑的小屋。当她看到屋里一片狼藉时，着实大吃一惊。再看到右手握着酒壶，趴在竹桌上喃喃自语的离歌时，青衣更为惊讶。

“公子！”青衣连忙上前。

“嗝！”离歌醉眼蒙胧地睁开了双眼，模模糊糊地看清楚了来人后，他慵懒一笑，“青衣，你知不知道今天是什么日子？”

青衣摇头。在绝尘谷里，她与世隔绝。

“哈！告诉你，是你家公主大婚之日！今天是你的公主与武林尊主的大婚之日！”

“啊？！”青衣低呼一声。不是为这个消息而惊讶震撼，而是为她看到离歌眼里那浓得化不开的悲伤而惊讶、震撼。

前不久，离歌公子告诉过她公主如今在离宫，并且必须和武林尊主成亲才能无生命之忧。当时，她曾提出要去离宫跟随公主，可是离歌公子却拒绝了她，让她在绝尘谷里好好养伤，等到时机对了再带她去公主身边。而离歌公子他却易容成一女子容貌，乔装进离宫照顾公主。

她知道离歌公子是喜欢公主的，但是她却从未想过离歌公子对公主的用情会

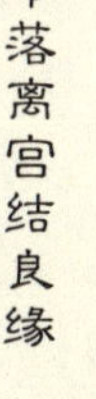

如此之深！

“离歌公子，酒多伤身。”青衣上前，想拿走离歌手中的酒壶。

“我只想醉一晚。只想有一个能放纵自己尽情想念那个女人的夜晚。如今只有醉了，那女人才会变得真实，才会离我更近。”

“公子……”

“那女人现在离我越来越远了。呵呵……明明就是我推她过去的……是我把她亲手送到君无痕手中的。可是，没有君无痕，她就不能活下来了啊……”离歌的眼里满是痛苦，褐色的眸中闪烁着黯淡的光芒，突然他似乎想起了什么，他用手指按了按双唇，眼里有一丝丝的亮光，“笨女人！蠢女人！把露魂丹给我干吗！”

下一瞬间，亮光又黯了下去，唇上的手指也收了回去。

青衣于心不忍：“离歌公子，青衣觉得公主也很喜欢离歌公子，如果离歌公子告诉公主你喜欢她的话，说不定……”

离歌摇头。

“不，青衣。你不懂，你不懂呀！她要的是一个心中只有她的男子，而我是大夫，我心中还有许多病人……”

他不会忘记她的眼里曾经出现过因他而露出的受伤的眼神。那是一双怎样的眼睛呀！眼底有一层浅浅的水雾，水雾上泛着不敢置信的眸光。

他还记得那天是她写第一本书的日子，他答应她要与她一起庆祝，可是却因为半路遇到一个垂死的病人，他选择了那个病人，而她则在绝尘谷等了一天。

深夜，他带着歉意回到绝尘谷，看到她用受伤的眼神盯着他。他的心隐隐作痛，轻轻一声“抱歉”出口。

而她的睫毛轻颤，眸子转眼间恢复澄澈。

“知道了。离歌是大夫，有着属于大夫的责任。我会有分寸的。”

声音与往常相同，只是却多了几分淡漠。

那是凤雪，不是卿云。

“呵呵……”离歌突然傻笑一声，然后饮下壶里最后一口酒，嗝了一声，眼皮缓缓地阖上了。手中的酒壶落在地上，碎了一地。

青衣摇了摇头，叹了一声，赶忙拿被子盖到离歌身上。

唉！或许就是因为太清楚，所以才不敢爱吧！

第七章·宫主责任

鸡鸣破晓，温和的晨光铺满了大地。地上的雪已经融化，石块后露出了绿色的新苗。玉兰、紫丁香、小桃红一些早春开的花悄悄地在枝头上绽放。一排排的大雁在晴空中飞翔。

整个大地，冬去春来，生机勃勃。

或许是因为不习惯床边多了个人，鸡未鸣，卿云就已经睁开了双眼，轻轻地挪开搂住她腰的手臂，悄悄下床。

卿云静静地凝视着窗外的春景，感到前所未有的舒适之感。她深吸一口春天的空气，唇瓣上扬起一抹暖暖的笑容。

春天到了呢！

蓦地，她感到腰一紧。低头一看，是一双温热的大手。

“云儿……”低沉的嗓音在耳畔响起，带着略微的霸道，腰上的大手突然收紧，“以后起床要叫我。”

卿云扬眉，转头，对上了一双带着柔意的蓝眸。

心中仿佛有处柔软被那抹柔意轻轻地触动，她轻笑，点头答应：“好。”

看到她眼里的盈盈笑意，君无痕心一动，吻上了那如流苏般细长的睫毛。

卿云一颤，不着痕迹地轻转过头，望向窗外的白梅，转移话题道："无痕，春天到了。"

对于他，她还是不习惯。

君无痕眼底有些黯淡，他顺着她的目光落到窗外的景色上。

一树白梅正开得灿烂。

君无痕眉头轻皱，看着白梅的傲然，他仿佛看到了以前的凤雪。

"云儿喜欢梅花吗？"

卿云一怔，她的脑里突然响起了一个男子的声音："雪儿喜欢梅花吗？"

甩甩头，甩去脑里的声音，卿云笑答道："梅花过于傲然，我不怎么喜欢。相对而言，我喜欢梨花多一点。梨花芳姿素淡，清香淡雅，洁白无瑕，其纯净堪称花中第一。"

"梨花吗？"

"嗯。"她最喜欢在梨花盛开的季节，与离歌在绝尘谷里的梨花林切磋武艺，刀光剑影中，梨花漫天飘飞，实在是人生一件乐事。

君无痕有些遗憾地说："可惜这里的气候不适合梨花的生长。"

卿云浅笑，并不答话。

君无痕与卿云静静地看着窗外的景色，两人默默不语。

空气一阵静谧。

许久，卿云开口打破了静谧："该是时候梳妆了。"

君无痕也来了兴致："云儿，为夫来为你梳妆。"

卿云一怔，转头上下打量了他一眼，怀疑地问道："你会吗？"她觉得眼前的男人适合拿剑，不适合拿梳子。

君无痕很老实地摇头："不会。"顿了顿，他继续说道，"但是云儿可以教我，等云儿教会我了，为夫就可以为娘子梳妆了。"

卿云一笑："我觉得这种事情不适合你做。"

君无痕挑眉，"闺房之乐也是人生乐事之一，云儿忍心剥夺为夫的乐趣？"

卿云无奈地耸耸肩，只好答应。

铜镜前。

君无痕有些拘谨地拿着梳子，在卿云的发上一下一下地梳着，动作异常笨拙。只见他死死地盯着梳子，仿佛不把它盯出个洞来誓不罢休。

卿云轻轻地摇了摇头。

他在这方面果然没有天分。她已经教了很多次了，并且亲自示范给他看了。唉！

“无痕，你的手果然还是比较适合拿剑不适合拿梳子。”卿云转身，拿过无痕手中的梳子，快速地梳了个发髻，不给他反驳的机会。“还是我自己来吧。”

君无痕盯着发髻许久，最终叹了声，静静地看着卿云自己继续梳妆。

待卿云弄得七七八八时，君无痕拿来一支晶莹剔透的梨花玉簪簪在卿云头上，他轻轻地抚着玉簪，道：“这是离宫世代相传之物，而且也是离宫的宫主夫人的身份信物。”

卿云盯着头上的梨花玉簪，突然感到头上有些沉重。

“嗯，我知道了。”

卿云继续盯着铜镜，蓦地，她的目光落在铜镜反射出的洁净的床单上。

迟疑了下，她开口，“无痕，怎么办？”

君无痕一怔，神情疑惑地看着她，问道：“什么怎么办？”

两朵红云飘上了卿云的两腮：“就是那个呀！”

“什么那个？”看到她脸上的两抹嫣红，无痕的神情有些疑惑。

“验红呀！成亲后的第二天不是都要验红的吗？”

“哦，你在说那个呀！”君无痕恍然大悟。蓦地，似乎想起了什么，他的表情有些阴沉，拳头微微紧握。他的声音有些压抑，“没关系的。没关系了……真的没关系了……”即使她曾经和他有过肌肤之亲，即使她已经遗忘，但也是过去了的……他不应该再介怀了……

卿云的神色也开始变得古怪起来，她盯着君无痕的蓝眸，她发现里面并非是遗憾昨夜的眼神，而是带着悲痛，好像她做了什么对不起他的事情似的。

倏地，卿云瞳孔一缩，她抿着唇。

她的声音很轻很轻：“无痕……你在怀疑些什么吗？”

君无痕一怔，接着他苦笑一声：“没有。云儿多想了。”

“是吗？”卿云依然紧抿双唇，“无痕，我是带着清白之身嫁给你的。”她捋起了袖子，“虽然外人都在传我和离歌有多么的亲密，但是我们两个绝对没有越轨之举。这是我清白的证明。无痕可以不要怀疑我吗？”她讨厌被人怀疑。

君无痕一愣。

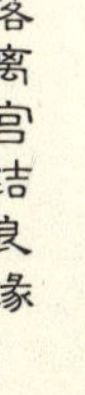

雪白的肌肤上一颗血红的痣格外的妖娆。

那是守宫砂！

刹那间，欣喜充斥着他的眼睛，蓝色的眸子宛若充满了阳光。

“无痕，我卿云说话算数。我一定会很努力很努力地爱上你的。”卿云的脸有些苍白，声音也微微有些颤抖。

看到这样的卿云，无痕突然心很痛很痛，眼中的欣喜渐渐退去，换成一脸的沉重。

他张开手环住卿云，然后双臂收紧，将她搂入怀中。

“云儿，是我不好。我不该乱说话。”君无痕的身体颤抖着，就连声音也带着怕失去她的惧意。

卿云突然想起昨夜，心里不由得有股愧疚感。再看到眼前的他微微颤抖的身体和那声音中的那股惧意，酸涩之感泛了起来。

心一软，她回抱住他，凑到他耳边，轻声说道：“我原谅你了。”

仿佛有一大片的阳光在他的脸上跳跃，君无痕的表情像孩童得到糖果般地满足，他握住她的手，微微拉开他们之间的距离，然后轻轻地放到他的胸前。

卿云可以感觉到里面炙热而疯狂的跳动。

“云儿，我君无痕以心为证，从今以后定不会让你有受伤的感觉。”君无痕凝视着卿云，眼底是一片醉人的温柔。

同样凝视着他，卿云一笑，轻点了下头。在头垂下的那一刻，她的眼底深处飞快地闪过一抹复杂神色。但在抬起头时，眼底又是一片澄澈。

屋外阳光逐渐明媚，一派春光融融。

君无痕和卿云洗漱过后，君无痕带卿云来到了离宫最为神秘的地方——摆放梨镜之地。只有君家人才被允许进入。

梨镜放在阴暗的地下室，一推开沉重的大门，过道四周的火把依次亮了起来。君无痕带着卿云踏着正确的石砖，小心翼翼地向前走着。

“云儿，小心一点。这里很多很危险的机关，在这里丧命的人不计其数。”

卿云一笑：“无痕，虽然我没有了武功，可是以前我对机关这类东西还略有研究，这里的机关难不倒我。接下来要走的石砖是左上方的那块吧！”

君无痕点头。

“能娶到云儿，果真是我三生有幸。”

片刻后，他们走到过道的最尾处，君无痕从衣襟里拿出一把形状奇异的钥匙，轻轻地在匙孔里一转，门缓缓地被打开了。

没有卿云想象中的繁复，里面是一间空荡荡的屋子，屋子中央有一张梨木桌，桌上有一块被红绸遮住的镜子。

“这是？”与卿云的想象完全不同，她以为她会见到离宫的列祖列宗或是一些珍贵的武功秘籍。

“这是梨镜。”君无痕扯下红绸。一块黄铜镜呈现在他们的面前。

镜子的周身缀满了二十朵雕刻的梨花，围成一圈，簇拥着光滑的镜面。镜面上歪歪斜斜地映出两个大字：卿云。

卿云惊讶地挑高了柳眉，一双眸子睁得大大的。

“为什么上面会有我的名字？”

君无痕上前，轻轻地抚摸着镜面：“梨镜有个很神奇的力量，就是可以知道离宫宫主之妻。只有得到梨镜承认的女子，才能够孕育离宫的下一代，延续离宫的香火。”

“而梨镜承认的女子是我？”

君无痕点头：“云儿，过来。你顺次触摸这二十朵梨花看看。”

卿云照做，伸出手在雕刻的梨花上依次滑过。镜上的梨花冰冷刺骨，可是一经卿云之手，却发出淡淡的白光。渐渐地，光滑的镜面被一圈白光所簇拥，镜面上的“卿云”二字逐渐模糊直至消失，而梨镜随着白光的消散，镜面成了半圆形，周边的梨花也一并在空中失去了踪影。

卿云怔住了。

君无痕解释道：“梨镜与得到它承认并已经与宫主成亲的女子接触后，就会功成身退，恢复到最初的模样，直到离宫下一代的出生，它又会再次决定下一代的妻子。”

卿云盯着桌上的半块铜镜，突然间心里泛起了一阵奇异的感觉。

“这块镜子是不是还有另一半？”

君无痕一愣，眸光深邃了起来。他定定地凝视着卿云，唯恐错过她脸上的任何一个表情。可是她的表情一脸疑惑，并非是装出来的。

君无痕的脸色微微缓和，他点头答道：“的确。很久以前，梨镜与如今坐落在皇宫的离镜是一块完整的镜子。但是凤溪建立后，镜子分成了两半，慢慢演变成

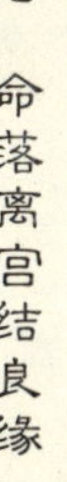

如今的状况。”蓦地，君无痕拳头紧握，蓝眸闪过慑人的冰寒，“梨镜和离镜都应该是离宫的！”

没有注意到君无痕语气里的不同，卿云沉吟了片刻，问道：“那块皇宫的离镜也有神奇的力量吗？”

“皇宫的离镜能够保天下太平，百姓安康。”

倏地，卿云抿紧了双唇，她转身凝视着君无痕：“无痕，如果梨镜里承认的女子是其他人，你会娶吗？”

“会。”他斩钉截铁地回答。

“你说你爱我。”卿云的声音很轻很轻。

“云儿，这是身为离宫宫主的无奈。云儿可以谅解我吗？”君无痕紧按住卿云的双肩，使得她不得不面对他。

卿云轻咬下唇。

沉默了许久，卿云问道：“如果我和离宫的利益相冲突，无痕会选择哪个？”

君无痕一怔，笑了声：“云儿放心，我不会让这种事情发生。”

卿云垂下了眼帘，不久，她抬起眼帘，眼底一片澄明，她抿唇一笑，没有接他的话，转过身注视着梨镜：“无痕，如果以后我们有孩子了，他也要像你一样只能接受梨镜承认的妻子吗？”

“是的。”

“没有改变的办法吗？”

“有。”君无痕的眸光深邃起来了，“如果能将离镜夺回，并与梨镜合二为一。所有的一切都能改变。”

卿云转头，柳眉一挑：“夺回离镜？皇宫的东西不好夺吧。”

“这是离宫历代的夙愿。皇宫里放置离镜的地方防守十分森严，而且要打开装离镜的盒子需要两把特殊的钥匙。”

“钥匙？”

“是的。”君无痕的唇上有一抹奇异的笑容，他轻声呢喃，“很特殊的钥匙。”

“呵呵……”卿云浅笑，“无痕很清楚了。无痕肯定探过很多次皇宫。以无痕的功力，要在皇宫来去自如是一件很简单的事情吧！”

君无痕却出人意料地摇了摇头：“虽然是来去自如，但是至今我只探过一次皇宫。”蓦地，他的拳头紧握，身体有些轻颤，眼底有些悲痛和后悔。但是见到卿云眼里的盈盈水光时，蓝眸恢复平静，里面柔意一片。

卿云眨了眨眼，轻笑道："无痕不怎么喜欢皇宫吧！虽然我没去过皇宫，但是皇宫是个很可怕的地方。里面只有对权力的争夺，所有的一切进了皇宫都会变味。皇宫是所华丽的牢房。"蓦地，卿云怔了下，她掩嘴笑道，"呵呵，我写书写太多了，总是容易把书中的情节放到现实中。"

"云儿很久没写书了吧！等你书的人都望穿秋水了。"

"哦？！"卿云挑眉，"无痕也看我写的书？"

君无痕摇头："无瑕那个小丫头最爱的就是卿云姑娘，整天就在我的耳旁左一个卿云姑娘右一个卿云姑娘，我想不清楚也难。况且云儿在民间享有的盛名，谁人不知？"

"无瑕吗？"

"是呀！无瑕爹娘早逝，生前嘱咐我要好好照顾无瑕。那个小丫头如今也到了嫁人的年龄了，云儿有空时帮我物色一下人选吧！"君无痕的脸上尽是无奈，"无瑕太过于任性，里面百分之百都是我宠出来的，云儿有时要多多包涵下。"

卿云浅笑，点头："好。"

墙上斜插着两个火把，火苗摇曳，照耀着阴暗的地下室。蓦地，卿云的肚子咕噜咕噜地响了起来，卿云有些尴尬地笑了笑。

君无痕爽朗一笑，搂过卿云的腰，灭掉了屋内的火，大步迈了出去："云儿，我们去用早饭。相信大家都对尊主夫人期待已久了。"

第八章·无瑕小姐

大厅里。

玉无瑕独自坐在饭桌前，她撑着下巴，双眼无神空洞，精致的脸庞此时看起来有几分憔悴。

大厅里的丫鬟仆人都在窃窃私语。

“好想快点见到卿云姑娘。”

“不对呀！现在要叫尊主夫人了。最喜欢尊主夫人了，我以为这辈子都不能见到她，想不到她竟然会成为我们的夫人。好幸福呀！”

“听闻尊主夫人长得比天上的仙子还要美呢！夫人真是幸福，人又美，又有才华而且还深得尊主喜爱。这天下哪有女人有夫人幸福呢！”

“不。说到幸福，我倒认为如今的蝶妃娘娘才是最幸福的。”

“哎！你叫错了，昨天蝶妃娘娘生下凤溪太子，现在是皇贵妃了。听闻皇上如今宠她宠得不得了。”

“夫人才是最幸福的。不信你问……你问……啊！紫衣，你来得正好。夫人很幸福吧！”一个丫鬟看到紫衣踏入大厅，立即把她拉了过来。

紫衣的脸色有些苍白，眼底布满了血丝，听到她的话时，她笑了声，声音有点悲凉:“嗯！夫人是最幸福的女人呢！”

紫衣勉强地笑了笑,静静地退到一个角落,不再参与她们之间的话题。

不久后,君无痕和卿云双双走了进来。

卿云身着苏绣月华锦衫,撒花百面褶裙,耳垂挂着晶莹的梨花耳坠。乌黑如云的秀发挽成了瑶台髻,髻上斜插一支梨花玉簪,鬓上有几朵细小的梨花。看起来,像不食人间烟火的仙女。

而她身旁的君无痕依然是一袭黑衣,五官俊朗,浑身上下散发着一种傲视天下的霸气。站在卿云身边,倒也是一对金童玉女。

厅内的丫鬟仆人在见到卿云的那一刻起,就完完全全怔住了。他们觉得尊主夫人就像是天上的仙女,即使多看几眼,也会亵渎了神灵。

卿云挽住君无痕的手,轻轻一笑。

玉无瑕见到卿云时,更是相形见绌。不要说憔悴的她,就算她最美的时刻也比不上此刻卿云的那种不食人间烟火的气质。

她垂下了头,眼眶微红,晶莹的泪珠在眼底打转。

“无瑕,来,见过嫂嫂。”君无痕与卿云坐到了饭桌前,见到低着头的无瑕时,君无痕开口说道。

无瑕死死地咬着下唇,忍住呼之欲出的啜泣声。她深吸一口气,小声说道:“无痕表哥,我不舒服,我先回房了。”

话音一落,人就已经低着头冲出了大厅。

玉无瑕身后的绿梅连忙向君无痕和卿云屈了屈膝:“尊主,尊主夫人,绿梅去照顾无瑕小姐。”

卿云轻轻地摇了摇头:“看来无瑕不怎么喜欢我呢！”

君无痕皱了皱眉,说道:“无瑕最近的脾气越来越坏,看来我真是太宠她了。云儿不要见怪的好。”

卿云一笑:“无妨。等会儿我去看看无瑕。”

“好。”君无痕温柔一笑,“劳烦云儿了。”

语罢,两人开始吃早饭。

君无痕时不时夹菜给卿云,而卿云也微微一笑,然后也夹菜给君无痕。两人之间有种说不出的融洽,看得身后的一众仆人婢女目瞪口呆。

他们从来都没有见过尊主的眼中会出现温柔似水的眼神,更没见过尊主的唇

角会一直扬着一抹带着柔意的笑容，就像冬日里的冰雪融化后的那种春天的气息。

他们吞了吞口水，一致望向尊主夫人。

卿云低着眉垂着眼帘静静地吃饭，如流苏般细长的睫毛时而轻抬，如夏日里的小河般清澈的双眸闪着盈盈的笑意。

这是一幅完美到让人不忍破坏的图画。

卿云身后的紫衣低垂着头，她的双唇抿成了一条苍白的直线，眼中眸光闪烁。

仿佛注意到了紫衣的变化，君无痕的眼神有意无意地掠过她微微紧握的拳头，蓝眸闪过一丝复杂的光芒。

这时，外面走进一个葛衣男子。

他正是君无痕的大弟子——无司。

无司大步走进，向君无痕和卿云微微施礼后，他凑到君无痕跟前，在他耳边轻声说了些话后，只见君无痕的眉头立即紧皱，冰蓝色的眸子划过一抹令人心寒的狠色，让人毛骨悚然。

正在舀粥的卿云瞥到那抹狠色时，手顿了顿，心中仿佛注入了高山上的冰水，而那股冰水在缓缓地凝结成冰，冻结住她的身体。

这时，君无痕转头，对卿云轻轻一笑，眼中仍旧是一派春天的柔水，仿佛刚刚的那抹狠色只是一时眼花。

“云儿，宫中有急事。等我处理完了，晚上再来陪你。”

冰有些不自然地融解，卿云垂着眼帘把汤匙里的粥舀到碗里后，她抬眸，嫣然一笑：“好。”

眸子澄澈万分，像天山的雪水，仿佛尘世间的万物在这双眸子前也会黯然失色；又像澄明的铜镜，仿佛天地间的尘事都被映照在其中。

无司一怔。

那样的眸子，他在平延王府的宴会上也曾见过一次。只是那双眸子比起夫人的多了几分淡然和几分高贵。

但是，凤雪公主和尊主夫人都有一个共同之处，就是她们同样有种让人不敢亵渎的气质。

倏地，无司感受到君无痕略微不悦的眼神，他连忙移走一直盯着卿云看的眼神：“弟子暂且告退，无司在白虎楼等候师父。”

“不必，我和你一起去白虎楼。”见他眼神移开，君无痕的脸色微微好转。接着他才与无司匆匆离去。

两人走后，卿云也屏退了大厅内的仆从，只留下了紫衣一人。

所有人离开后，卿云对身后的紫衣轻轻地吐了吐舌头："真不习惯一大堆人跟在后面看着我吃饭呢！"

见到卿云眼角的盈盈笑意以及可爱的表情，紫衣一脸的阴霾突然间消失得无影无踪，一抹温柔之色浮上了眼底。

"嗯。"

卿云的眉头突然蹙了蹙，她发现紫衣的眼里布满了血丝："紫衣，昨晚没睡好吗？"她记得昨晚很早就让她去休息了。

看到卿云关心的眼神，紫衣心头一暖，扬起一个笑容："夫人昨日大婚，紫衣太高兴了嘛！所以就睡不着。"

仿佛有股暖流注入了心头，卿云轻笑，拉过紫衣的手："傻丫头。"

蓦地，脑里飞快地掠过一句似曾相识的话——"公主开心，青衣就开心嘛！"

卿云咬住了下唇，她在心底轻轻地呢喃着"青衣"这个名字，一阵异样的感觉从心底渐渐浮出。

仿佛有一枚细小的针在心头旋转，一丝丝噬心的痛楚泛了开来。

卿云的脸色有些苍白，像冬日里的阳光般无力。

"夫人？怎么了？"紫衣着急地叫道。她的脸色有些不妥，难道毒没有解清吗？可是昨晚她明明跟君无痕洞房了，应该是她多想了。

卿云眨了眨双眼，见到紫衣关心的眼神，心中的痛楚渐渐消失。她抿出一个笑容，道："没事。可能今天起太早了。"

紫衣揪着的心这才慢慢放松，但是卿云下面的话却让她的心高高地提了起来。

"紫衣，你有姐姐或妹妹吗？"

紫衣摇头。

"没有吗？"卿云的表情微微失望，"那紫衣的名字是谁起的？"

紫衣的脸上浮起奇怪的神情，但是下一瞬间马上消失，她的脸上是一派的笑意："夫人，是紫衣已逝的爹娘取的。紫衣刚出生时，娘穿的衣服是紫色的，所以才会取紫衣这个名字。"

"呵呵……"卿云掩嘴轻笑，"那如果紫衣的娘亲那天穿的衣服是青色的，那紫

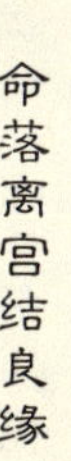

衣不就叫青衣了吗？”

紫衣的表情有一瞬间的惊讶，但是她马上也学卿云掩嘴笑了起来。

“原来夫人也喜欢开玩笑，紫衣还是喜欢紫衣这个名字多点。”

“呵呵，青衣也很好听呢。”眯着双眼，卿云仔细地观察着紫衣的表情。可是她的表情依旧，看不出任何的情绪波动。

她非常肯定，青衣这个名字绝对不是偶然在她的脑里蹦出的。她一定跟这个人相处过。

紫衣抬眸，眸子里一派澄明，她挺直着背部，直直地接受卿云的目光。直到卿云的目光移走，她才说道：“夫人，刚刚你不是说要去看看无瑕小姐吗？无瑕小姐差不多要开始练琴了。”

纤纤玉指握着汤匙，慢条斯理地将碗中的最后一口粥送入嘴中，卿云用手帕抹了抹嘴后，缓缓起身。

她转头，对身后的紫衣盈盈一笑。

“紫衣，你去休息吧！我自己去就可以了。”

阳光透过打开的纸窗照在卿云身上，她耳上的梨花水晶耳坠闪着晶莹的光芒，刹那间，她浑身仿佛散发着亮人的光彩，让紫衣一下子怔住了。

今天的她比往常还要美上几分。

紫衣的唇上浮起一抹苦涩的笑容。

或许是因为成亲了吧！

春天的阳光格外的明媚，卿云独自一人走在羊肠小路上，小路两旁一派郁郁葱葱，小草绿得让人欢喜。

一路上，遇到了不少离宫的弟子。纵然卿云武功全失，但从他们走路的姿势以及稳度，还有那只属于练武之人的感觉，卿云可以看得出离宫之人武功高深，不可小觑，就连除草的奴仆都有一定的功底。

想到这里，卿云的眼神黯了下来。

如今，在这武功世家的离宫里只有她才不会武功吧！如果她没有掉下悬崖的话……

蓦地，卿云的瞳孔猛地一缩。

她为什么会掉下悬崖？

离歌和仙老人告诉她她是因为想知道世上到底有没有白骨花才会去白骨崖

的，而她爬下崖时遭到毒蛇袭击，才会踩空石头笔直掉下悬崖的。

但是——

卿云咬唇。

她没有这段记忆。而且以她的武功，毒蛇绝对伤不了她。但是离歌和仙老人又为什么要骗她呢？

看来过一阵子，她得好好查一下这件事情。

卿云边想边走，不知不觉已经走到白玉阁前。

听闻玉无瑕对玉器情有独钟，对晶莹剔透的白玉特为喜欢。而玉无瑕本人也如白玉般无瑕，在武林中有谁人不知武林尊主的表妹是个比白玉还要精致的美人。

在玉无瑕成人礼的那天，武林帮派甚至王孙贵族都纷纷送来晶莹剔透的玉器，以得美人芳心。那天白玉阁里的玉器堆得比山还要高。可惜落花有意流水无情，玉无瑕对那成堆的玉器没有任何的动容，只对自己的表哥送的白玉坠情有独钟。

卿云叹了声。

看来，这个玉无瑕是个痴情女子。只是身在离宫，比天高比海深的痴情也抵不过梨镜上寥寥几笔的显示。

这时，白玉阁里传来一阵琴音。栖息在屋檐上的鸟开始拍翅往外飞，仿佛对接下来的琴声感到恐惧。

卿云挑眉，静静地伫立在门外听了下去。

琴音时而高扬，时而低沉，不难听出里面的不满和怨恨，可是渐渐地，渐渐地，琴音开始杂乱无章，东一个音，西一个音，刺耳到连卿云也不禁皱了皱眉头。

此时，“腾”的一声，琴弦断裂。

突然，她推开了白玉阁的大门。

白玉阁内有一座小院子，院中种了几棵桃花树，嫩绿的枝叶上一朵朵桃花含苞欲放，令人心旷神怡。而玉无瑕一人独坐在桃花树下，秋波流转，眸中水光盈盈，里面包含着愤愤不平与不甘，就像心爱之物被人夺取那般；双颊鼓起，染着两片浅浅的桃红，就像含苞欲放的桃花。

而绿梅则躲在桃花树后，唯恐无瑕小姐发起脾气来，乱抛东西。曾经有次无瑕小姐发脾气时，把桌上的杯子砸到了她的脑袋上。现在想起来还是心有戚戚。

卿云一进门，见到的就是生着闷气的无瑕。她暗忖道：果然美人发起脾气来，

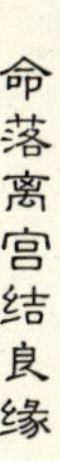

也是别有一番风味的。

只见卿云眸光微转，便盈盈一笑，踏着轻盈的脚步走到无瑕身前，用着极其轻柔的声音道："难道无瑕也想学《凤求凰》中的丹桂断弦求……"卿云眨了眨眼，"夫郎？"

《凤求凰》是卿云前几年所写的一本书，书中女主人公丹桂本与风度翩翩的表哥有婚约，可是后来丹桂在山中小亭抚琴时，一条琴弦断裂时，一个温文儒雅的书生出现在亭中。丹桂钟情于他的温和，不久丹桂忍受着世俗的眼光与表哥解除婚约，遭受到重重波折，终于与书生结成良缘。

玉无瑕见到卿云眸中带笑，耳垂上的梨花水晶耳坠微微一闪，便宛若凌波仙子般地走到她身前。等她反应过来，并注意到她的话时，无瑕脸微微一红："哪……哪有？"那娇羞的女儿姿态就连盛开的桃花也要被比下去了。

蓦地，无瑕意识到来人时，想起自己刚刚说的话，更是满心懊悔。可是看着满脸笑意的卿云，她又板不起脸，只好低着头，声音细小："我才不会像丹桂那样呢！"

"丹桂敢于追求自己喜欢的夫郎，不为世俗所束缚，这样不好吗？"

无瑕抬头，双眸水雾迷蒙，眸中有层浅浅的不解，她喃喃说道："可是丹桂抛弃了她的表哥。之前她明明是喜欢表哥的，如果那个书生没有出现，丹桂跟她表哥也是段才子佳人的佳话。"

卿云眸光一闪，立即呵呵笑道："丹桂自小接触过的男子只有表哥一人，她对表哥的喜欢不过是一种从小到大的依赖。"卿云眼眸微眯，声音低了下来，"而且真正的爱情是即使分隔两地，多日不见，那人的一言一行都会时时在脑中浮现。就像……"

倏地，卿云的眸中闪过一丝惊讶的光芒，讶异于自己脑中刚刚浮现出来的景象。但是下一刻，她抿了抿唇，决定忽略刚刚脑中所浮现出来的东西。

那样的东西她不愿去触摸，也不愿去打破。

既然如此，还不如当做什么都不知道。这样的话，他们依旧会是一辈子的知己。

呵，一辈子呢！

"依赖吗？"无瑕喃喃低语。

卿云轻轻一笑，话锋一转，问道："无瑕喜欢丹桂吗？"

许久，她才幽幽答道："不喜欢……喜欢……"

尽管无瑕答得模糊，然而卿云却懂了。

她笑道："无瑕羡慕丹桂敢于追求的勇气，却怨恨丹桂抛弃了她的表哥。可是无瑕心中还是喜欢丹桂的吧！"

无瑕一怔，猛然抬眸，望进了卿云如镜般澄澈的双眸。她当下一惊，顿时觉得这双眸子可以知道天下所有的凡尘往事。而且这双眸子让人如见谪仙，再大的怒气在她面前都会随风消散。

无瑕咬唇，默默不语。

"其实书中的人都是来源于我们平时的生活，只是却又比日常的生活多了份缥缈，但是以无瑕的聪慧，无瑕应该可以明白我的意思。"接着卿云看了一眼树后的绿梅，吩咐道："绿梅，等会儿找人把这断了的弦接上。"

她轻轻地抚着石桌上的五弦琴，眼底有一抹难以察觉的温柔："琴，可不能这样对待呢！"

声音温和，如沐浴春风般地令人心旷神怡。然而她的瞳孔却浮上了一抹连卿云也没有发现的浅银。

明明是温和的声音，可是当无瑕和绿梅听起来时，心中却禁不住发麻。那样的话语轻听是春风，细听却是凛冽的冬风。

倏地，卿云定定地看着玉无瑕，认真地说道："无瑕，即使成了亲，你一直都是无痕最宠爱的妹妹。这是一份独一无二的感情。"接着她轻轻一笑，"时候不早了，我也该走了。改日我再与无瑕好好地谈谈闺中话。"

而无瑕一直沉浸在自己混乱的思绪中，连卿云走了也未曾发觉。

绿梅看到玉无瑕在沉思时，也轻轻离开。

当她完全从混乱中走出来时，竟发现天已经开始发暗，星星点点也在空中若隐若现。

此刻的无瑕有种"山重水复疑无路，柳暗花明又一村"之感，她会心一笑，眸子亮得天上的星辰也要黯然失色，近日来的怨恨一扫而空，玉无瑕此时神清气爽，宛若吃了人参果般的。

她抬眸望着空中的一轮圆月，一双澄澈的眸子蓦地浮现在脑中。

有这样的嫂嫂，真的很不错呢！

白虎楼。

君无痕坐在大厅的中央，无司立于身旁，将近日收集到的消息一一告诉君无

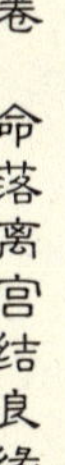

痕。

君无痕的眉头一直紧皱着，冰蓝色的眸子时而泛着令人不寒而栗的冷光。

“……自古邪正不能共存，当年第一魔教琴宫如今正在暗处积存力量，准备复教。只是无司办事不力，找了许久，依然找不到琴宫如今的落脚处。当年琴宫宫主魅绝一曲《恨江头》将武林各派内力深厚之士震得五脉尽断，虽然魅绝宫主如今已死，但是琴宫现在的势力已经不可小觑，黑道上的人都以琴宫马首是瞻，白道的人对于琴宫也是谈虎色变。师父，恐怕不久，离宫在武林的地位就要落后于琴宫了。”

君无痕眉头依然皱着。

他沉思了许久后，道：“无司，抓到的琴宫弟子可有泄密？”

“琴宫弟子分得极其散乱，而且琴宫弟子皆是易容高手。无司曾经抓到一个琴宫弟子，但是他的嘴密实得很，宁愿咬舌自尽也不愿透露琴宫落脚处。”

“这琴宫可神秘得很。”蓝眸划过一丝冷光。

突然无司似乎想起了什么，他眼睛一亮，道：“师父，听闻琴宫宫主失踪了。这琴宫宫主行事奇特，从不露面，但是听闻她的武功修为不低于当年的魅绝。”

“消息属实？”

“是无司从武林万事通西门岳中打听到的，而且根据最近琴宫弟子在武林也没有多大的动静，可见是群龙无首之态。这可是一举歼灭琴宫的最好时机。”

君无痕摇了摇头：“不，我们在明，琴宫在暗。消息还不能确定真假，况且琴宫也不知在哪，这样贸然去，损失的只会是我们。”

无司点头，表示赞同。

“师父，最近武林人心惶惶。”

君无痕沉吟了片刻，道：“七月初九，离宫将在离山召开武林大会。这武林沉寂和太平了许久，也是时候该向琴宫显示一下我们离宫的实力了，而且还可以在其中挑选无瑕的夫婿。”

无司一听，眼睛顿时一亮。这武林好久没有热闹过了。他立即应道：“无司必定会吩咐下去，让琴宫知道我们离宫的厉害。”

蓦地，君无痕似乎想起了什么：“另外吩咐下去，如若有人问起尊主夫人的容貌，就答尊主夫人整日以白纱遮面。”当日白骨崖，已有不少人知道凤雪公主的真正面貌。而他也决不能让那个男人知道她的存在。

无司一怔，脑中立即浮现卿云的澄澈双眸，心神不禁肃然起敬。那个如仙人般的女子。

蓦地，他脑中有个疑问。

“师父，凤雪公主……”

君无痕立即眼泛冷光：“不该说的就不要说。”

无司顿觉一冷，立即噤声。

第九章·青衣紫衣

自那日后，玉无瑕笑颜一日比一日多，慢慢恢复了少女原有的天真，而且跟卿云的感情也越来越好，甚至形影不离，整天卿云姐姐长卿云姐姐短的。

而这阵子，凤溪里的人几乎都是忙得一个头两个大。朝廷里在忙着凤溪太子的事情，武林里忙着下月初九的武林大会，各个帮派皆是兴奋之色不言而喻。武林大会的热闹渐渐掩盖住了前些阵子琴宫带来的人心惶惶。

而君无痕除了在准备武林大会外，暗地里也在调查着琴宫。一天到晚几乎都埋头在白虎楼里。卿云自然理解，善解人意地对君无痕说道：“无痕，不必顾及我。宫中事情重要。离宫很大，无痕还担心我找不着乐子吗？况且还有无瑕陪着呢！”

无瑕也连忙对表哥应道：“无痕表哥，无瑕一定不会让卿云姐姐闷着的。”

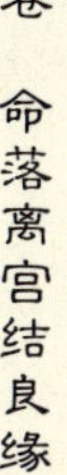

有了卿云和无瑕的保证，君无痕也较为放心地处理离宫的事情了。

而卿云每天也果真如她所说般，整天与无瑕逛着离宫。无瑕也乐得陪伴，可以不用练琴，做什么都可以。谁不知道她玉大小姐什么都不怕，就怕练琴！

这样平和安静的生活倒也过得愉快，只是过多了也未免心生厌烦。

一日用午饭时，君无痕难得有个空闲的时辰便陪伴着卿云用午饭，而一直黏着卿云的玉无瑕也理所当然地在一边。

“云儿，委屈你了。”君无痕一脸愧疚地看着卿云，“无奈离宫事情太多，不然我肯定整天整日不离你。”

“无痕表哥，我整天整日都不离卿云姐姐哦！”

君无痕眉头一皱：“无瑕，叫嫂嫂。”

无瑕一吐舌头：“不要，卿云姐姐比我大不了多少，我才不要叫嫂嫂呢！”

“无瑕！”君无痕声调提高，冰蓝色的眼眸泛着层蓝光。

“哇呜，无痕表哥欺负我。卿云姐姐要为我做主！”玉无瑕连忙跑下饭桌，躲在卿云背后，轻轻啜泣一声，一双幽怨的眸子盯着君无痕。

卿云一笑，轻轻地看了无痕一眼。君无痕立即蓝光逝去，柔光浮起：“云儿。”

“无瑕只是调皮而已。”

君无痕点头，微笑，不再说什么。

蓦地，君无痕看到窗外伸进的嫩绿枝条时，心一动，蓝眸漾着柔和的情绪，他瞧着卿云，道：“云儿，可喜欢枫叶？”

卿云一怔，心莫名地一痛，睫毛颤抖地一扇，随即淡淡地道：“还可以。”

“无瑕很喜欢枫叶。”不满被眼中只有妻子的表哥忽略，无瑕气嘟嘟地抛去一句，但话语刚出，又觉不妥，连忙补上一句，“卿云姐姐最喜欢梨花了。”

卿云神色一柔，想起了漫天的白色梨花，想起了梨花的清香，想起了那个爱梨如命的白衣男子。

“我知道。”君无痕神色略微不满，他握住卿云的手，十指收紧，微微用力，拉回了卿云的神。见她回神，脸色才缓和下来，“云儿，等处理完离宫的事情后，过一阵子，我们去枫城看枫叶，好吗？”

“……”刚想说好的玉无瑕见表哥眼中蓝光一闪，立即收口，乖乖地立在一旁，双眼放光地盯着卿云，仿佛在说“好姐姐，快答应吧！”

卿云哭笑不得地看着无瑕，再看了看无痕眼里的柔情蜜意，只能点头应允：

"好。"

无瑕大呼一声:"太好了！卿云姐姐，我最喜欢你了！"接着她心中有些不平，她瞪了君无痕一下。果然表哥只疼妻子，他以前都没带她出去玩过呢！只知道逼她练琴，还说什么女子不会弹琴也就不是女子了！

玉无瑕嘟着小嘴，模样煞是可爱。

而君无痕眼角瞟了下玉无瑕，当即知道她的脑袋瓜子在想些什么，嘴唇扬起一个弧度:"无瑕想去也可以。但是在去之前，必须得把《瑶台曲》《汉宫秋》《昭君怨》这三首曲子弹出。"

"啊？！"无瑕的脸马上垮了下来。

"枫叶十月变红，如今才二月中旬，时间还长着呢。"蓝光一闪，"学不好，就不能去。"

无瑕的五官快挤成一堆了，她可怜兮兮地求救:"卿云姐姐，我……我……"

卿云一笑，纤纤玉手轻轻地搭在无痕肩上:"无痕，这对无瑕也未免太严厉了。无瑕的琴技还不足以学这些曲子。"

无痕也难得固执:"有云儿在旁，即使是刚接触琴的人也能琴艺突飞猛进，不到半年会这些曲子便是家常便饭了吧！"

"无痕太抬举我了。"

君无痕一笑，将肩上的手轻轻地握在手掌，宽大的手掌包住了那细小的手:"这天下有谁不知卿云姑娘才华横溢，琴棋书画中琴艺最为高超。恐怕连凤溪第一琴师听了云儿的琴也会自愧不如。"

卿云收回手，掩嘴一笑。她看向无瑕:"无瑕，我可是很严厉的哦！比无痕更加严厉。"顿了顿，看到无瑕已经吃完的空碗，她弯唇一笑，"无瑕，现在去练练指法。那日听你的琴音，明显是基础没有打好。今晚我检查。"

"呵呵，无瑕，去吧。"君无痕也难得笑眯眯的。

无瑕苦着小脸，看着眼前两个笑眯眯的人，顿时心生掉入狼坑之感。摸了摸手上的鸡皮疙瘩，无瑕讪讪地去练琴。

见无瑕走后，卿云收回笑脸，面带疑惑地看着君无痕，问道:"为什么总是逼着无瑕练琴呢？无瑕对琴并不感兴趣。强迫她做她不喜欢做的事情，不会有多大的成效。"

君无痕但笑不语，许久他才道:"云儿呢？"

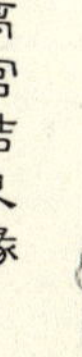

“我当然是因为喜欢琴才会弹琴，当初第一眼见到石桌上的白玉琴时，心中就有个感觉，觉得琴仿佛是为我而生的。”

君无痕摇头：“云儿，我不是问这个。我是问如果有人强迫你做你不愿意的事情，你会怎样做？”

卿云一怔，眯住了双眼，遮住眼底的闪光。只见她睫毛轻轻一扇，眸子澄澈分明，话语却暗藏深意。

“自然是不从了。”顿了顿，“不过，也要看当时的情况。”

突然，卿云的视线越过君无痕，落到茶几上的梨花瓷瓶上。通体洁白的瓷瓶上的梨花刻得栩栩如生，但总是缺了那么一点的真实。此时，卿云很想念绝尘谷上的梨花。想念到情不自禁说出口：“好想看绝尘谷上的梨花呢！”

君无痕脸色一沉，但也仅有一瞬间，他马上说道：“绝尘谷位于万丈悬崖之上，而且里面的危险机关也不少。云儿如今武功全失，恐怕上去有些困难。”

卿云一笑。“无碍，我自有我的办法。”突然，她话锋一转，“无痕，按照凤溪律令，女子成婚的第四天要回娘家的吧！”

君无痕挑眉：“云儿意思是？”

“绝尘谷是我的娘家，如今已经过了个把月，不回娘家就不像话了；而且无痕这几天公事繁忙也不能陪伴卿云。既然如此，择日不如撞日，这几日我便回娘家探亲罢了。”

君无痕无奈地摇了摇头：“云儿如此一说，我想不答应也不行，况且我也不是那么专制的人。只是路途遥远……”

“没啦！绝尘谷在都城附近，而都城的临城便是枫城，而枫城离离宫也不过几十里。如若快马加鞭，不出三个时辰便能到达。”卿云一一道来。

苦笑一声，君无痕只好答应。

“云儿要回娘家多少天？”

沉思片刻，卿云伸出五根玉指，见君无痕皱了皱眉头，连忙缩回两根：“算上回程，三天！”

“好。”

一听他答应了，卿云的脸马上绽开了一朵灿烂的笑花，那是可以令天地的冰雪都能为之融化。

君无痕有一瞬间出神，但下一刻，他霸道地握住她的双肩，认真无比地说：“记住，离宫才是你的家。”

卿云轻轻一咬唇，眼帘下垂，似乎要遮住眼中的情绪。但碍于君无痕灼热的视线，她只好抬起眼帘，轻声应道：“知道。”

君无痕这才满意地吩咐仆从准备马车以及其他相关事宜。

片刻，仆从就井然有序地准备好一切东西。

而卿云也换好了一身男装，乌黑的发丝用白玉冠束之，脸上未施粉黛，一袭飘然白衣，手执白玉扇。玉扇轻轻一摇，宛如谪仙。

见到如此的卿云，离宫里的丫鬟皆是脸红心跳，恨不得非君不嫁。如果不是碍于卿云身边沉着一张脸的君无痕，恐怕丫鬟们早已尖叫不断了。

听到卿云要回娘家的消息时，玉无瑕赶忙跑了出来，看到一袭白衣宛若谪仙的卿云时，她竟然结结巴巴地叫了句：“美人哥哥。”

顿时全场寂静。

君无痕脸色更是沉了几分，倒是卿云爽朗地笑了起来，轻轻地摇了摇玉扇，猛地一收，扇头敲了敲无瑕的头后，笑道：“无瑕，看小说看多了，还不去乖乖练琴！”

“哎呀！卿云哥哥，无瑕舍不得你嘛！”

“乖，我三天后回来。”

安抚了一下玉无瑕后，卿云转身，对脸色黑沉的君无痕盈盈一笑：“无痕，我很快回来。”接着上了马车，紫衣也紧随其后。

君无痕对几个藏在暗处的人使了使眼色，他们便跟了上去。

偌大的马车中，卿云和紫衣分别坐在高高的软榻上，榻边各有一个小小的四方的檀木几，几上摆放着各式各样的小点心。

卿云轻轻地摇着玉扇，歪着头倚在窗边，窗边的纱帘在微风中轻拂，偶尔遮住了卿云如白玉般无瑕的脸。

紫衣的眼帘微垂，静静地坐在榻上。蓦地，好像感觉到了什么，紫衣抬眸，撞上了卿云的轻轻一瞥。

马车里空气仿佛静止了似的。

两人就这样定定地相望。

卿云在那目光交会的一刹那，她看到了一双深邃的眸子，心不由深深地颤了一下。

那样深邃的眸子，似曾相识呢！

卿云挑眉，收起扇子，身子微微倾前，扇子的一端挑起了紫衣的下巴，只见她眸光一闪，唇角扬起一个带着玩味的笑容。

“这位姑娘，可否赏脸与本公子到郊外一游？”

紫衣一怔，立即反应了过来，同样是闪着眸光，但是眸光上却铺着一层薄薄的雾气，而那层雾气是卿云也无法穿透的。

紫衣轻笑。

“这位公子生得好生俊朗，只可惜罗敷有夫，心中亦有人，所以只好辜负公子的一番好意了。”

卿云收回扇子，一脸黯淡无光。她幽怨地看了紫衣一眼，缓缓地摇开玉扇，叹道：“可怜本公子生得玉树临风，俊朗不凡，貌赛潘安，竟然被一个小姑娘嫌弃。唉！这世道真是……唉！”

紫衣“扑哧”一笑，然后脸色认真了起来，她定定地看着卿云，眸光深邃：“紫衣真的有很爱很爱的人，爱到——”缓缓地侧头，她的目光透过打开的窗落在天际。

“不顾一切。”

卿云抿唇，摇开的玉扇遮住了她的半张脸，只余一双闪着微光的眸子。看着紫衣的表情，卿云突然觉得被紫衣爱上的人一定会很幸福。

蓦地，卿云想到了自己。

如果能够不顾一切地去爱一个人，那应该会很幸福吧！即便那个人不爱自己。

马车外飞来一对小鸟，阳光下，它们的羽毛闪着光泽，在车旁欢快地飞着，互相追逐，发出愉快的欢叫。卿云会心一笑，目光紧随着它们。

如果能够不顾一切地追逐心中所想，或许幸福就不远了。

一路上，卿云与紫衣一直各怀心事地沉默着。夕阳西下时，马车才缓缓地驶到了绝尘谷所处的万丈悬崖下。

微暗的天空，星星点点在空中若隐若现。

半开玉扇，抵在额前，卿云眯着双眼，遥望高不见顶的悬崖。

即使是黄昏，悬崖的中央萦绕的一圈圈白雾依然隐隐约约可以见到，雾上亦是朦胧一片，让人难以看到上面的景象。

世人只知绝尘谷处于这万丈悬崖之上，只知绝尘谷种满了梨花，只知绝尘谷上机关遍布，只知绝尘谷上只有离歌神医与卿云姑娘。

能够攀上悬崖，进入绝尘谷，一睹离歌神医真容，这是一直以来许多冒险者的梦寐以求。只可惜……

卿云斜睨了一下不远处闪着寒光的一大堆白骨。

蓦地，卿云划过一丝莫名的冷光。

绝尘谷是她和离歌的，其他人休想染指。

紫衣盯着卿云挺直的背部，暖色的黄昏照在她的背上，明明是柔和的，可是在那一瞬间，她竟然觉得那股暖暖的柔和中沁出一层令人心寒的冷，仿佛有一朵鲜红的血花邪魅地在她背上绽放。

那样的卿云是如此的陌生，陌生到让人心惊。

蓦地，卿云转身，轻轻一笑，整个人沁在夕阳的柔和中，仿佛刚刚的一切只是梦境。“紫衣，这几天你先住在都城里的客栈，三天后再和车夫回来这里。”接着她看了看四周，沉声道，“这三天里，好好保护自己。”

她知道君无痕定不会放心她，必定会派一些人隐藏在周围。

紫衣点头，心里吁了一口气，应道：“是。夫人。”

待所有人都走后，卿云看了看四周，走进一片森林里。

今夜无月，而且乌云朵朵，只是偶尔会跑出一些星星点点。森林里的树木茂密，遮住了星光，森林里一片漆黑。

微风轻袭，树枝颤了颤，隐隐有阴森的绿光发出。

卿云独自一人走在森林里，眸子亮得惊人，与这死气沉沉的森林形成明显的对比。她的唇角明显勾起，眼底漾着期待的笑意。

仿佛即使是黑夜，也无法抵挡住她此时此刻明媚如白日的好心情。

真的好久好久没见到离歌了！

卿云摸黑在森林里走着。

以前不想写书时，她总会躲在这个森林里，然后离歌就会在这个森林找她找得昏天暗地。奇怪的是，每次离歌总能在天黑前找到她。她明明是藏得很好的，不可能会被人发现的。而每次离歌找到她后，都会怒气冲冲地吼道：“你这女人——赶快去写书！”

虽然那时的离歌是怒火冲天的，但是仔细观察，她总能看到他眼底的那层隐藏得很深很深的关心以及……

卿云一笑，摇了摇头，没再想下去。

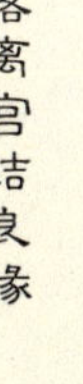

她摇了摇玉扇，停住了脚步，弯下身子，拾起一片薄薄的树叶。

微风轻拂，卿云发上的白丝带飘起，她闭上了双眼，一首轻柔的曲子从红唇里吹出。森林里变得很静很静，就连枝上的树叶也不敢颤动，怕扰乱了这静谧的气氛。

曲终，气氛依然静谧，只是一阵沙沙声突然从远及近地传来。定睛一看，是一只眼神锐利的巨雕。

巨雕展翅一拍便是一阵狂风，树叶扑扇扑扇地在空中飞舞，它的眼神锐利得如金属一般。

它盯着卿云。

卿云一开玉扇，挡住了漫天狂舞的树叶。玉扇一收，她的嘴唇弯起了一个笑容，她踮起脚轻轻地拍了拍它的头，微微一笑。

巨雕的眼神竟然变得柔和了起来，它扑下身子，低低地叫了一声，像一只温驯的小狗。

卿云满意地点了点头，坐在它的背上，接着又轻轻地抚摸它的头。

而巨雕立即展翅而飞，冲向万丈悬崖。

这只巨雕是离歌和她训练出来的，为的是哪一天她和离歌有人受重伤了，不能回绝尘谷而想出的办法。想不到，真的派上用场了。

片刻后，巨雕将卿云送到了悬崖上。卿云走过了梨花林里的重重机关后，进入了绝尘谷。

梨花飘飞，竹屋里灯火通明，炊烟袅袅。

卿云柳眉一挑，摇了摇玉扇，暗自笑道：难得离歌做饭，看来她有口福了。

她一直觉得离歌是个完人，是个谪仙，仿佛这个世上没有可以难得倒他的东西。离歌的手能救人，能做衣服，能做饭……

有时候，她看着他，会觉得他离她很远很远，明明一伸手就能碰触，可是却依然觉得他如天边的星辰。

卿云停住了脚步，大力地一嗅。

唔……这是栗子鸡的味道！是她喜欢的菜色之一。

卿云的睫毛有些惊喜地向上一扇，里面洋溢着浅浅的笑意。难道离歌知道她今天会来？

离歌虽然有一手好厨艺，但是却鲜少展露。而她吃过的次数也为数不多。算起来也就只有两次，第一次是离歌治好了她的毁容，而第二次则是她首次进入绝尘谷。

想起等会儿可以吃到离歌做的菜，卿云的嘴角不由得扬起了一个灿烂的弧度，脚步也不由得加快了许多。

就在脚步准备接近竹屋时，卿云瞥到了里面的一抹绿色身影。她当场愣住，扬起的弧度像寒冬立即降临般地被冰冻住，脸色如纸般苍白。

卿云定在那里，许久都没有动弹。

不知过了多久，卿云才僵硬地移动着脚步，单手扶着竹屋的门，不敢置信地盯着厨房里那个清秀的女子的背影。

澄澈的双眸中水光乍现，一点一点的银缓缓地凝聚在一起，最后化为一抹肃杀的银隐藏在眼底。

卿云双拳紧握。

不该这样的！不该这样的！绝尘谷是她和离歌的，不可能会有其他人的！

卿云双唇抿出泛白的颜色。

绝尘谷是她和离歌的，不能沾上其他人的气息。

绝对——绝对——绝对不可以！

眼底的银色渐渐浮到眸中的水光上，隐隐的杀气自卿云身上发出。

这时，那抹青色的人影转身，见到倚在竹门上的卿云时，她先是怔了下，然后双眼大放光彩，她双肩不停地颤抖，眸子里顿时浮动着激动的水光。

“公……公……公……公……”青衣激动得连话也说不出来。

而卿云在见到青衣满脸惊喜和那双激动的眸子时，银色无声无息地散去，杀气也逐渐消失，取而代之的是一股平淡的柔和。

“青衣，见到卿云姑娘本人，也不要太激动了。你的伤还没有完全好。”一袭白衣的离歌出现在卿云背后，他对青衣使了个眼色。

青衣立即明白，回了个眼神给离歌后，她对卿云露出一个欢喜的笑容：“卿云姑娘，我真的很喜欢很喜欢你写的书。”

卿云的眉头蹙着。她刚刚自然没有放过他们两个之间使的眼色。

离歌有事瞒她。

卿云咬唇。她讨厌被他排除在外的感觉。

卿云没有理会青衣，她垂下眼帘，遮住了眼底的那层淡淡的黯然，问道：“她是谁？”

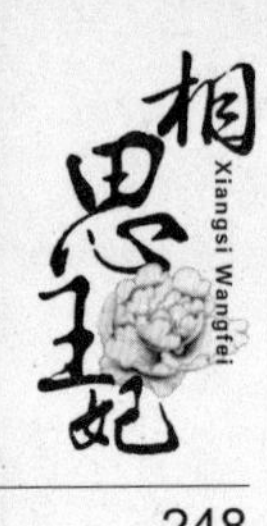

离歌沉默了会儿后，嘴角勾起一个弧度：“女人，你家男人真宠你，让你穿着男装到处跑。”

“她是谁？”

“女人，你……”

“她是谁！”卿云猛地转身，抬头定定地盯着离歌，一双眸子里雾气氤氲。

离歌盯着她的双眼，透过层层雾气，看到了她深处的脆弱。他想起了他们第一次相见。

那时的她也如现在一般，还是那样的固执呀。

他低低地叹了声，修长的五指插入她如流云般的黑发，将她的头轻轻地按在他的肩上：“女人，我是大夫，她自然是病人了。”

卿云乖乖地靠在他肩上，她突然觉得自己变得很轻很轻，好像这阵子来所有的沉重都靠在了他的肩上。

她用力地嗅了嗅，闻到熟悉的梨花香时，她的唇角勾起一个满足的笑容，眼底的那抹淡银也渐渐隐藏于一派柔和中。

“离歌从来没有带过病人进绝尘谷。”声音闷闷的。

离歌听出来了，他轻抚着她的秀发：“我是大夫，自然不能见死不救了。当时她伤得很重，只有谷里的千年冰床才能救她。”

“那现在呢？”

“女人，她还没有完全好。”离歌温柔地解释道。

“哦。”声音更为沉闷。

蓦地，离歌似乎意识到了什么，眼里的宠溺又更深了一层。他抬起她的头，认真地注视着她的双眸：“绝尘谷里的主人永远都只有我和你。”

卿云也注视着他的双眼。

慢慢地，慢慢地，她的眼神变得很柔和，眸子里清澈见底，清晰地印着离歌的容颜。卿云抿唇一笑，大力地点头。

“嗯。”

离歌无奈地叹了声：“女人，你成亲后，更像小孩了。”

卿云撇了撇嘴，瞪了他一眼，道：“我全身上下哪里像小孩了？没看我全身上下都散发着女人的魅力吗？”

蓦地，似乎想起了什么，卿云的眼眸闪过一丝狡黠的光芒。

离歌准确无比地抓住了她一闪而逝的狡黠。心中暗忖道：这个女人又不知想玩什么了。每次露出这样的眼神，他都会不可避免地遭殃。

“呵呵，”卿云摇开玉扇，遮住了半张脸。突然，她猛收玉扇，扇头挑起离歌的下巴，妩媚一笑，水眸连送秋波，“不如我们来段流传千古的断袖之恋吧！”

离歌的嘴角顿时抽搐。

“你这女人……”突然，离歌瞥了下不远处依然是一脸激动的青衣。

青衣定定地看着离歌和卿云。眼前的两人都是一袭的白衣，他们两个之间好像有一条无形的线在紧紧地牵着。她从来没见过公主这样的一面，撒娇、生闷气、一颦一笑，一举一动都是散发着少女应有的光彩。公主在离歌公子面前，仿佛抛去了所有的面具，只剩下最真实的她。

而离歌公子看公主时是温柔的，眼里只有公主一个。

公主亦然。

离歌公子爱着公主，公主对于离歌公子……也是爱着的吧！

离歌顿了顿，继续说道：“女人，要好好招待青衣。青衣是我们的客人。”

卿云一怔。

青衣？！

卿云转身，视线落在了角落里的青衣女子身上。

五官端正，样貌清秀。嗯……跟紫衣长得有些相像呢！

“青衣……”卿云轻声叫道。

“是。”青衣有些欣喜，她好久没听到公主叫她名字了。

卿云弯唇一笑：“你娘亲生你时，肯定是穿着青色的罗裙。”

青衣一怔，嘴巴惊讶地张得可以塞入一个鸡蛋：“公……卿云姑娘怎么知道？”公主不是失忆了吗？

“呵呵。”卿云掩嘴一笑，“我的侍女叫紫衣，她说她的名字就是这样来的。我想，你也应该是这样的吧！青衣认识紫衣吗？”

青衣咬唇，瞥了一眼离歌。然后大力地摇头。

“不认识呀！那真是可惜了，等哪天我带你去认识紫衣，你们肯定可以成为很好的闺中密友。”卿云浅笑。

突然，卿云话锋一转，眼中闪过一抹锐利。

“青衣很面熟呢！我以前跟青衣见过吗？”

青衣拼命地摇头，额上冷汗不断地冒出。

“没有呀！可是我觉得好像在哪里见过青衣呢！让我想想……嗯……是哪里呢？”卿云侧头，瞧着离歌，“离歌，我们以前见过青衣吗？”

“没有。”离歌突然伸手扯下她束发的玉冠，一头乌黑如云的秀发顿时如雨般落下，滑过离歌修长的五指，“女人，你果然不适合男装。”

“喂！你不要弄乱我头发啦！”卿云鼓起两颊，顺手扯下他束发的丝带。轻风拂起，离歌的青丝混着几片雪白的梨花在空中飞舞，黑白分明。

红唇皓齿，面如冠玉，散下青丝的他竟然有种魅惑人心的味道。卿云有一瞬间的失神，突然，她嘀咕了一声。

“比女人还像女人。”

离歌哭笑不得地看着她，眼里仍是宠溺一片。

青衣含笑看着他们。

如果可以，她真想画下这幅美到落入心坎的画面。公主和离歌公子发丝纠缠，两人眼里笑意盈盈，共同孕育着一种无言的幸福。

第十章·琴宫魅绝

吃过晚饭后，卿云与离歌走出了竹屋，在梨花林里散步。

今夜无月，空中亦是乌云朵朵，星星也难见几颗。但是此时此刻的梨花林里却是通红一片，驱走了无边的黑暗，亮得令人心生温暖。

当卿云看到眼前的景象时，她惊讶地睁大了双眼。她转头盯着离歌，脸上的喜悦之情不言而喻，唇角也是微微翘起："离歌，你怎么会想到这么做？"

雪白的梨花林里，溢着一片红光。每一棵梨花树上都挂着一只红色的灯笼，暖暖的红色衬着柔柔的白色，煞是可爱。

"光是最容易驱走黑暗的。"离歌低低地说道。

卿云心一颤。果然……

"你这女人最怕黑。今晚的天这么黑，万一你撞坏了我的梨花树，那我岂不是亏大了？"

卿云气嘟嘟地瞪了他一眼。

"我还怕你的梨花树撞坏我呢！"这男人真不懂风花雪月，什么诗情画意都被他的话煞没了。

突然卿云似乎想起了什么，她问道："你从哪里弄来这么多灯笼？"

"病人送的。"淡淡的语气。

"哦？！"卿云挑眉，走近一棵梨花树。她抬头看了看挂在树枝上的灯笼，上面写着一句话：离歌神医，你是我们的再生父母。

再看看另一个灯笼——多谢离歌神医，下辈子必以作牛作马回报。

又看看另一个灯笼——离歌神医的大恩大德，小女子此生难忘。

……

一个又一个红彤彤的灯笼上都写着类似这样感激的话语。

莫名地，卿云心中浮起一股奇怪的感觉，像有东西塞在心里似的，很不舒服。

"离歌，这些灯笼都是用心去做的呢！"

"是呀！"离歌含笑拿下一个灯笼，轻轻地抚摸着，眼底是一片温柔，"这是病人对大夫的回报。"

"离歌很喜欢当大夫呢！"

离歌点头。

"从师父收我当他徒弟那天开始，悬壶济世便是我一生的愿望。能看到病人健康的容颜，是我最开心的事情。"

离歌仰着头，看着梨花树上的灯笼。微风轻拂，他的发丝和衣袂飘动，他的侧

脸在灯笼的照耀下沁着层柔和的红光。

看起来，是如此的遥远。

卿云眼里有一抹黯然，她抿了抿唇，轻轻地说道："离歌真是个好大夫。"语气很淡很淡，淡到只有卿云自己才能体会到其中那股淡淡的酸味。

离歌以笑回答。

突然卿云耸肩一笑，脸上换成轻快的表情。

"如果以后离歌成亲了，那……"

话还未说完，马上被离歌打断了："我不会成亲。"

卿云一怔："为什么？"

离歌的唇上浮起一个苦笑。"只因为……"蓦地，离歌脸色一正，他似笑非笑地看着卿云，"女人，你越来越好看了。"

说罢，他伸出手在卿云的脸上捏了一把。

"唉，果然是成亲好呀！连人也变得好看了。"

卿云的脸颊先是不服气地一鼓，但是听到离歌的下一句话时，她的心突然一紧，脸色也黯淡了下来。

是呀！她成亲了啊！她的夫君是君无痕。

那个霸道而又深爱着她的男人。

她不是卿云了，她不能再和离歌毫无顾忌地打打闹闹下去了，她已经是别人的妻子了呀！

眼神一黯，卿云向后退了一步，与离歌拉开了距离。

"是吗？"轻轻反问一句，卿云抚上自己的脸，依然光滑如昔。

离歌眼中飞快闪过一抹黯然，把手中的灯笼挂回树上后，他眯着双眼，转移了话题："女人，你似乎忘记了一件事情？"

"呃……呵呵……"卿云眨了眨眼，有些心虚地笑着。通常离歌眯着眼跟她说话，内容都不会是什么好东西。

"女人，你几乎有一年多的时间没写书了。你的卿云阁里现在不但堆满了催文信而且还布满了灰尘，结满了蜘蛛网。"

"呵呵……"卿云继续眨眼，心虚地退后了几步。看到离歌越来越危险的表情时，她才乖乖地走到离歌面前，低着头，说道，"我没有了武功，上不了卿云阁。"

"没关系。把你卿云阁里写书的东西全都搬进离宫就可以了。就这样办吧，既然你回来三天，那我们明天去卿云阁。”

卿云可怜兮兮地抬起头，一双水眸波光盈盈地盯着离歌。

“离歌……”

离歌皱眉：“女人，别对我撒娇。”

卿云吸吸鼻子，哼道：“坏离歌！”

突然，卿云的视线越过了离歌，落到梨花树上的一个灯笼上。

卿云一惊。

那个灯笼做得玲珑剔透，灯笼的顶端镶有一颗琉璃珠，让人一看就难免心生喜爱。让卿云吃惊的不是它的外表而是上面用狂草所写的内容——

绝尘，我恨你一辈子！

那如骤雨狂风的草书每一笔每一画都深深地表达着那人的恨意。

卿云咬唇。

恨！多么强烈的一个字啊！到底要经历过什么样的事情才会说出这个字来呀！

“离歌……”卿云伸出手指指向那个灯笼，“你看看那个镶有琉璃珠的灯笼。”

离歌顺着她的视线，取下那个灯笼，仔细一瞧，他的脸色微变。

他连连摇头，嘴里呢喃着：“不可能的，不可能的。”

难得见离歌有这样的表情，卿云问道：“什么不可能？”

“师父一生悬壶济世，并未娶妻，更没有惹上任何的情债，而且师父对女子更是温和有礼。”

卿云挑眉，接过灯笼，仔细一瞧，她叫道：“上面有署名。”

离歌仔细一看，也发现了上面的署名——魅绝。

蓦地，卿云蹙了蹙眉。

“魅绝这个名字，很耳熟，不知在哪儿听过……嗯……”卿云的瞳孔倏地猛缩了起来，她看了一眼同样惊讶的离歌，异口同声地叫道——

“琴宫宫主！”

卿云惊讶地捂住了嘴巴。

琴宫宫主恨绝尘老人，可是往往恨的反面就是爱，琴宫宫主爱的是绝尘老人吧！可是……

卿云想起了老一辈说的武林大事。

当年琴宫宫主走火入魔，在举办武林大会时，以一曲《恨江头》将所有在场的武林人士震伤了五脏六腑，武功内力修为低的人皆是七窍流血而亡。那年的武林大会是有史以来最血腥的一次，而琴宫宫主也由此被人称为血魔。

最后武林人士请出了绝尘老人和仙老人，两位老人联手将魅绝引向白骨崖，最后由绝尘老人使出致命一击，魅绝掉下悬崖，血溅白骨崖。

那一年从不长花草的白骨崖奇迹般地开满了大朵大朵血红色的花，像地狱里的曼珠沙华，每一朵都拥有魅惑人心的邪魅笑容。

而自从魅绝死后不久，绝尘老人与仙老人纷纷隐居，不再过问世事。

直到现在，唯一不变的就只有白骨崖下一大片的血花，常年绽放着血色的笑容，魅惑着人的心灵，就像当年魅绝掉下时那一刹那的绝代风华。

梨花林里一片沉静，灯笼散发出冷清的红光。

卿云和离歌的脸上都有些沉重。

许久，卿云叹了叹息，道："看来当年绝尘老人能够轻易杀死琴宫宫主是别有内情。"她突然觉得手中的灯笼异常的沉重，"离歌，你师父没有跟你说过吗？"

离歌摇头："师父从未跟我说过琴宫宫主的事情。我只知师父每年会消失一个月，回来时总是一脸悲痛。"

"绝尘老人走前没有留下任何东西吗？"她以前看过一张关于绝尘谷内部位置的地图，她记得梨花林的深处有一间木屋，是绝尘老人的禁地，"那间木屋……"

离歌摇了摇头："师父走之前，放火烧了那间木屋。并嘱咐我不要去动那处地方，多年过去了，如今那里依然是废墟一片。"

"真是可惜了。"卿云一脸惋惜，"我以为可以知道一个缠绵悱恻、轰轰烈烈的爱情故事呢！"突然卿云感叹道，"果然世事难料，很难想象琴宫宫主会爱上绝尘老人。只是到底绝尘老人爱不爱魅绝呢？唉，现在也无从得知了。琴宫宫主很可怜呢！"

倏地，卿云的心缩了一下，无限的伤感从心底浮到了脸上。

离歌拍了拍她的肩："女人，仙老人还在呢！以师父与仙老前辈的关系，我想仙老前辈应该也知道一些。"

卿云眼前一亮，眸子大放光彩，她连连点头："那明天我们去仙谷找仙老人！卿云阁就后天再去吧！"她拉起离歌的手，眨着眼睛，"好不好？"

离歌无奈地叹了声，只好应道："好。"

卿云一笑，笑意盈盈地看着离歌。

离歌也浅浅一笑，温柔地看着卿云。

梨花轻轻地在他们的周围飘落，红色的柔光轻轻地照耀着他们，无声的黑夜也轻轻地笼罩在他们身上。

绝尘谷上的一切仿佛都在注视着他们，在守护他们的笑容。

第二天一早，吃过早饭后，离歌带着卿云去了仙谷。

白骨崖底。

一大片一大片的血花妖娆地开着，像极了地狱里的红色修罗，邪魅而又有种惊心动魄的美。那种美是摄人心魂的。

卿云怔怔地看着眼前的血花，停住了脚步，蹲了下来细细地观察着。卿云的眼里映着一大片妖娆的红。

蓦地，她感觉到体内的血液似乎涌动了起来，眸子里一点一点的银快速地聚积了起来。

纤纤玉手情不自禁地向前伸，刚要碰到鲜艳欲滴的花瓣时，离歌突然大喝一声："不要动。"

卿云回过神，连忙收回了手指，眼里变回一片澄明。

离歌解释道："血花的花瓣有剧毒，一旦碰触，不出两个时辰便是一堆白骨。你看，血花的附近都有一大堆的白骨。而且这种花能够魅惑人心。"

卿云向四周一看，果然是白骨成堆。皱了皱眉，顿觉这里无比阴森，想起刚刚心里的怪异之感，她连忙催促离歌离开这个地方。

不久后，离歌和卿云突破仙老人所做的阵法和机关，安然无恙地进入了仙谷。

此时正值春天，仙谷里百花齐放，蝶儿在花中起舞，一派生机盎然。

"仙老头！云丫头来看你了。"卿云放开嗓子喊道。

"仙老前辈，小生也来了。"离歌感染了卿云的情绪，也跟着叫道。

而回答他们的只有谷中的回荡声。

"咦？！难道仙老头不在？"卿云挑了挑眉，推开了屋子的门。

木几上的茶杯还冒着腾腾的热气，馒头咬了一半，可是屋内却不见人影，好像凭空消失了似的。

"离歌，仙老头……"

离歌皱了皱眉，沉思了片刻后，才道："仙老前辈武功高强，应该没有人能够伤到他。应该是走到其他地方去了。"

卿云点了点头，也觉得有道理："也对，仙老头性格怪僻，找不到他的人也是正常的。"

再次看了看屋子，卿云说道："好久没来了，不知我的房间变成怎样了。离歌，我们进去看看吧！"

"好。"

当时卿云受伤在仙谷住下后，卿云用每天给仙老人讲故事的条件换来仙老人为卿云整理出一间房间。她还记得当时仙老人气得咬牙切齿，胡子都竖起来了，就因为她霸占了他屋里的位置。

想起这些，卿云的唇瓣不由得微微扬起。

那些日子过得也挺快乐的。

仙谷里就只有一间木屋，一进屋子看到的就是一个小小的厅子，厅子两边分别有一扇门，一扇是仙老人房的门，另一扇是放杂物房的门。当时仙老人把放杂物的改成了卿云的房间。

卿云笑着推开那扇里面放杂物的门，和离歌一起走了进去。

房里摆了许多奇形怪状的东西，放得乱七八糟的，人走在里面也有些困难。

卿云叹着摇头："唉！仙老头趁我一走，就马上恢复原状了，都不知他从哪里弄来这么多奇奇怪怪的东西。"

离歌笑着环视了房内一周，道："仙老前辈的东西岂是平常物。女人，你看看你左边那根小巧的绣花针。"

卿云瞥了一眼。绣花针头锋锐，闪着冷冽的寒光。下一刻，她的双眼马上惊讶得睁得圆鼓鼓的。

"天！是失踪已久的京觉师太的七星连绣针。"

离歌含笑点头，顺手拿起身旁的一本发黄的书，随便翻了几页后，他道："这是当年轰动武林的《长生决》。"

卿云接过一看，也啧啧赞叹起来。

"原来仙老头这里藏了那么多宝物，等会儿见到他一定要索取几件。"突然，卿云怔了一下，她看到房里不显眼的角落里有一本书。

书是浅蓝色的封面，封面上用行书写着"论武林各派优劣"。

卿云的嘴角抽搐了一下。

果然这间房里什么杂物都有，连她两年前所写的书都有。这是不是说明她的书也是宝物一件？

这时，离歌的视线也顺着卿云的目光落在那个不显眼的角落，但是他看到的不是那本浅蓝色的书，而是一幅被宝蓝花瓶压住的画。

离歌走过去小心翼翼地抬起花瓶，拿起了那幅画，卿云也凑了过去。

两人第一眼看到这幅画时，双双屏住了呼吸，心里尽是震撼，双脚仿佛被钉子钉在了地上，不能动弹。

画中画满了大朵大朵的血花，血花上一个红衣女子随意地坐着，轻抚着玉琴，红色的裙袂盖住了妖娆的血花。那女子美得令人窒息，令人震撼，一个妩媚的眼神足以让所有的男人俯首称臣。银眸轻轻一扫，足以摄人心魂。

红衣女子的唇角轻扬。嫣红的唇瓣如涂上了人血般的妖娆，周身的血花都在灿烂地为她开，邪魅地为她绽放。

她全身上下仿佛都在诠释着“魅”这个字。

过了许久，卿云和离歌二人互看了一眼，异口同声地道出了那红衣女子的名字：“魅绝”。

即使没见过琴宫宫主，仅仅是听过她魅人的风采。但是魅得如此惊心动魄的除了魅绝还有何人？

蓦地，卿云和离歌注意到了画的下端有一个字迹浅浅的署名——仙。

卿云心一惊。

能将琴宫宫主的魅画得如此淋漓尽致，如果不爱她，又怎么能够画出如此真实的魅绝呢？

如果仙老人爱的是魅绝，魅绝爱绝尘老人，而绝尘老人也爱着魅绝的话，那当年的白骨崖一战岂不是一场无人知晓的悲剧？

杀死自己所爱的人，死在自己爱的人的剑下，那是何等的痛苦？

又或许，白骨崖的那一战另有隐情？

然而，如今是真是假，就只有仙老人知道了吧！

琴宫宫主魅绝，到底是个怎样的女子？

莫名地，卿云的心里这一刻升起了一个强烈的渴望，她想清清楚楚地了解魅绝，知道她所有的一切。

“离歌，我们找找，看看这间房里还有没有关于魅绝的东西？”

看到卿云坚定的眼神，离歌有些惊讶。他很少见她这么执著于一件事情。他点了点头，道：“好。”

然而，找了整整一天，他们几乎把整间房都翻了一遍，除了那幅画外，他们一无所获。

卿云失望地抿着唇。

离歌依然一脸平静，看了看外面变黑的天，他笑着安慰卿云道：“女人，天色已经很晚了。我们先回去吧！等下次遇到仙老前辈再亲自去问他，比起我们乱找一天好得多。”

卿云只好点了点头。

天色微暗，月牙悄悄地冒出，星星点点也随着而来。仙谷里的木屋依稀可以看到家具的轮廓，木几上的茶早已变冷，咬了一半的馒头也变硬了。

卿云失望地垂下眼帘。

看来仙老头还没有回来。

“离歌，我们要不要留张纸条告诉仙老头我们曾经来过？”

离歌点头，从白色的衣襟中取出一朵干的梨花放在木几上：“这是绝尘谷的信物，相信仙老前辈应该看得懂。女人，时候不早了，再不回去，青衣会担心的。”

“嗯。”

两人的说话声渐渐消失在无边的夜色里。

在两人走了不久之后，一扇门在黑夜中无声地打开，一位蓝衫老人走进了卿云和离歌刚刚走出的杂物房，弯腰拾起地上的画，小心翼翼地卷起收进衣衫中。沧桑的眸子划过一丝异样的情绪，只见他轻轻地跺了几下脚，整个人顿时凭空消失。

一个阴冷的地下室。

地下室里堆满了冰块，到处都是清一色的白，白得让人心颤。进入了这里，宛若掉入了寒冷的冰谷。

仙老人在冰上行走，他的眼神空洞，直直地向前走着，直到走到一扇铁门前，他的眼神才恢复了正常，涌上温柔的颜色。

他轻轻地推开铁门，轻手轻脚地走了进去，仿佛怕惊扰了谁似的。

铁门的后面，静静地摆放着一个很大的冰棺。

冰棺内躺着一个红衣女子，她的脸毫无血色，但是依然美得惊人。

仙老人跪趴在冰棺旁，双眼痴迷地看着冰棺内的女子，长满茧子的手轻轻地抚摸着她冰冷的脸，脸上溢满了温柔之情。

“我的绝。”

第十一章·莫名劫持

夜凉如水。

铺着白色狐皮的贵妃椅上半躺着一个慵懒的女子。那女子身着镂金百蝶穿花云锦袄，云纹绣百蝶度花裙，高高的流云髻上斜斜地插着金雀珍珠步摇。轻轻一晃，金光摇曳，好不富贵。

只见那女子睫毛轻轻一扇，低声唤道：“紫杏，熙儿睡着了没有？”

“回贵妃娘娘，太子殿下刚刚睡着。”

双蝶阖上双眼，轻轻逸出一声。

“那就好。”

片刻后，她问道：“皇上现在在哪里？”

“回贵妃娘娘，皇上现在在承德宫批阅奏折。”

双蝶松了一口气。看来今晚他不会来了。

自从知道他不是小时候的司徒公子后，对于他，她有种莫名的抗拒和厌恶。她的一生就这样栽在他手中。

大好的年华呀！

对于爱情，她再也不敢奢望。如今的她，唯一可以得到的就只有……

“贵妃娘娘，蓝公公求见。”突然，一个宫女匆匆走进。

“让他进来吧。”

“小人参见贵妃娘娘。”

“起身吧。”双蝶望了望四周，“紫杏，你和其他人一并退下。”

“是，娘娘。”

一会儿后，屋子里只剩下双蝶和蓝公公。

屋子里一片寂静，双蝶闭着双眼，似在假寐。而蓝公公则是静静地立在一旁，默默不语。

不久，双蝶睁开双眼，仰望窗外的星空。

整个星空浩瀚如海，星光璀璨。

双蝶的银眸冉冉地升起了一股渴望的情绪，那片深邃的银色似乎要将整个星空包裹在其中。

蓝公公不由得一颤。

那样的眼神，是对权力的极度渴望。

“蓝公公。”淡淡的声音。

“是，小人在。”

“说说最近的情况吧！”双蝶再次慵懒地闭上了双眼。

“回贵妃娘娘，这一年多以来经过皇上的大力整顿，朝廷里的反对派几乎全数扫尽。不过依小人之见，兰尚书大人、文中书大人、司空门下大人以及右相大人只是表面顺从。这点皇上亦是清楚的。只是这四人手握重权，皇上暂时也不敢动他们。”

“这四位大人最近跟太后走得很近吧！”

“是的，兰尚书和文中书是太后娘娘的侄子，司空门下和右相是先皇提拔上来的，先皇在世时，也和太后娘娘走得很近。”

双蝶的睫毛轻轻地扇了扇，她缓缓地睁开了双眼。

“蓝公公，你会帮本宫的吧！”

蓝公公立即双膝跪下，磕了一个响头："小人必定永远效忠娘娘。"双眼里布满了无尽的沧桑。

这是他闯的祸呀！

"呵呵……"双蝶掩嘴轻笑，一串如铃铛般清脆的笑声从口中发出，渐渐地，轻笑变成大笑，笑得令人毛骨悚然。

倏地，笑声戛然而止。

一丝狠光从银眸里一闪而过。

"这是应该的，所有东西本来就是本宫的。"

马车上。

卿云坐在软榻上，身子倚在床边，眸子一直看着窗外的景色，脸上洋溢着柔和的神情。

紫衣坐在一旁，轻笑道："夫人，这次回娘家一定过得很愉快吧！"

卿云抿唇一笑，没有答话，只是静静地看着湛蓝的天空。

今天的天气格外晴朗，天空湛蓝得让人心喜，一朵朵软软的白云在天空中随意地飘游，偶尔还会有几只小鸟唧唧喳喳地飞过。

"紫衣，你觉得这天空像什么？"

紫衣凑了上前，仰起头盯着天空许久后，她才闷闷地说了声："像尊主的眼睛。"

"啊？！"卿云一怔。她倒是没有想过这点。

紫衣脸色奇怪地看着卿云，问道："那夫人觉得像什么？"

"这广阔的天空呀……"卿云微笑。像那人心怀天下的胸怀……

澄澈的眸子溢出一股柔情，像天山上的雪被春天融化为一潭柔水。

仿佛看出了卿云此刻心中所想，紫衣静静地看着卿云，眼底深处有一抹淡淡的欢喜以及深深的宠溺。

许久，卿云回过神来，随手拿起身旁的一本书，翻了几页后，叹了一口气："唉！又要开始不见天日的写书生活了。"

昨天跟离歌去了一趟卿云阁，打扫了一整天，才清理掉了卿云阁里的蜘蛛网和灰尘，还有一大堆的催文信，累得她腰酸背痛，好像骨头都散了似的。

本来她还想多偷懒半个月的，可是现在想不写都不行了，连写书的工具都搬了回来。

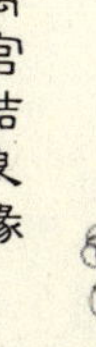

都怪离歌！

哼！坏离歌！

“阿嚏！”突然紫衣打了个喷嚏，她看了卿云咬牙切齿的表情一眼后，当下明白了她无端端打喷嚏的原因。

唉！那个女人在骂着他呢！

“夫人不是很喜欢写书吗？”紫衣笑眯眯地问道。

卿云摇了摇头，又点了点头：“写书的成果是美好的，但过程却是痛苦的。黑夜中，烛火下，只有自己一人孤独地提笔写书，看着纸上越来越多的笔墨，心中虽然满足但却总有多多少少的怅然。”

紫衣一怔，心中顿觉酸涩。

“夫人，那以后你写书的时候紫衣陪你。”

卿云动了动嘴，刚想说话时，突然轻风拂来，带着一阵悠扬的琴音，一个个轻盈的音符似催人沉睡的迷药。

卿云望向四周，马车不知何时停了下来，刚刚还是巧笑嫣然的紫衣倒在软榻上，驾车的车夫也倒在了一边。

卿云下了马车。

琴音依然在静止了的空气中响起，依然是悠扬轻灵。

风停了，树静了，空气也停止了流动。卿云感觉到整个世界仿佛都被时间停住了一般，只剩下她和骤然响起的琴音。

“来者何人？！”

卿云皱眉，朗声问道。

琴音戛然而止，随之而来的是一连串清脆的笑声，在这空荡的山谷不停地回荡。明明是清脆如铃铛的笑声，可是听起来却如暗夜修罗的邪魅笑声，让人毛骨悚然，心生恐惧。

卿云暗暗吃惊，此人的武功不可小觑。在这么大的山谷，笑声竟然可以如此的清晰，而且她竟然辨别不出是从哪个方向发出的。

这时，伴随着笑声琴声再起。而这次的琴声并非轻扬，而是带着魅人心魂的音色在空荡的山谷中响起。

卿云的眼神顿时变得空洞，眸子里呈现出一抹深邃的银。

她盲目地走进山中，仿佛有一根线在前面牵引着她似的，穿过一大片树木，卿云的脚步停在一个凉亭前。

此时，琴声和笑声都一并停止了，而卿云也恢复了神志，眸子也变回了原样。

卿云定睛一看周围，不由得心中大骇。

刚刚的琴声竟然牵动着她的心魂！

卿云心中虽是大骇，可是脸上依然是一脸平静和淡漠。

她望向垂挂着白纱的凉亭，透过薄薄的白纱，她看到里面有个身材婀娜的女子。

“你是谁？”轻轻地蹙了蹙眉，卿云淡然问道，完完全全没有一丝一毫的惊恐之意。

“呵呵……”

亭内女子浅笑，笑声清脆，待笑声戛然而止时，卿云眼前紫影一闪，紧接着一道暗紫色人影从天飘然而降，轻轻地落在卿云面前。只见那暗紫色女子向卿云微微弯腰。

“在下魅离，等待尊主夫人已久。”

魅离抬眸，妩媚一笑，宛若血花绽放。

马车内。

在琴音一响时，紫衣心中立即大骇，知道那琴音能够使人昏迷抑或沉睡。她当即屏息凝神，忽略耳边的琴音。但是由于第一次接触这样的琴音，她也难免受了点伤。当她完完全全抵住了这令她昏睡的音符时，卿云已经消失在树林里了。

紫衣连忙奔入树林，可是此时树林里弥漫着白色的雾，而且布了阵法。

紫衣皱眉，按捺下着急的心，开始静心破阵。

轻轻一跃，紫衣飞上树梢，以枝丫作剑，在树林里不停地飞动。

片刻后，紫衣唇角微扬。

破了这里，这个阵就彻底毁了。

紫衣轻轻一笑，枝丫化作一支凌厉的箭，紫衣借助空中流动的雾气，在无形中化为透明的弓，将枝丫猛然射向破阵点。

轰隆一声，火光乍现，白雾散去，一个白色的人影从雾中走了出来。

那白影正是卿云！

卿云的眸子里宛若波涛浪涌的大海，层层波浪带着许许多多的复杂情绪不停地翻滚，像是承载着无数的沧桑。

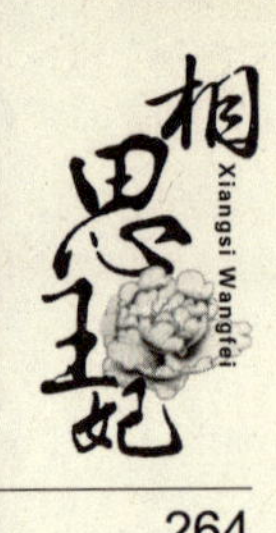

在见到紫衣时，卿云先是一怔，然后嫣然一笑，眸子变得澄澈分明："刚刚在树林里迷路了，好在见到了紫衣，不然可能今晚都出不去呢！"

紫衣自然是注意到卿云刚刚眼中的波涛滚滚，并隐隐觉得现在的卿云给她的感觉变了，变得淡漠无情。

那双眸子明明是澄澈分明，沁着浅浅的柔光，但是却有着一股拒人千里的淡漠和疏离，就像……

以前的凤雪。

紫衣的瞳孔猛地一缩。

难道？

再次定睛一看，卿云笑意盈盈，哪里还有刚刚的淡漠和疏离？

紫衣安心一笑。错觉罢了。

"呵呵，夫人。紫衣这就带你出去。"

离宫。

"无痕表哥，怎么卿云姐姐还没有回来？"玉无瑕蹦蹦跳跳地出现在离宫大门，脸上满是焦急，"不是说这个时候回来的吗？我等了好久了。"

君无痕脸色微微不悦："无瑕，怎么又跑出来了？不是让你去练琴吗？"

"哎呀！人家好久没见卿云姐姐了嘛！无痕表哥，你不是说卿云姐姐在回来的路上了吗？怎么还没有回来呀？"玉无瑕嘟着红唇，眨巴着眼睛问道。

君无痕皱了皱眉，看着渐渐暗下来的天色，蓝眸多了丝担心，刚想说些什么，眼角瞥到不远处一辆马车滚滚地驶了过来。

无瑕大叫："是我们离宫的马车，卿云姐姐回来了！"说罢，欢喜地迎了上去，"卿云姐姐，无瑕好想你！"

卿云在紫衣的搀扶下走下了马车，见到一脸欢快的无瑕，脸上也不禁绽开了一朵温柔的笑花："无瑕。"

君无痕这才安下心来，薄唇抿出一个笑容，蓝眸溢着深深的柔情望向卿云。

感受到君无痕灼热的视线，卿云回以一个甜美的笑容："无痕，路上发生了点事情，所以耽搁了路程。"

"云儿。"君无痕大步上前，紧紧拥住卿云，"以后再也不让你回娘家了。"

周围的众人轻笑，特别是无瑕咯咯地笑着。

“哈哈，无痕表哥好霸道！卿云姐姐都快被你勒死了！”

卿云弯唇一笑，娇嗔了声，君无痕松开了她。

君无痕一松开了卿云，玉无瑕马上像只树袋熊一样，双手缠着卿云的脖子，甜甜地撒娇：“卿云姐姐，无瑕想死你了。”

君无痕的脸当即黑了下来，蓝眸闪着危险的光芒，让玉无瑕只好悻悻地松手，退到卿云身后，伸出个小脑袋，小声地嘀咕了一声：“霸道！”

君无痕瞪了她一眼。

众人皆是轻松一笑。

卿云抿唇一笑，笑得甚是轻松。

暖暖的，柔柔的，很像家的感觉呢！

卿云澄澈的眸子像黑夜里纯净的星星，在闪闪发光，那笑容是纯净的，幸福的。

紫衣在卿云身旁，她的眼底有一抹黯然，但是转瞬间又散于无形。紫衣抿出一个欣慰的笑容。

女人，你幸福就好。

第十二章·借梅思人

皇宫。

御花园。

春日里的御花园百花盛开，各种各样的花争奇斗艳，就如后宫女子钩心斗角，只为皇宠。

刚刚上完早朝的司徒行云含笑地在御花园里走着，欣赏着百花。陶公公静静地跟在他的身后，小心翼翼地观察着他的表情。

从皇后娘娘祭日那天过后，皇上脾气变得越来越暴躁，动不动就把人拖出去斩了。为了颈子上的脑袋，他还是小心为妙的好。不过今日皇上的心情似乎特别好。

“近日来梅花开得特别灿烂。那高傲的姿态，简直像极了……”司徒行云突然噤声，眼里浮起丝丝柔意。

陶公公马上明白了今日皇上心情特好的原因。

“像极了文淑皇后。”陶公公适时地说道。

“不……”司徒行云眼里柔意更深，唇上扬起一抹明朗的笑容，“是像极了皇后高傲的神态。皇后岂是梅花可以攀比的？”

“皇上说的是，小的有眼无珠。”

司徒行云一扫眼前百花，哼了一声：“这些低俗的花又岂能比得上朕的梅花？”

陶公公连连点头，慌忙说道：“这些低俗的花又怎么入得了皇上的眼呢？皇上，不如摆驾雪梅园，昨日小人路过雪梅园时，发现每一朵梅花都开得灿烂极了。”

“哦？！”司徒行云剑眉一挑，墨玉般的眸子闪着亮光，“摆驾雪梅园。”

雪梅园是跟念雪楼同一时间建造的。雪梅园的名字有两个含义，一是凤溪的梅花都是在雪天里盛开，二是文淑皇后的名讳里有个雪字。

司徒行云大步迈进雪梅园。

雪梅园里开满了梅花，红梅、白梅……品种多样，令人目不暇接。

司徒行云深深一嗅，黑眸中顿时溢满深深的喜悦。

呵……他的雪儿……

蓦地，司徒行云脸色一沉，黑色的眸子里划过一抹阴沉之色。

雪梅园的中央有一棵枯萎的梅树，凋零的梅花落满了一地，像深秋的枯叶那样无力可悲。

“陶公公——”低沉的声音像地狱里的催命符。

陶公公在第一眼看到这棵枯萎的梅树时，早已吓得脸色青白，再加上听到司徒行云如地狱修罗的声音，他更是吓得屁滚尿流，连忙“扑通”地跪在地上，拼命磕头。

“皇上饶命，小人真的什么都不知。”

皇上爱梅如命，曾经下令在冬春之际不能在宫中看到任何一朵枯萎的梅花。

“今日是谁负责雪梅园？”声音低沉淡漠，但里面含着的怒气却足以让人心惊胆战。

陶公公仿佛在茫茫大海中抓住了一根浮木似的，连忙答道：“是朝华宫里的罗裳。”

“朝华宫……罗裳……”优美的唇瓣扬起一个完美的弧度，一抹狠厉之色浮现在司徒行云眼中，“拖出去斩了。”

声音平淡，宛若家常便饭。

“遵命。”陶公公如死后余生一般，踉踉跄跄地跑出了雪梅园。

司徒行云痛惜地凝视着眼前的梅树，手颤抖地抚摸着枯萎的树干。

微风吹起，梅花卷了一地，司徒行云的青丝在空中飘舞，他的唇轻轻地吻上玄色的树干。

他的雪儿……

不知过了多久，风渐渐地停了，司徒行云恢复了平静，他的表情再次是一脸的淡漠。他轻轻地咳了一声，唤道：“暗魅。”

“在。”一道黑色的影子立即出现，身影快如闪电。

“最近的情况如何？”梅花树下，司徒行云仰望着树上傲霜斗雪的红梅。

“回皇上，最近兰尚书、文中书、司空门下以及右相和太后走得极近，而贵妃娘娘和蓝公公也走得很近，朝廷内似乎有一股新生的势力。皇上，要趁早斩草除根呀！”

司徒行云冷哼一声。

“未成气候的势力，不足为惧。至于太后和贵妃那边，朕迟早都会铲除，只是现在还不是时候。”司徒行云伸出手接住一朵飘落的梅花，“暗魅，安排一下。朕这几日要微服出巡。”

暗魅迟疑了下，问道：“皇上要到哪里出巡？”

“枫城。”顿了顿，他道，“另外，选秀女的事情也是时候该安排一下了，这礼不能废。”

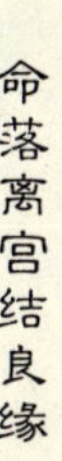

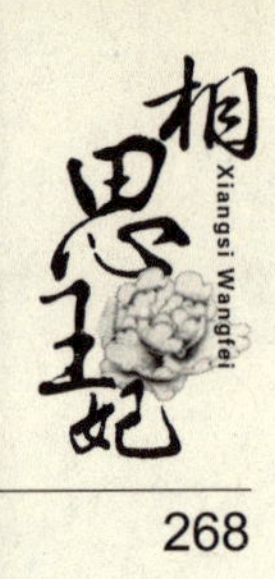

"是，皇上。"

司徒行云凝视着手掌上的梅花，淡淡地微笑着。

雪儿……

离宫。

阳光明媚，整个大地都散发着春天的气息。

卿云在小道上飞快地跑着，她拈起裙角，光洁的额头上布满了晶莹的汗珠。

"卿云姐姐，你在哪里？"

卿云连忙拐弯，躲在一棵参天大树的背后，屏住了呼吸。

"无瑕小姐，夫人好像不在这里。这里太小了，藏不了人。我们要不要到那边去找找？"

"也好。"顿了顿，"卿云姐姐，你在不在？"

直到脚步声和叫喊声离她越来越远了，卿云才吁了一口气，靠着树大口大口地喘气。

从绝尘谷回来后，君无痕的表现异常反常，整天和无瑕一起缠着她，像两个大小孩似的，就连他自己处理宫中事情时，也要拉上她。他在一旁处理公务，她则在另一旁写书，而无瑕也整天跟在她身后问她关于练琴或是新书的事情。

总之，有她出现的地方，附近就必然有君无痕或是玉无瑕。

无瑕缠着她，还有原因可言。只是无痕……

卿云闭上双眼陷入了那晚的回忆。

那晚是一个普通的夜。

她和君无痕跟往常一样放下床边的纱幔，然后君无痕为她输入真气压制体内的毒气，接着他们和衣而睡。

这一切并没什么不妥。

只是到了半夜时分，她突然感觉唇上有股酥麻的感觉，猛然睁眼，对上了一双狼狈的蓝眸。

"无痕……"她轻轻地叫道，轻轻地挪动了下身体。

蓦地，腰上一紧，君无痕紧紧地搂住她，将她的头按在他的胸前。

他的体温有些冰冷，胸膛里的心却在激烈地跳动，仿佛都快要跳出来了。

君无痕五指握得泛白。

自从云儿从绝尘谷回来后，她经常走神，有时候坐在椅子上提起笔对着空白的纸张就是一天。她的表情时而悲伤时而痛苦时而欢喜时而甜蜜。当他唤她名字时，她总是一怔然后抬头对他抿唇一笑。

那浅浅的笑容下是如天隔地般的疏离。

他只知她那疏离的笑容像一把剑深深地贯穿他的胸膛，血没有知觉地流淌，让他在一片血色中窒息。

"云儿……"低低的一声呼唤，充满了痛苦和挣扎。

君无痕搂她搂得越来越紧，紧得让她几乎窒息。

"无痕，你怎么了？"

听到卿云轻柔的声音，君无痕渐渐恢复了神志，他稍微松开了她一点。

"云儿，你爱我吗？"像一个拿了奖却急于被承认的小孩一样，君无痕问道。

卿云一怔，眸光微闪，默默不语。

君无痕一声苦笑："果然我不该这样问。"他换上轻快的声音，"那云儿会爱什么样的男人？"

卿云垂下眼帘沉默着。

时间在空中缓慢地流淌，君无痕觉得整个人都快要紧张得窒息了。

许久，卿云才淡淡地道："他的身心只能装我一个人，他的目光只能在我身上停留，其他东西什么都不可以。"

她的声音如夜间的一缕轻风轻得无声无息，轻得让人难以捉摸。

君无痕全身仿佛被那缕轻风困住，整个人动弹不得。

君无痕沉默了许久，久到卿云都睡着了。他的蓝眸眸光不停地闪烁，最终所有的复杂情绪化为一声浅浅的叹息。

君无痕搂紧了卿云。

"云儿，你答应过我会努力爱上我的。"

……

卿云睁开双眼，仰着头眯着双眼看着从叶缝间洒下的斑驳细碎的阳光，伸出手，如玉的手掌上映着点点的暖暖的阳光。

其实那晚她并没有睡着，那句话她是听到了的。只是现在的她看到他却再也说不出那句话来，她知道他需要一个确切的保证，可是她却无法承诺。

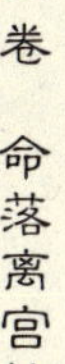

对于他，她实在是亏欠太多了。

再次合上双眼，卿云的手背抵在额前，挡住了细碎的阳光，一声轻轻的叹息从口中溢出。

“唉……”

当她睁开眼睛时，却对上一双深沉的蓝眸，眸中所有的复杂情绪来不及掩饰就这样生生地落入了君无痕的眼中。

“云儿。”

“无痕。”眨了眨眼睛，笑意盈盈。

“不准戴面具做人。”

“呃……”卿云微怔。

“最起码如果你讨厌我，你就要表现出来。”蓝光微闪。

“……好。”

“无瑕那小丫头缠得你很烦恼吧！”无痕一并坐下，和卿云一同靠着树干。

“呵呵……”

“说真话。”

“我喜欢清静点的生活。”卿云拔起一棵小草，在手里把玩着，“不过偶尔这样，也是可以的。”

“云儿……”

“嗯？”卿云扬眉，看着他。

“云儿想出去吗？今天是枫城一年一度的赏花日。”

“哦？！”卿云眼前一亮，“赏花日？”

“枫城每到春天，都会有一天赏花日。这天，每家每户都会拿出自己种得最美的花摆在门前，任人观赏。而且枫城的花庙也会开放。”

花庙是枫城里最大的建筑，规模庞大，前身是凤溪的行宫，后来皇帝下令改成花庙，每到赏花日这天就向百姓开放，意在与民同乐。

“哦？！”卿云挑眉，“传闻花庙里有一株吸尽日月精华的桃花，专门吸食男子的鲜血，所以才会长得如此明艳妖娆。”

无痕一笑：“传言罢了。花庙里的花种类繁多。枫城有句话，没有见识过花庙里的花，就不算见识过春天。”

“呵……”卿云一笑，“看来不去花庙，也枉度这个春天了。”

“云儿言下之意是要去？”

卿云还没开口，一个雀跃的声音从树上传来。

“要！当然要！”

君无痕和卿云抬头一望，对上一双水光灵灵的眸子。

“唉，无瑕……”两人皆是一叹。

“无痕表哥，我要去！今天是枫城一年一度的赏花日，我要去赏花。”无瑕笑嘻嘻地从树上跳了下来。

君无痕无奈地说道：“无瑕，我没说不让你去。只是……”蓝光一闪，“你的琴练好了吗？”

无瑕马上垮下一张脸，拉着卿云的衣袖，撒娇道：“卿云姐姐，回来后，我会好好练琴的。好啦！好啦！”

卿云一笑，对君无痕说道：“枫城我还不是很熟悉，无痕今天宫中事情很多吧！就让无瑕带我去吧！”

“云儿……”君无痕握了握她的手，眼里有些愧疚，“等宫中没那么多事情忙时，我陪你去你想去的地方。”

卿云只是轻笑：“你是一宫之主又是武林尊主，忙的事情自然多了。快去吧！”

君无痕走了没几步，突然转头对卿云说道：“云儿，出去时，戴上面纱。”

卿云一怔，眸光微闪。

“……好。”

等君无痕走后，玉无瑕拉着卿云的手蹦蹦跳跳地回到白玉阁。

“卿云姐姐，我们以两个翩翩公子的形象出去好不好？”玉无瑕一脸期待地看着卿云。

卿云敲了敲她的头：“不行。无瑕不小了，是时候该出阁了。今天必定会有很多名流才俊出来赏花。到时候，无瑕看上哪个了，告诉我，我帮你把把关。”

无瑕的脸颊飞快地染上两片嫣红。

“如果没有看得上的，还有下次的武林大会，要文要武都有，任无瑕选择。”

“卿云姐姐！”无瑕鼓起两腮。

“好好好，我不说了。”卿云咯咯地笑着。

玉无瑕脸上的两抹红这才缓缓地消失，突然她似乎想到了一个很严重的问题，她一脸严肃地看着卿云：“卿云姐姐一定要穿男装。”

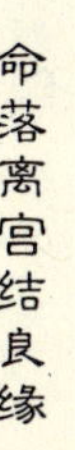

“为什么？”

无瑕眨着双眼：“卿云姐姐长得像梨花仙子一样，我见了都经常移不开目光，男人见了岂不是连魂都丢了，哪里还看得到我？”

“无瑕可是武林里的第一美人，怎么会有男子看不到你呢？何况如今我是你的嫂嫂，一个有夫之妇，谁敢动我的脑筋？”

无瑕深有感触地点了点头：“也对。无痕哥哥的霸道是天下皆知，有谁敢这么大胆看上他的妻子？”

许多年后，当无瑕为人妻母回想起这句话时，都会一脸苦涩。是呀！这天下大胆的人多着呢！

“呵……”卿云轻笑，“无瑕，我不扮男装但是我易容出去。虽然失去了武功，但易容我还是会的。”

卿云盯着铜镜，轻轻地抚了抚。

这张脸恐怕会引来不少的麻烦，换张脸多多少少也能避免些。

蓦地，卿云从铜镜里看到背后有一张宫中女子图。

她转身，目光定定地落在那张图上。

图上的女子身着鹅黄色宫装，脸着浅黄色面纱，一双眸子清澈如小溪。她仰着头，神态高傲如身后的梅花。

“这……”

无瑕脸一红，说道：“这是文淑皇后啦！也就是以前的凤雪公主，除了卿云姐姐，我最喜欢的就是凤雪公主了。当然无瑕最喜欢的还是卿云姐姐哦！”

卿云一笑：“我不是问这个。这幅画是怎么得来的？”

“呃……就是……呃……”玉无瑕迟疑着，支支吾吾的，似有难言。

“不能告诉我吗？”卿云眨着双眼，眸中波光荡漾，让人难以拒绝。

“不是啦！如果我说了卿云姐姐不能生气哦！也不能生无痕表哥的气哦！”无瑕连忙说道。

听到这里，卿云心里多多少少也明白了一些，但是她还是含笑地答应：“好，我决不生气。”

“是这样的。有一年我生辰时，我向无痕表哥要生辰礼物，表哥让我自己到他柜子收藏的画里选一幅。然后我发现表哥的枕下藏着这幅凤雪公主的画，我马上就拿走了这幅。后来表哥知道后，还对我发了很大的火呢！不过无奈于他对我的承诺，只好作罢。”

“原来是这样的啊！”卿云脸色平静，让人看不出她此时的表情。

“卿云姐姐，你放心。表哥现在只爱你一个，而且凤雪公主都死了一年多了。卿云姐姐不要生无痕表哥的气哦！”无瑕连忙拍着胸口保证道。

卿云摇头一笑：“我没有生气。只是感叹时间过得很快罢了。”顿了顿，卿云转移了话题，“无瑕，我帮你梳个漂亮的发髻，然后我们去赏花。”

（本书完）